거짓말

거짓말

젊은 작가 테마 소설집

구경미

김도언

김도연

김문숙

김 숨

신승철

양선미

오현종

태기수

한지혜

한차현

문학동네

차례

광대버섯을 먹어라

구경미

1972년 경남 의령 출생. 경남대 국문과 졸업.
1999년 경향신문 신춘문예로 등단.
단편소설「문희」「위대한 사냥꾼으로 복원되기」
「채널 7 : 권태로운 척」등 발표.

낯선 여자, 등장하다

어느 날 목이 부러진 여자가 우리집 녹슨 철제 대문을 밀치고 들어섰다. 목이 부러졌다는 건 정확한 표현이 아닐지 모른다. 나는 여자의 목이 부러졌는지 어떤지는, 부러졌다가 감쪽같이 붙을 수도 있는 일이므로, 여자가 사라지는 그날까지 끝내 확인해보지 못했다. 다만, 여자를 처음 본 순간의 충격이 너무 컸으므로 진상 확인 같은 건 감히 엄두도 내지 못한 채 목이 부러졌다고 멋대로 믿어버렸다.

여자는 턱 밑에서부터 어깨 바로 위까지 팔롱 족의 링 장식처럼 깁스를 하고 있었다. 고개 한 번을 움직이는 데도 몸 전체가 다 돌아갔다. 그러므로 여자는 대단히 뻣뻣하고 거만해 보였고, 범접하지 못할 위엄 같은 것이 느껴졌다. 게다가 또 목은 한없이 길어 보여서 어깨에서 얼굴로 시선을 끌어올리는 데 한참이나 걸리는 듯했다.

대문 열리는 소리에 힐끗 돌아본 나는 다시 고개를 숙이고 하던 일을 계속했다. 새하얀 깁스 때문에, 아니 어쩌면 깁스 뒤에 버티고 선 햇빛 때문인지도 모르겠지만 여자를 바로 쳐다볼 수가 없었다. 눈이 시리고 어지러웠다. 깁스 때문인지, 햇빛 때문인지, 아니면 어지러워서인지 머릿속이 온통 울렁거렸다.

"여기가 박시영씨 댁이죠?"

등뒤에서 날아온 여자의 목소리가 귓바퀴를 타고 돌다 볼 위로 미끄러져내렸다. 나는 대야에서 오징어 한 마리를 꺼내 배를 갈랐다. 미끌거리는 내장을 떼내고 몸통과 다리를 분리했다.

"박시영씨 계세요?"

여자의 건조한 목소리가 오징어 다리 빨판 사이에서 울려퍼졌다. 나는 바가지로 물을 떠 몸통과 다리를 문질러 씻어 옆에 놓고 새로운 오징어를 꺼냈다. 이번 것은 보관이 잘 됐는지 제법 윤기가 났다. 칼을 잡은 손이 뿌듯했다.

"사람이 물으면 최소한 쳐다보기라도 해야 하는 거 아닌가요?"

나는 손을 멈추고 허리를 비틀었다. 그리고 얼굴을 찡그린 채 여자를 올려다보았다. 자세도 그러려니와 햇빛 때문에 여자를 쳐다보기가 영 불편했다.

"들리긴 하는 모양이네요."

"오른쪽으로 두 발짝만 옮겨 서요."

"네?"

"오른쪽으로 두 발만. 햇빛 때문에."

여자는 어이가 없다는 표정을 지었다. 그러고 나서는 한숨을 쉬었고, 그런 다음엔 뭔가를 포기하는 혹은 낙담하는 얼굴이 되었다.

새하얀 깁스를 목에다 끼우고서 그런 표정을 짓는 여자가 꽤나 우스꽝스러웠다. 그러나 한편으로는 포기하거나 낙담이 되어도 마음껏 고개도 숙이지 못하는 여자가 안쓰럽기도 했다. 내가 그런 생각을 하는 동안 여자는 오른쪽으로 꼭 두 발을 옮겼고, 다시 건조한 표정과 목소리로 돌아갔다.

"박시영씨 되시죠?"

"여기 그런 사람 없어요."

시간만 낭비했다. 나는 다시 돌아앉아 오징어를 꺼내 배를 가르고 내장을 잘라내고 몸통과 다리를 분리하기 시작했다. 여자의 그림자가 내 목덜미에 걸쳐져 있었다.

"주소가 이곳으로 돼 있는데…… 혹시 이사갔어요?"

"몰라요. 아마도 내 생각엔, 우리가 이사를 온 적이 없으니 이사 간 사람도 없을 것 같긴 한데. 또 모르죠. 내가 안 보는 사이에 이사를 갔는지."

여자가 한숨을 쉬었다. 그 소리에 놀란 나는 자칫 내장이 아니라 내 손가락을 자를 뻔했다. 여자가 물었다.

"이사 문제는 그렇다 치고, 그럼 박시영이라는 사람이 여기 살기는 했어요?"

"그 사람이 왜 여기 살아요? 이 집에는 아버지와 나뿐인데. 여기는 우리집인데."

오징어를 다 다듬은 뒤에는 고등어를 꺼냈다. 통통하게 살이 오른 놈이었다. 놈의 솟아오른 배를 쓰다듬었다. 오징어든 고등어든 나는 생선을 다듬기 전에 놈들의 배를 쓰다듬기를 좋아한다. 우선은 손바닥의 신경을 통해 전지되는 부드러운 감촉이 좋았고, 그 감촉을 가르는 칼끝의 느낌이 좋았다. 손목의 힘을 살짝 빼고 고등어의 배를 갈랐다.

목덜미에 걸쳐져 있던 여자의 그림자가 사라졌다. 여자가 나가는 소리는 듣지 못했다. 나는 고개를 돌려 어수선한 시선으로 마당을 휘저었다.

"나 찾아요?"

얼른 자세를 바로 하고 고등어 다듬기에 전념하는 척했다. 여자는 마루 끝에 앉아 있었다. 아마도 깁스 때문이겠지만 여자는 마치 길다란 석고상 같다. 누군가 위에서 목을 잡아당기기라도 하는 듯 목이며 허리를 바짝 곧추세우고 있었다. 잠은 어떻게 잘까. 고등어 대가리를 칼로 내리치며 생각했다. 시체처럼 뻣뻣하게 굳은 채 자는 걸까. 훔쳐보고 싶다. 아니다. 그냥 물어보는 게 나을까.

"그 많은 생선을 다 뭐 할 거예요?"

바보 같은 질문이다. 생선을 뭐 할 거냐니. 생선의 용도는 딱 하나뿐이다. 그런데도 이런 질문을 던지다니. 내가 박시영이라는 사람을 몰라서 화가 난 걸까.

"귀 먹었어요?"

"귀는 안 먹고 생선만 먹을 거요."

다소 당돌한 여자의 말에 나는 퉁명스럽게 대꾸했다. 여자가 그만 갔으면 좋겠다. 침입자 한 사람 때문에 오후의 평화가 다 깨져버렸다. 신경은 내 통제권을 벗어나 낯선 이를 향해 달아나려 했다. 도대체, 찾는 사람이 없다는데도 왜 가지 않는지 모르겠다.

"솜씨가 좋은데요. 대개 남자들은 집안일에 서툴거나 서툰 척하는 게 보통인데. 그래야 권위가 세워진다고 생각하나봐요."

나는 대답하지 않았다. 도대체 무슨 소리를 하는 건지 알아먹질 못하겠다. 다듬은 생선을 씻어놓고 부엌으로 가서 버너와 코펠과

양념통을 들고 나왔다.

"언제부터 요리했어요?"

시멘트로 조잡하게 발라진 수돗가와 장독대 사이 좁은 공간에다 버너를 세웠다. 그리고 코펠에다 토막친 고등어와 무를 넣고 버너 위에 올렸다. 가스 밸브를 열고 성냥으로 불을 붙이자 순식간에 불꽃이 코펠 주위로 기어오르기 시작했다. 불꽃을 적당한 크기로 줄여놓고 간장을 부었다.

"재밌네요. 가스렌지랑 냄비 없어요?"

"가스렌지랑 냄비 있어요. 하지만 이게 더 재밌어요."

"특이한 성격이네요."

저 여자는 왜 가지 않는 걸까. 왜 가지 않고 마루 끝에 앉아서는 남의 일에 시시콜콜 참견하는 걸까. 마치 감시당하는 듯한 느낌에 기분이 나빴지만 아직 나가달라는 말은 하지 않았다. 여자가 내 말을 거절하고 여전히 버티고 있을 경우에는 어떻게 해야 할지 결정을 내리지 못한 것이다. 그러므로 결정적인 순간이 올 때까지 나가라는 말은 아껴둘 참이었다.

찌개와 무침 재료를 준비해놓고 청소를 시작했다. 일찌거니 청소를 시작한 데는 나름대로 속셈이 있었다. 치울 수 있는 공간은 기껏해야 방 둘과 좁은 마루 하나에 불과하다. 그러므로 청소를 하는 동안 자연히 여자는 마루에서 물러나야 하고, 마루가 아니라면 앉을 만한 공간은 없었다. 기가 막힌 계획 아닌가. 빗자루와 걸레를 찾아 들며 나는 연신 웃음을 흘렸다.

그러나 내가 방 둘을 쓸고 닦는 동안 여자는 미동도 하지 않았다. 눈길도 주지 않고, 오로지 꼿꼿하게 앉아 대문인지 그 너머인지를 건조하면서도 무료하게 쳐다보고 있었다. 내가 쭈뼛거리며 다가가

자 그제야 알은척을 했다.

"이번엔 청소예요?"

"좀 비켜줘야겠는데요."

"조금 있다 하면 안 돼요?"

"할 때 해야지 안 그러면……"

"안 그러면 큰일나요?"

그런 건 아니지만…… 그러나 나는 말하지 않았다. 할 필요가 없는 말이었다. 내 말과 상관없이 여자는 전혀 움직일 생각이 없어 보였다. 내가 난처해하고 있는데 때마침 대문이 열리고 아버지가 들어섰다. 나의 보호자이자 대리인이고, 이 상황을 해결할 유일한 구원자인 아버지를 보자 왈칵 반가움이 솟았다.

"아버지!"

빗자루와 걸레를 내려놓고 아버지에게 다가갔다. 맘 같아서는 목이라도 끌어안고 싶었지만 낯선 여자의 시선이 등뒤에 버티고 있는 터라 애써 참았다.

"타는 냄새가 나는구나. 오늘은 고등어냐?"

고등어 조림 올려놓은 걸 깜빡했다. 그래도 많이 타지는 않았다. 고등어를 내려놓고 이번에는 국거리가 담긴 코펠을 올렸다.

"저 알아보시겠어요?"

여자가 마루에서 일어서며 아버지에게 물었다. 그리고 복잡한 시선으로 나와 아버지를 번갈아 쳐다보았다.

"여긴 어떻게……"

"오늘 퇴원했어요. 댁에서 오지 않으니 저라도 와야죠. 잘 지내냐고 묻진 못하겠네요. 그다지 잘 지내는 것 같진 않으니까."

"미안합니다. 자주 못 찾아가서."

"자주가 아니죠. 딱 두 번 오셨으니까."

"우리는…… 보는 그대롭니다."

"그건 차차 알게 되겠죠."

나는 코펠 앞에 쪼그려 앉아 국 간을 보며 여자를 힐끔거렸다. 아는 사이였던가. 그럼 진작에 아버지 이름을 물어볼 것이지. 그러나 두 사람은 알기는 하지만 친한 것 같지는 않았다. 아버지도 여자도 내내 말없이 앉아만 있었다. 앉아서는 대문인지 그 너머인지를, 혹은 대문 옆에 있는 감나무인지도 모르겠지만, 쳐다보고 있었다. 짧은 봄날이 다 졌다. 낮이 가고 밤이 왔다. 나는 밤이 무섭다. 그래서 늘 해지기 전에 저녁을 먹고 밤에는 방에서 나오지 않았다. 아버지 곁에 누워 밤새 텔레비전을 보거나 공상을 했다.

그런데 오늘은 저녁을 먹기 전에 벌써 해가 다 졌다. 마당에 불을 켜놓긴 했지만 담 밑과 대문 밖은 캄캄한 우물 속 같다. 우물은 언제라도 무섭고 두려운 존재다. 대낮이어도 마찬가지다. 다만 다행한 일이라면 우리집에 우물이 없다는 것과 낮에는 절대, 지하가 아니라면 어둠이 존재할 수 없다는 것 정도다.

오늘은 웬일인지 캄캄한 우물 속이 그다지 무섭게 느껴지지 않는다. 대문 밖의 어둠이 어제만큼 두렵지 않다. 아마도 낯선 여자의 등장으로 인해 일상의 흐름에 작은 이랑이 생겨서인 듯한데, 어쨌든 지금은 마치 제사 지내기 직전의 자정 같다. 완벽한 침묵 속에 내재해 있는 어떤 알 수 없는 미묘한 술렁거림과 약간의 흥겨움. 그러므로 완벽한 침묵 같지만 사실은 완벽한 침묵이 아니다. 침묵 속에는 많은 것들이 떠다니고 있다. 가령 이런 것들이다. 누가 묻지도 않았는데 갑자기 툭 내뱉는 아버지의 뜻 모를 말들 같은 것이다.

"가게를 팔았소. 더이상 남은 게 없어요. 이젠 미안하다는 말도 미안하고 염치없어서 더 못 하겠고."

여자는 대답하지 않았다. 여전히 꼿꼿한 자세 그대로였지만 얼굴 표정에서 뭔가가 많이 누그러졌음을 알 수 있었다.

"다 됐으면 저녁이나 먹자."

돌아보지도 않고 아버지가 말했다.

"갈 데가 없어요."

"괜찮다면 여기 있어요. 어차피 방이 하나 남으니까. 저놈은 신경 쓰지 않아도 될 겁니다."

얼마나 오래 쪼그려 앉아 있었던지 일어서는데 다리가 저렸다. 절뚝거리며 마루에다 밥상을 차렸다. 마루와 부엌과 수돗가를 오가며 밥과 반찬을 나르는 동안 어느새 여자는 기둥에 머리를 기댄 채 잠들어 있었다. 고른 숨소리를 듣던 나는 여자를 깨워야 할지 말아야 할지 망설이지 않을 수 없었다. 잠이 먼저인지 밥이 먼저인지 알 수 없어서였다. 그리하여 나는 아버지와 여자 사이에 어색하게 서서 제법 난감한 표정을 짓지 않을 수 없었다. 오늘은 마치, 참 이상한 일이지만 제사 지내기 직전의 자정 같은 분위기다.

촐 족의 의식

"텔레비전 보는 거 좋아해요?"

나는 수돗가에 신문지를 깔고 앉아 시금치를 다듬고 있었다. 제철이라 요즘은 시금치값이 가장 싸고, 오늘은 시금치로 상을 가득 채울 생각이었다. 시금치 무침과 시금치 된장국, 시금치 샐러드. 함께 시장에 다녀온 이후 여자는 마루에 앉아 기둥에다 머리를 기대고 있었다. 여자가 나타난 이후 기둥 옆자리는 여자의 전용석이 되었다. 여자는 늘 그곳에 앉아 비스듬히 머리를 기대거나 혹은 아마도 깁스 때문이겠지만 꼿꼿한 자세를 유지하며 나를 그리고 마당과 대문 너머를 바라보았다.

나로 말할 것 같으면 잠잘 때나 특별한 때를 제외하곤 수돗가에서 하루의 대부분을 보냈다. 햇볕이 따뜻해서인지, 집 안의 그 어느 곳보다 밝아서인지는 모르겠지만 여하튼 수돗가가 좋다. 이곳에 앉아 생선이든 나물이든 뭔가를 고물고물 다듬고 있으면 마음이 편안해진다. 여름을 위해 아버지는 파라솔까지 준비해놓았다.

"좋아하진 않는데 최근에 많이 보게 됐어요. 특히 드라마와 뉴스들."

여자가 대답했다.

"좋아하지 않는데 왜 봐요?"

"병원에 있다보면 싫어도 봐야 하죠. 혼자 사용하는 공간이 아니니까."

"아, 병원. 목은 어쩌다 다쳤어요?"

"……"

대답이 없어 쳐다보니 여자가 가만히 나를 바라보고 있었다. 아무래도 내가 상처를 건드린 모양이다. 나는 허겁지겁 텔레비전 이야기로 돌아갔다.

"마야의 한 부족인데, 촐 족이라고 있어요. 얼마 전에 텔레비전에서 다큐멘터리로 방영했죠. 한 회도 빼놓지 않고 다 봤어요."

"한 회도 빼놓지 않고 다 볼 만큼 무엇이 그렇게 흥미를 끌던가요?"

"광대버섯 의식."

"광대버섯?"

"광대버섯에는 무스카린이라는 환각 성분이 있어서 먹으면 환각 상태에 빠져요. 이 부족은 그걸 의식에 사용하는 겁니다. 부족마다 신화나 전설이 있게 마련이고, 부족의 안녕과 유지를 위해 정기적인 의식이 필요하단 말이죠. 아이들은 태어날 때부터 할아버지나 아버지에게서 자기 부족의 신화와 전설을 귀가 닳도록 들어요. 그리고는 좀더 커서 의식에 참여하죠. 광대버섯을 먹고 환각 상태에 빠진 이들이 뭘 보겠어요? 태어날 때부터 귀가 닳도록 들은 신화와 전설을 보는 건 당연한 이치겠죠. 그리고 그걸 자기 눈으로 직접 확인까지 했으니 완전히 믿어버린단 말입니다. 그렇게 해서 부족의 일원으로서 일체감과 책임감을 가지게 된단 거죠."

"그래서요?"

여자가 심드렁하게 물었다. 그래서 나는 시금치 다듬기를 잠시 멈추고 어떻게 하면 여자의 흥미를 끌 수 있을까 생각했다.

"그런데 말입니다. 어느 부족이든 꼭 하나씩은 회의하는 인간이 있게 마련이란 말입니다. 모든 부족원이 한결같을 순 없단 말이죠. 이 촐 족도 예외는 아니었어요. 칸이라는 청년이 그랬으니까요. 칸은 어릴 때부터 아버지의 말을 믿지 않았어요. 아니 믿고 싶었죠. 믿고 싶었지만 자꾸 의문이 생기더란 말입니다. 왜 그럴까, 어떻게 그럴 수 있지 따위들. 하지만 칸은 그런 의문을 누구에게도 말하지 않았어요. 말하지 못했다고 하는 게 정확하겠군요. 부족의 신화를 믿지 않는 부족원은 필요 없으니까 말입니다. 의문을 발설하는 순간 곧 부족으로부터 추방되었을 테니까 말입니다. 칸은 그게 두려웠던 거죠."

"어딜 가나 똑같네요."

"네?"

"옛날이나 지금이나 어쩌면 사회라는 게 이렇게 똑같을 수 있는지…… 어이가 없네요."

여자가 한숨을 쉬었다. 길다란 석고 덩어리를 목에다 끼우고서 한숨 쉬는 모습은 몇 번을 봐도 우스꽝스러웠다. 그러나 제법 심각하달 수 있는 분위기에서 웃어버릴 수는 없는 일 아닌가. 우스꽝스럽다는 생각을 지우기 위해 서둘러 내가 말했다.

"인간들 하는 짓이 다 똑같죠 뭐."

갑자기 여자가 고개를 돌리더니 나를 유심히 내려다보았다. 의문과 의문이 빠르게 교차하는 시선이었다. 며칠 함께 지내는 동안 심심찮게 봐온 모습이었다.

"내가 또 뭘 잘못 말했어요?"

"박시영씨!"

"없다는 사람을 왜 자꾸 찾는 겁니까? 내가 박시영이라는 사람과 닮았어요?"

"아니에요. 칸 얘기나 계속해요. 그래서 어떻게 됐어요?"

나도 이젠 박시영이라는 사람이 누군지, 어떻게 생겨먹은 인간인지 궁금하다. 내가 모르는 사이 혹 우리집에서 산 것은 아닌지, 아무도 모르게 땅굴을 파고 지하실을 만들어 두더지처럼 내 발 아래서 살아간 것은 아닌지, 그리하여 마치 이 집에서 사는 것처럼 행세하고 다닌 것은 아닌지 문득문득 의문이 들 때가 있다. 아무래도 여자에게서 전염된 모양이다.

"그 사람하고는 무슨 관계입니까?"

"누구?"

"박시영."

"……"

"좋아했어요? 아니면 사기치고 도망갔어요? 그래서 잡으러 다니는 겁니까?"

"칸은 어떻게 됐어요? 결국 추방당했나요?"

단순한 물음 같지만 여자의 목소리에는 상대로 하여금 화제를 돌릴 수밖에 없도록 만드는 힘이 실려 있었다. 단호함이 느껴져 더이상 밀어붙일 수가 없었다. 그렇다면 여자는, 말하지도 않을 거면서 박시영은 왜 찾는가 말이다. 이해할 수 없는 일이다. 하긴 이해할 수 없는 일이 어디 한둘인가. 자기 집도 아니면서 자기 집처럼 버티고 있는 저 여자만 해도 그렇지 않은가. 마루에 눌러앉아서 마치 주인처럼 굴지 않는가 말이다.

"칸도 물론 광대버섯을 먹었어요. 환각상태를 연장하기 위해 샤먼을 따라 자신의 오줌도 받아 마셨어요. 그렇게 꼬박 일 주일을 미지의 세계를 헤매고 다녔죠. 선조를 만나기 위해, 위대하다는 머나먼 조상의 목소리를 듣기 위해 최선을 다했단 말이죠. 그런데 칸에게는 그 누구도 찾아오지 않았어요. 위대한 조상은커녕 어릴 적 자신을 무릎에 앉히고 부족의 영광을 노래로 들려주던 할아버지조차 나타나지 않았단 말이지요. 환각상태에 있는 동안 칸이 느낀 것이란 오로지 어둠과 축축함과 불쾌함뿐이었어요. 물론 당황했겠죠. 하지만 어쩌겠어요. 환각에서 깨어난 동료들이 위대한 조상을 찬양하며 노래하고 울부짖을 때 칸 역시 그렇게 했어요. 어렵지는 않았지요. 귀가 닳도록 들어왔던 조상들의 얘기인지라 그대로 줄줄 읊기란 문제도 아니더란 말이지요. 제스처 조금만 섞어 연기하면 조상을 만난 동료나 만나지 못한 자신이나 똑같더란 말이죠. 그렇게 살았지요. 나이가 찰 때까지. 자신과 부족을 감쪽같이 속이면서. 그런데 정작 문제는,"

거기까지 말했을 때 더이상 다듬을 시금치가 남아 있지 않았다. 일정한 리듬을 만들어내던 동작이 멈추자 말문까지 막혀버렸다. 여자의 시선이 느껴졌다.

"이제 조금 재미있어지려는데 왜 그만둬요?"

"다듬을 시금치가 없어서."

"그럼 부추라도 다듬어요. 저녁에 부추전 부쳐먹게."

"오늘은 시금치 날인데……"

"시금치와 부추의 날이라고 고치면 되잖아요. 내가 달력에다 그렇게 적어놓을게요."

시금치에겐 미안한 일이지만 어쩔 수 없었다. 여자가 원하고 또한 나 역시 하던 얘기를 계속 잇고 싶었으므로 염치 불구하고 부추를 다듬기로 했다. 시금치를 옆으로 밀어놓고 부엌으로 가서 부추를 가지고 나왔다. 엉덩이의 바지 주름을 따라 구겨진 신문지를 잘펴고 앉았다.

"어느새 칸도 나이를 먹어 성년이 되었지요. 그리고 사랑에 빠졌단 말입니다. 상대는 바로 파아칠란이란 여자였어요. 그 부족의 미의 기준으로 보면 파아칠란이 꽤나 미인이었던 모양이지요. 경쟁이 제법 치열했으니까요. 그 경쟁을 뚫고 칸이 결국 파아칠란의 연인이 되었지요. 두 사람은 깊이 사랑했고 그래서 샤먼 앞으로 나아가 결혼 허락을 요청하기에 이르렀단 말이죠. 그런데 샤먼 하는 말이 둘의 결혼을 허락할 수 없다는 거였지요. 결혼 허락은커녕 파아칠란을 부족에서 영원히 추방해야 한다고 선고하더란 말이지요. 위대한 조상으로부터 계시를 받았는데, 파아칠란을 추방하지 않으면 부족에 큰 재앙이 내릴 거라고 말이죠. 샤먼의 말은 곧 법이란 말이지요. 파아칠란을 추방하지 않으면 왜 부족에 재앙이 내리는가, 그에

합당한 이유나 정당성 따위는 생각해볼 여지도 없었지요. 위대한 조상의 계시는 그 위대함만큼이나 위대한 거니까 말이지요. 하지만 생각해보세요. 칸이나 파아칠란의 입장에서 쉽게 납득이 가겠어요? 한 사람은 졸지에 연인을 잃고, 또 한 사람은 영원히 부족에서 추방당할 처지에 놓였는데 '네, 그대로 따르겠습니다' 하고 물러나겠느냐구요. 추방은 곧 죽음을 뜻하죠. 혼자서 살아가기가 여간 힘들지 않다는 말입니다. 위대한 전사라면 또 모를까 생존법을 익히지 못한 여자인 경우에는 언제 어디서 목숨을 잃을지 모른단 거지요."

"그래서 둘이 도망이라도 갔어요?"

"도망가길 원해요?"

"당연히 그래야 하는 거 아닌가요?"

나는 여자를 빤히 쳐다보았다. 갑자기 묻고 싶은 것이 생각났다.

"그 목, 부러진 겁니까?"

"부러졌으면 좋겠어요?"

"그런 건 아니지만."

"도망 안 갔군요."

"그런 셈이죠."

여자는, 자신에 대해서라면 아무것도, 절대로 말하지 않는다. 나는 그만 궁금해하지 않기로 했다. 그 무엇에 대해서도 묻지 않기로 마음먹었다. 내겐 오로지 부추가 있을 따름이다. 내게 남은 것, 소중한 것은 오직 부추뿐이므로 한층 더 정성들여 다듬기 시작했다.

"도망갈 수 없었죠. 샤먼이 새로운 제안을 했으니까. 결혼은 그렇다 치더라도 파아칠란의 추방만큼은 받아들일 수 없다고 칸이 결사반대를 했단 말이죠. 그러자 샤먼이 말했어요. '광대버섯을 먹어라. 그리고 위대한 조상의 말씀을 들어라.' 조상의 말씀을 직접 들으면 생각이 달라질 거라는 뜻이었지요. 물론 샤먼은 환각상태에서 칸이 위대한 조상의 말씀을 듣지 못할 수도 있다는 건 전혀 고려하지 않았겠지요. 자, 그때부터 칸의 또다른 고민이 시작되었단 말이죠. 위대한 조상으로부터 아무런 계시도 받지 못했다고 하면 자칫 부족의 신성한 의식을 부정하는 꼴이 될 테고, 계시를 받았다고 한다면 파아칠란이 추방될 판이란 말이지요. 어떻게 해야 할까요? 사면초가, 칸은 이러지도 저러지도 못하고 마냥 서 있기만 했어요. 그러니까 샤먼이 더욱 엄한 목소리로 명령했겠죠. 이렇게. '광대버섯을 먹어라.'"

홍분해서 나도 모르게 목소리가 커졌다. 민망함에 얼른 여자를 돌아보자 그녀는 여전히 심드렁하게 대꾸했다.

"역시 쉬운 문제군요."

나는 묻지 않았다. 다만 여자의 깁스한 목을, 전혀 움직임이 없는 그 물건을 가만히 쳐다보고 있었다. 곧 여자는 심드렁하지만 명쾌한 해답을 내려주었다.

"부족의 의식을 한바탕 비웃어주고 함께 떠나버리면 되지 뭘 그딴 걸로 고민해요."

나는 마지막 부추 다발을 풀어 오래오래, 마땅히 다른 할 일이 없었으므로 가능한 한 느린 동작으로 다듬어나갔다.

면담

아버지가 내 손을 잡아 일으켰다. 복도 맞은편 의자에 앉아 있는 아이와 눈을 맞추던 나는 어쩔 수 없이 일어나긴 하면서도 우리 차례가 아님을 상기시켰다.

"우리 차례 맞아."

아버지는 늘 이런 식이다. 병원에만 오면 차례를 무시했다. 노인 대접을 해주느라 간호사도 의사도 아버지를 제지하지 않았다. 그나마 다행한 일이 아닐 수 없다.

"멀쩡한 사람을 왜 병원으로 끌고 오는지 모르겠네."

간호사가 열어주는 문으로 들어서며 내가 중얼거렸다. 이 말 역시 한 달에 한 번씩 이 문으로 들어설 때 내가 꼭 읊는 대사다. 내가 그렇게 투덜거리면 간호사는 한결같이 웃기만 한다. 그래서 이제는 정말 그렇게 생각해서 투덜거리는지, 간호사의 웃음을 보기 위해 투덜거리는지 잘 모르겠다.

젊은 의사는 앉은 채 편안하시냐고 아버지에게 인사했다. 늘 그렇죠 뭐, 아버지가 대답했다. 모든 게 반복이다. 비디오테이프를 재생시키듯 똑같다. 이럴 거면 차라리 캠코더로 찍어두고 다달이 틀어볼 것이지 왜 바쁜 사람을 오라 가라 하냔 말이다. 의사 앞에 마주 앉으며 내가 생각했다. 지루한 면담이 시작되었다. 의사가 내 눈을 들여다보며 물었다.

"그 동안 잘 지냈어요?"

"네."

"요즘도 집에만 있어요?"

"네."

"어디 나가고 싶다는 생각은 안 들어요? 그러니까 집에만 있기 답답하지 않아요?"

"전혀."

"하루 종일 집에서 뭘 합니까?"

"청소하고 빨래도 하고…… 밥하고, 바빠요."

"이름은?"

"동현."

"그럼 성은?"

"동."

"나이는?"

"스물여덟."

"직업은?"

"……"

"직업은?"

"우주비행사."

"지난 면담 땐 뭐라고 했죠?"

"……"

"잘 생각해보세요. 우주비행사가 아니었을 텐데. 뭐라고 했죠?"

"우주비행사."

"꿈은?"

"일인을 위한 조리사. 일인 전속 조리사."

"그 일인은 누구를 말하는 거죠?"

"아버지."

"이유는 뭐죠?"

"아버지에겐 조리사가 없으니까요."

"집에서 요리하는 게 좋아요?"

"네."

"요리말고 하고 싶은 건 없어요?"

"……"

"밖에서 일하고 싶은 생각 없어요? 예전처럼 직장 다니면서 동료들과 어울려 볼링도 치고, 술도 마시고, 등산도 가고. 재미있을 것 같죠?"

"……"

"네. 수고했습니다."

나는 의자에서 일어났다. 면담은 시간이 지날수록 짧아졌다. 5문항 혹은 10문항씩 줄어들었다. 어차피 같은 질문에 같은 대답의 반복이니 문항이 줄어들든 늘어나든 상관은 없을 것이다. 두 팔을 책상 위로 늘어뜨리고 상체를 바짝 앞으로 내민 의사가 아버지를 향해 구원의 메시지를 던졌다. 반복의 미학 제 마지막장에 해당하는 구절이었다.

"다시 한번 말씀드리지만 굳이 면담은 안 하셔도 됩니다. 사고로 인한 일시적인 현상일 뿐이니까 시간을 두고 기다리세요. 마음 편히 잡숫고. 다 돌아오게 돼 있습니다. 그리고 한 달치 약 받아가세요."

집에 돌아온 나는 여자의 전용석, 기둥 옆자리를 닦고 또 닦았다. 자리를 비웠을 때 되도록 많이 닦아두어야 한다. 언제 또 나타나 떡 버티고 앉을지 모르니까. 여자는 한번 앉으면 좀처럼 움직이지 않았다. 인내심이 대단했다.

충분하진 않지만 이 정도면 됐다 싶을 때 마침 여자가 대문 안으로 들어섰다. 깁스가 없으니 퍽이나 홀가분할 텐데도 처음 나타났을 때와 마찬가지로 대단히 뻣뻣하고 거만해 보여서 감히 범접할 수 없는 위엄이 느껴지는 걸음걸이였다. 게다가 턱 밑에서부터 어깨 바로 위까지, 아마도 햇빛을 쬐지 못해 그렇겠지만 마치 깁스를 한 것처럼 희었다. 그러므로 여자는 깁스를 했을 때나 풀었을 때나 달라진 것이 없었다. 여전했다. 여자의 대단히 뻣뻣하고 거만한 걸음걸이나 곧은 앉음새가 깁스 때문만은 아니었을지도 모르겠다는 생각이 문득 들었다.

"왜 웃어요?"

나는 웃음을 거두고 마루에서 물러나 수돗가로 갔다.

"어색해 보여요?"

"조금. 목 받침대가 없으니까 허전한 것도 같고."

다시 하고 올까요? 여자가 물었다. 원한다면. 원한다면 그렇게 해요. 여자가 손으로 목을 쓰다듬었다. 그리고 쓴웃음을 지었다.

"댁 덕분에 몇 달 잘 쉬었어요."

"댁? 나 말입니까?"

나는 걸레에 비누질을 하다 말고 여자를 올려다보았다.

"그럼 댁말고 누구겠어요?"

"내가 왜……"

"그만두죠. 그나저나 오늘 점심은 뭐예요?"

"라면."

말해놓고 보니 정말 라면을 먹어야 할 것 같다. 오늘은 병원에 다녀오느라 미처 점심을 준비하지 못했다. 스스로를 일인을 위한 조리사라 칭해놓고 이런 실수를 하다니, 책임을 통감한다. 조리사는 어떠한 경우에도 책임을 다해야 한다. 그렇지 않으면 상대가 굶는 있을 수 없는 일이 발생한다. 정말이지 있을 수 없는 일이다. 걸레를 주물럭거리는 두 어깨에서 힘이 빠졌다.

언제 들어왔는지 아버지가 마당에 서서 나를 지켜보고 있었다. 눈매가 서글프다. 나는 아버지를 향해 씨익 웃음을 날려주려다 간신히 완수하지 못한 조리사의 역할을 기억해내고는 참았다. 아버지가 움직일 때마다 뭉툭한 그림자가 앞에서 종종걸음쳤다.

"저 오늘 떠나요."

여자가 말했다. 젓가락을 내려놓는데 보니 라면이 그대로 남아 있었다. 저런, 자원 낭비도 문제지만 음식 찌꺼기는 환경오염의 주범이다. 이를 어쩐다?

"어디로……"

"어디로든 가야죠."

여자의 눈치를 보았다. 더 먹을 것 같지는 않다. 저대로 놔두면 면발이 불 테고, 불면 양이 많아지고, 그렇다면…… 환경오염 정도도 더 높아질 테지. 어쩐다?

"미안하다는 말도 이젠 미안해서 더 못하겠고…… 내 두고두고 갚지요."

"저기, 라면 더 먹을 건가요?"

마침내 용기를 내서 물었다. 그러자 여자가 말없이 그릇을 내 쪽으로 밀어주었다. 숨도 쉬지 않고 면발을 건져 입으로 밀어넣는데 아버지와 여자의 시선이 느껴져 이마가 화끈거렸다. 식충이라고 놀리기라도 하면 당당하게 '음식 찌꺼기는 환경오염의 주범'이라고 말해줄 텐데, 그러나 아버지도 여자도 입을 꾹 다물고만 있다. 제기랄이다. 얼마나 나를 미욱하다고 생각할 것인가. 제발 누구든 말 좀 해라. 침묵은 사절이다.

칸의 선택

올 때처럼 여자는 가방 하나 달랑 들고 마루에서 일어섰다. 여자가 가방을 들자 아버지는 슬그머니 밖으로 나가버렸다. 나는 수돗가에서 설거지를 하고 있었다. 여자가 다가와 섰다. 봄볕이 따갑다.

그러나 여자에게 오른쪽으로 두 발만 옮겨달라는 말은 하지 않았다. 다만 이별을 고하기 전에 내가 먼저 칸 얘기를 꺼냈다. 칸의 얘기는 아직 마무리되지 않았다.

"칸 말인데요. 당신은 부족의 의식을 한바탕 비웃어주고 함께 떠나버리면 되지 않느냐 했었죠. 그런데 문제는, 부족을 떠나느냐 떠나지 않느냐 하는 게 아니란 말이지요. 샤먼의 제안이 없었다면 어쩌면 칸은 파아칠란을 따라 광야로 나갔을지도 모르지요. 자신이 추방된 게 아니니까 에잇, 더럽다 하고는 훌훌 떠나버릴 수 있단 말이지요. 하지만 그게 자신의 문제가 되었을 땐 달라지더란 말이지요. 조직에서 밀려난다는 것, 더구나 태어나고 자라고 부모 형제가 다 있는 부족사회에서의 추방은 여간한 충격이 아닐 수 없지요. 파아칠란을 따라 광야로 나가는 것과 추방은 엄연히 다른 문제란 말이지요. 자신의 비루함을 목격한다는 건 결코 쉬운 일이 아니더란 거죠. 그러니까 칸의 고민은 바로 자신 때문이었단 말입니다."

여자는 전처럼 그래서요? 하고 묻지 않았다. 설거지하는 법을 배우는 학생처럼 조용히 내 손놀림만 지켜볼 뿐이었다.

"이튿날 칸은 부족 사람들이 모두 지켜보는 앞에서 결연한 표정으로 광대버섯을 먹었지요. 위대한 조상을 알현하기 위해 평소의 의식 때보다 더 많은 양을, 수십 개의 말린 버섯을 천천히 씹어 삼켰지요. 하루가 지나고 이틀이 지났지요. 사람들은 모두 칸이 깨어나기만을 기다리고 있었지요. 그럴 필요가 없는데도 칸은 환각상태를 연장하기 위해 자신의 오줌을 받아 마시고 또 마셨지요. 말린 버섯보다 더 강력한 마취 효과를 발휘하는 것이 바로 오줌이었지요. 칸이 선택한 것은 바로 환각에서 깨어나지 않는 거였지요. 추방도 사랑도 비루함도 모두 잊고 망각의 세계에 머무는 거였지요. 영원히."

내 말이 끝나자 여자가 돌아섰다. 곧고 곧아서 거만해 보이기까지 하는 여자의 뒷모습, 이 대문 밖으로 사라졌다. 그때 햇빛이 쨍하고 빛났다. 아마도 그래서겠지만 한순간 눈물이 날 것 같았다. 정말이지 제기랄이다. 왜 하필 봄인가 말이다.

쉰한 개의 시퀀스를 가진
한 편의 농담

- 회전(回轉)

김도언

1972년 충남 금산 출생.
대전대 국문과 졸업.
1998년 대전일보, 1999년 한국일보 신춘문예로 등단.
단편소설 「그녀는 그에게 잘못했다」 「어느 날 나는」
「Empty room」 등 발표.

1

남자710121은 면접을 끝내고 집으로 돌아오는 길에 깡통맥주 다섯 개를 산다. 아직 시간은 정오를 겨우 넘겼을 뿐이다. 자취방에 들어온 남자710121은 감색 정장을 벗어던지고 흰색의 가벼운 반소매 티셔츠로 갈아입는다. 창문을 열고 방바닥에 신문지를 펴고는 그 위에 대고 대구포를 부욱, 찢는다. 맥주를 따서 첫모금을 마신 남자는 "카" 하고 상쾌한 탄성을 터뜨린다. 면접을 마치고 낯선 사무실의 계단을 내려올 때부터 남자710121은 줄곧 이 생각만 했다. '어서 가서 시원한 맥주나 마셔야지.' 혼자 마시는 맥주가 남자710121의 기대를 저버린 적은 없다. 늘 잘 웃는 주인집 여자761225가 빨래를 널고 있는지 마당에서 팍, 팍, 빨래 터는 소리가 들린다. 그 소리가 하나도 귀에 거슬리지 않고 외려 상큼하기까지 하다. 하지만 그 소리는 여자761225가 내는 소리 중에서 가장 투박한 소리에 속한다. 이 집의 주인인 여자761225는 얼마든지 아름다운 소리를 낼 수 있다. 여자761225의 남편은 어딘가 멀리 가 있는 모양이다. 남자710121은 그녀의 남편이 어떻게 생겼는지 가끔 궁금하다.

2

여자761225는 남편에게 편지를 쓰다 말고 빨래를 시작한다. 편지는 겨우 두 줄만이 채워져 있을 뿐이다. 방바닥에는 구겨진 종이뭉치가 여러 장 나뒹굴고 있다. 여자761225는 장롱을 뒤지고 다락까지 뒤져서 계절이 지난 옷가지들과 커튼 등을 끄집어내어 모조리 세탁기 안에 집어넣는다. 여자761225는 세탁기를 돌려놓고 다시 방 안에 들어와 비디오테이프를 크게 틀어놓고 본다. 편지쓰기는 이미 까맣게 잊은 듯하다. 〈아기공룡 둘리〉나 〈월레스와 그로밋〉 같은 만화를 보면서 여자761225는 한없이 소리 높여 웃는다. 이미 여러 번 본 것이지만 여자761225는 언제나 같은 장면에서 웃는다. 비디오테이프가 다 돌아갈 즈음이면 자연스레 졸음이 찾아와 낮잠을 자게 된다. 낮잠에서 깨어나면 전자동 세탁기는 어느 순간 멈춰져 있다. 여자761225는 얕은 잠결 속에서 세탁기 돌아가는 소리 듣는 것을 좋아한다. 그 소리는 어린 시절 엄마 품에서 낮잠을 잘 때 들려오던 헬리콥터 소리와 비슷하다. 그 품의 온기, 냄새, 아득한 시간의 기억을 세탁기 소리는 다 데리고 온다. 으레 그녀의 평안한 잠을 깨우는 것은 건넌방에서 들려오는 장난감 나팔 소리이거나 전화벨 소리이다.

3

출판사에서 일하는 남자640808은 휴일 오전, 집에서 혼자 늦은 아침을 먹고 있다가 시골집 어머니의 전화를 받는다. 어머니는 다짜고짜 노총각으로 혼자 사는 아들의 처지를 타박한다. 남자640808은 공연히 부아가 치밀어서 어머니에게 역정을 낸다. 아, 또 그 소리예요. 걱정 마시라니까요. 내가 알아서 할 테니까. 낸들 이러고 싶겠어요? 그러자 전화기 속의 어머니는 설움이 치미는 목소리로 말한다. 야, 이 눔아. 내 생전에 며느리가 차려주는 밥상 한번 받아보려는지 모르겠다. 어째 팔자를 이렇게 타고 났누. 전화를 마친 남자640808은 밥상을 물리고는 담배를 피워물고 동네 비디오 숍에 간다. 그리고는 점원에게 능청스럽게 묻는다. 요즘 뭐 화끈한 거 없어?

4

남자350416은 자리에 붙박여 누운 채 초점 없는 눈으로 천장만을 응시한다. 그의 얼굴은 수석처럼 앙상하고, 거칠고 윤기 잃은 머리털은 이리저리 솟구친 채 볼품이 없다. 남자350416은 오른손을 움직여 장난감 나팔을 집어들고 힘겹게 입 쪽으로 가져간다. 뿌오뿌오뿌오. 그러나 그 소리는 맥없이 방 안만을 맴돌 뿐 어떠한 반향도 일으키지 못한다. 남자350416의 눈자위에 빨갛게 핏줄이 그어지면서 다시 장난감 나팔을 물고 있는 입술에 힘이 들어간다. 뿌오뿌오뿌오. 그러자 잠시 후 방문이 열리고 여자761225가 들어선다. 아버지 부르셨어요. 그녀의 입술이 높낮이 없이 움직인다. 남자350416은 여자를 보고 손으로 자신의 아랫도리를 가리킨다. 여자761225는 방구석에 놓여 있던 손잡이가 달린 환자용 변기를 집어든다. 여자761225는 남자350416의 등뒤에 팔을 넣어 일으키고 그의 아랫도리를 벗기고는 오줌을 받아낸다. 그러고 있는 남자350416이나 여자761225의 표정은 한없이 무료하다.

5

남자710121은 특별히 할 일이 없을 때는 벽 너머에서 들리는 여자761225의 소리를 듣는다. 직장을 잃고부터 그것은 남자710121의 중요한 일과가 되었다. 남자710121이 벽 너머로부터 가장 자주 듣는 소리는 웃음소리이다. 여자761225는 언제나 잘 웃는다. 웃음소리야말로 여자761225가 내는 소리 중에서 가장 아름다운 소리이다. 남자710121은 여자761225의 방에서 나는 소리를 다 듣는다. 벽에 귀를 바짝 대고 숨을 고르면서 그는 벽 너머의, 미세한 소리를 기다린다. 간혹 책 읽는 소리도 들리는데 그 소리는 남자710121이 웃음소리만큼이나 좋아하는 소리이다. 여자761225는 방 안에 누워 여성지나 베스트셀러 따위를 소리 내어 읽는다. 노래는 여자761225가 설거지를 할 때 주로 부르는데 그릇들이 부딪치는 소리, 수돗물 흐르는 소리 등과 섞이어서 또렷하게 들리지는 않는다. 그러나 귀기울여서 가만히 들어보면 그녀가 즐겨 부르는 노래는 〈로렐라이〉거나 〈오빠생각〉이라는 것을 알게 된다. 한결같이 슬픈 곡조를 가

진 노래들이다. 벽 너머에서는 가끔, '뿌오뿌오뿌오' 하는 소리가
들려오는데 남자710121은 그것이 무슨 소리인지 알 수가 없다.

6

　일과가 끝난 부대 사병막사, 남자691124가 수심이 가득한 얼굴로
관물대에 몸을 기댄 채 앉아 있다. 세면장에서 샤워를 하고 나오는
지 목에 황갈색 수건을 두른 고참이 침상으로 오르면서 남자691124
에게 말한다. 이 상병 왜 그래, 안 씻어? 와이프 생각하는 거야? 와이프는
요, 무슨…… 남자691124가 돌아앉으며 말꼬리를 흐린다. 그러는 그
의 얼굴에 더욱 짙은 음영이 드리운다. 남자691124는 집에 돌아갈 날
짜를 세어본다. 휴가를 다녀온 지 삼 개월 가량 되었으니 앞으로 몇
달은 더 기다려야 할 것이다. 제대는 아직 일 년 정도 남아 있다. 아내
는 무얼 하고 있을까. 요즘은 편지도 뜸한 편이다. 남자691124는 비
스듬히 누운 채로 길게 한숨을 내쉰다. 젊은 아내를 혼자 두고 온
그는 좀처럼 마음이 놓이지 않는다. 며칠 후면 대대적인 사단 훈련
이 시작된다. 훈련을 마치면 유격이 기다리고 있고 그리고…… 계
속되는 훈련. 그때 반대편 침상의 고참이, 보고 있던 잡지를 덮으며
말한다. 그 목소리에 심술이 가득하다. 와이프가 그렇게 보고 싶으면 손
가락이라도 하나 잘라서 의병 제대하면 되잖아.

7

　　여자761225는 남편이 그리운 나머지 화장대 서랍에 넣어둔 결혼 패물을 꺼내어본다. 그녀는 군에 간 남자691124가 어서 제대하기만을 기다린다. 남자691124와 여자761225는 재작년에 결혼을 했다. 남자691124는 입대 직전이었고, 여자761225는 스물다섯 살 때였다. 여자761225는 병들고 늙은 아버지인 남자350416과 함께 살고 남편은 깊은 산속의 시멘트 막사에서 소총을 껴안고 산다. 여자761225는 남편이, 군대에 가고 나서 조금 변했다고 생각한다. 그렇게도 상냥하던 사람이 무척 퉁명스럽고 날카로워진 것이다. 남편은 가끔 집에 전화를 걸어온다. 남편은 전화를 늦게 받는 것을 몹시 싫어한다. 전화를 늦게 받으면 남편은 막 소리지르고 화를 낸다. 그러나 그렇게 화를 내도 여전히 여자761225는 남편이 그립다. 여자761225는 빨래를 다 널고 나면 문간방의 세입자에게 공과금 내라는 말을 해야겠다고 생각한다. 그런데 그런 말을 하기가 퍽 쑥스럽게 여겨진다. 말하지 않아도 정해진 날짜에 알아서 갖다주면 얼마나 좋을까. 여자761225는 세입자인 남자710121이 방에서 무슨 일을 하는지 가끔은 궁금하다. 방음이 안 되는 벽을 사이에 두고 있는 남자710121의 방에서는 어떠한 소리도 들려오지 않는다. 가끔 텔레비전 소리와 라디오 소리만이 들려올 뿐이다. 여자761225는 남편의 철지난 옷을 널다가 남편이 자신을 안아준 지도 근 석 달이 다 되어간다는 생각을 한다. 여자761225는 남편의 품이 사무치게 그리워진다. 남편은 언제 오는가. 다음달이면 자신의 생일이기도 한데, 남편은 자신의 생일을 기억하고 있을까.

7

 깡통맥주를 세 개 비웠을 때 남자710121은 문득 요의를 느낀다. 자취방에 딸린 화장실이 따로 없기 때문에 용변을 보려면 마당을 가로질러서 대문 옆에 나 있는 화장실로 가야 한다. 그러려면 주인 여자가 사는 안채 앞을 지날 수밖에 없다. 마당에 나서니 하얀 민소매옷을 입은 여자761225가 마당 가득 하얗고 파란 빨래들을 널고 있다. 빨래 중에는 누렇게 색이 바랜 기저귀도 있다. 아기도 없는 집에 웬 기저귀일까. 남자710121은 잠깐 그것이 궁금해진다. 혹 여자761225에게 아기가 있는 것은 아닐까. 그러나 남자710121은 벽 너머에서 아기의 울음소리를 한 번도 들은 적이 없다. 울음소리도 없이 애를 키우는 여자가 있다면 그 여자는 얼마나 많은 비밀을 가지고 있을까. 여자761225가 너는 빨래는 언제나 많다. 나풀거리는 빨래들 사이에서 여자761225의 옆모습이 아름다운 환영처럼 보인다. 저 환영과 마주치지 않을 도리가 없다. '당신은 너무 아름답습니다.' 그렇게 말하고 싶은 남자710121의 입가가 약간 씰룩인다. 여자761225와 남자710121은 마주쳐도 서로 말을 건네는 법이 없다. 집의 젊은 여주인과 젊은 세입자는 처음부터 그렇게 되었다. 남자710121은 널린 빨래들을 요리조리 피해서 화장실 앞까지 간다.

 남자660519는 새벽에 쌍둥이 아들의 울음소리에 잠을 깬다. 어제 저녁 늦게까지 책을 납품하고 돌아와 몹시 곤한 잠에 들었던 그는 잠을 깨우는 쌍둥이들의 울음소리가 몹시 귀에 거슬린다. 마치 굵은 빗발이 창을 치는 것 같은 요란한 아이들의 울음소리에도 아내는 여전히 깊은 잠에 들어 있다. 남자660519는 그런 아내에게 공연한 화가 치민다. 남자660519는 골치가 아픈 듯 두 손으로 관자놀이를 지그시 누른다. 두통은 그가 조금만 신경을 쓸 때면 어김없이 찾아오는 것이다. 아내는 당뇨기가 있고 아이들은 툭하면 감기다 배탈이다 하며 약을 물고 산다. 이미 세 돌이 지났는데도 우……우마……마 소리밖에 할 줄 모른다. 남자660519는 자리에서 일어나 아이들을 잠시 어르고는 좁은 부엌으로 나간다. 방 쪽에서는 여전히 아이들의 울음소리가 들린다. 그는 부엌의 남루한 찬장을 열고 봉지커피를 한 잔 타서 마시고는 동이 트는 먼 동쪽 하늘을 멍하니 바라본다. 낮은 촉수의 전구처럼 뿌옇게 밝아오는 여명이 그리 반갑지 않다. 출근하여 남자640808에게 시달릴 생각을 하면 언제나 머리가 지끈지끈 아프다.

10

건평 스물두 평, 대지 삼십 평의 그 집에는 여자761225과 세입자인 남자710121이 있고 안채 깊은 곳에 병이 들어 운신을 못 하는 여자761225의 아버지 남자350416이 있다. 가끔 여자761225의 동생인 남자790822가 왔다 가고는 한다. 여자761225의 남동생은 고등학생 때부터 꽤나 말썽을 피우던 새끼건달이다. 고등학교를 중퇴한 남자790822는 누나인 여자761225에게서 용돈을 타서 여자들과 술을 마시고 잠을 잔다. 돈을 주면서 여자761225는 남동생에게 이렇게 말한다. '언제든지 돈이 필요하면 얘기해.' 그러나 남자790822는 누나에게서 용돈을 타쓰는 것이 별로 마음에 내키지 않는다. 왜냐하면 그 돈이 자신이 그토록 싫어하는 아버지의 연금에서 나온다는 것을 알기 때문이다. 남자790822의 팔뚝에는 담뱃불로 지진 자국이 다섯 군데나 있는데 그것이 남자790822에게는 굉장한 자랑거리이다. 남자790822는 낮에는 주로 당구장에서 지내고 밤에는 시내의 공원이나 술집에서 지낸다. 어린 학생 등을 위협해서 금품을 갈취하는 것은 남자790822에겐 이제 아주 익숙한 일이다. 언제나 잘 웃는 여자761225는 남동생을 생각하면서는 웃지 않을 것이다. 남동생의 팔뚝에는 다섯 군데 담뱃불로 지진 자국이 있다. 그런 무시무시한 자국을 보면서 웃을 수 있는 사람은 얼마 되지 않을 것이다.

11

남자710121이 화장실을 나오니 주인집 여자는 상체를 굽혀 대야에서 마지막 빨래 하나를 들어내고 있다. 그러면서 윗옷이 치켜올라갔는지 그녀의 하얀 허리께가 다 드러나 보인다. 한 팔로 감아도 맞춤하게 감길 것 같다. 남자710121은 자신의 생각에 얼굴을 붉히고는 방에 들어가 지나간 잡지 같은 것을 들추면서 마저 맥주를 마신다. 냉기가 식은 맥주가 유난히 쓰다. 정오 조금 지나 혼자 마시는 술은 취기를 제법 빨리 부른다. 네 깡통째를 비우고 나니 기분이 어슬어슬해지면서 졸음이 밀려온다. 그때 벽 너머에서 주인집 전화벨 소리가 들린다. 곧이어 '후두둑' 여자761225가 뛰어드는 소리가 들린다. 여자761225는 전화벨이 울리면 반드시 채 두 번이 울리기 전에 전화를 받는다. 오늘처럼 빨래를 널다가도, 혹은 밥을 하다가도, 노래를 부르다가도, 화장실에 가다가도, 잠을 자다가도 그녀는 전화가 울리면 마치 먹이를 채는 수리부엉이처럼 날쌔게 수화기를 채어든다. 남자710121은 그것을 보지 않고 소리만 듣고도 알 수 있다. 여자761225는 전화를 받기 위해 그 밖의 나머지 일을 하는 것만 같다. 전화를 기다리기 위해 그녀는 전화기의 바깥에 머문다. 전화는 누구한테서 오는가. 남자710121은 그 생각을 하다가 잠이 든다.

12

여자700523는 아침에 일어나면 먼저 거울을 본다. 거울에는 여전히 살찐 얼굴이 가득하다. 눈은 살에 밀리면서 단추구멍만하게 작아지고 턱 밑에는 보기 흉한 살이 겹쳐서 늘어져 있다. 언제나처럼 아침을 거른 여자700523은 어렵게 구한 그녀의 몸에 겨우 맞는 청바지를 입은 다음, 장난감 같은 핸드백을 메고 대문을 나선다. 한시간 남짓한 출퇴근 시간이 여자700523에겐 가장 큰 곤욕이다. 구십 킬로그램에 달하는 비만한 여자를 좋게 보는 사람은 이제 이 세상에 없다. '저 여자 다리 좀 봐, 도대체 뭘 얼마나 먹기에.' 사람들은 거리낌없이 여자700523의 비만을 조롱한다. 여자700523은 그래서 남들의 눈에 띄는 시간을 조금이라도 줄여볼까 하여 운전을 배우고 있는 중이다. 그러나 자동차 학원의 강사도 여자700523에게 불친절하기는 마찬가지이다.

13

여자750628은 자신의 몸 위에서 아직 바둥거리고 있는 남자790822를 살며시 밀어내고 담배에 불을 붙인다. 담배를 끼운 양 손가락 끝의 손톱이 눈부시게 반짝인다. 그것은 조개껍질 같기도 하고 유약을 바른 사기 조각 같기도 하다. 그녀는 자신의 손톱에 매우 만족해한다. 넌 정말 죽이는 데가 있어. 남자790822가 그렇게 말하면서 한쪽 팔을 여자750628의 젖가슴 쪽으로 뻗쳐온다. 털이 듬숭듬숭 난 굵은 손마디가 힘있어 보인다. 젖가슴에 머물고 있는 남자790822의 손을 여자750628은 그대로 둔다. 여자750628의 손이 남자790822의 굵은 팔을 어루만진다. 그 팔뚝의 중간쯤에는 담배불로 지진 자국이 다섯 개 있다. 여자750628은 그 흉터를 손톱으로 지그시 눌러본다. 그렇게 하는 여자750628의 표정은 어딘지 모르게 나른해 보인다. 그러자 남자790822는 여자의 젖가슴에 머물고 있는 손아귀에 힘을 주면서 여자의 가슴을 꽉 움켜쥔다. 아, 여자750628이 낮게 신음한다.

14

여자761225는 빨래를 다 널고 나서 잠시 방 안을 서성거리다가 용기를 내어 남자710121에게 공과금 내라는 말을 하기로 한다. 남자710121의 방문 앞에서 잠시 방 안의 동정을 살피지만 아무런 소리도 들려오지 않는다. 이윽고 심호흡을 하고 똑, 똑 노크를 해본다. 그러나 방 안쪽에서는 아무런 기척이 없다. 분명 방 안에 있을 텐데도 응답이 없는 것이 여자761225는 이상하게 느껴진다. 그때, 빼꼼이 열려 있는 창문이 여자761225의 눈에 들어온다. 그러려고까지는 생각치 않았지만 어느새 여자761225는 발돋움을 해서 창문 안쪽을 들여다본다. 방 한가운데에서 남자710121은 세상 모르고 자고 있고 그 옆에 빈 맥주깡통들이 구겨진 채 널려 있는 것이 보인다. 저 남자에게는 어떤 슬픔이 있는가. 여자761225는 공연히 남자710121에게 마음이 쓰인다.

15

면접을 본 지 사흘 만에 연락이 왔다. 남자710121은 다시 직장을 갖게 되었다. 면접을 볼 때 그곳의 사장은 그에게 물었다. 직장이 없을 때는 하루 종일 무엇을 합니까? 남자710121은 대답했다. 저 자신을 견딥니다. 연락이 온 것은 면접을 보고 온 지 사흘째 되던 날이었다. 다시 남자710121은 직장을 갖게 되었다. 그곳은 규모가 작은 출판사이다. 자취방에서 무려 두 시간이나 걸리는 거리에 있는 그 사무실에는 사장을 제외하고 직원이 모두 네 명이다. 처음 본 그 네 명의 새로운 동료들이 남자710121은 별로 마음에 들지 않는다. 그는 별로 마음에 들지 않는 네 명의 동료와 일하기 위해 아침에 두 시간 동안 붐비는 거리에서 위험한 운전을 해야만 한다. 남자710121은 작년 여름에 96년식 프라이드 중고를 구입해서 오너가 되었다. 유량계의 눈금이 수입 없는 그에게 소화불량을 가져다준 것은 이미 오래 전의 일이다.

16

여자750628은 출근을 하기 위해 남자790822보다 먼저 일어난다. 여관방에서 새벽에 혼자 눈을 뜨고 샤워를 하는 자신의 모습을 생각하면 조금 쓸쓸하기도 하지만 남자790822와의 잠자리는 언제나 흥미진진함과 뿌듯한 쾌감이 있다. 여자750628은 방을 나서기 전 침대 밑바닥에 아무렇게나 널려 있는 휴지 뭉치를 들어 코에 대고 냄새를 맡아본다. 아직 마르지 않은 정액 냄새가 근사하다. 나 갔다 올게. 남자790822를 향해 그렇게 말해보지만 그는 얼굴을 베개 밑에 처박은 채 꿈쩍하지 않는다. 사무실에 도착하니 여자700523이 언제나 먼저 나와서 간단하게 사무실을 청소하고 있다. 지나치게 비만한 몸으로 뒤뚱뒤뚱 비질을 하는 모습이 아침부터 기분을 거슬리게 한다. 아, 뭉게뭉게 피어나는 먼지구름이라니. 기관지가 약한 여자750628은 간단하게 인상을 찌푸리며 베란다로 나가 정수기에서 냉수를 받아 마신다.

17

아침에 목이 말라서 슬며시 눈을 뜬 남자640808은 잠결에 발치에 놓인 밥상을 발로 차고 만다. 그 바람에 주전자가 엎어져서 쏟아진다. 몸체에서 떨어진 주전자 뚜껑은 바닥을 뱅그르르 돈다. VTR과 연결된 수상기는 켜진 채로 지직지직대고 있다. 어젯밤 비디오를 보는 도중에 그대로 잠이 들었나보다. 그는 눈을 뜨자마자 언제나 그랬듯이 담배부터 찾는다. 지독한 골초인 남자640808은 담배 피는 것으로 하루를 시작해서 담배 피는 것으로 하루를 마친다. 보통 하루에 피워대는 담배가 두 갑 정도이고 술자리가 있으면 세 갑을 넘긴다. 그래서 그에게선 늘 담배 냄새가 떠나지 않는다. 주전자 꼭지에다 입을 갖다대고 벌컥벌컥 물을 마신 남자640808은 담배를 아무렇게나 부벼끈다. 원래 외양에 신경을 쓰지 않는 남자640808은 비듬이 듬성듬성한 머리칼을 쓰윽하고 손빗을 해서 넘기고는 퉁퉁 부은 얼굴을 물수건으로 닦고 출근길에 오른다. 그 모습이 흡사 미욱스러운 곰 같다. 마흔에 가까운 나이인데도 결혼을 하지 못한 남자640808은 이제는 혼자 사는 쓸쓸함이나 비애에 어떤 친근감까지 가지고 있다.

18

아직 40대지만 머리가 거의 벗겨진 남자521011은 주차할 곳을 찾기 위해 사무실 주위를 한 바퀴 돌아보지만 빈 곳이 쉽게 눈에 띄지 않는다. 다시 한 바퀴를 돌아보지만 주차할 만한 곳은 이미 다른 차들이 어김없이 들어차 있다. 기어이 씨팔 하는 욕이 튀어나온다. 남자521011은 제 마음에 들지 않는 상대가 자신보다 하찮다는, 근거 없는 확신이 들 때면 어김없이 욕을 내뱉는 위인이다. 그의 욕은 언제나 노골적이고 적나라하기 때문에 그에게 욕을 한 번이라도 들어본 사람은 절대로 그의 인격을 신뢰하지 않는다. 별, 개 좆 같은 놈들이 차를 끌고 다니니 원. 남자521011은 결국 차를 돌려서 이백 미터 정도 떨어진 하상주차장에다 차를 댄다. 그곳은 유료이다.

19

남자640808의 오른쪽에는 여자750628의 책상이 있다. 남자640808가 일을 하다 말고 흘끔 여자750628의 미니스커트 자락을 훔쳐본다. 그 밑으로 쭉 뻗은 여자750628의 다리가 눈부시게 하얗다. 가슴이 쿵쿵, 울리기 시작한다. 한 번만이라도 손을 대볼 수 있다면. 남자640808은 여자750628을 처음 보았을 때부터 그녀에게 응큼한 연정을 품는다. 여자750628만 생각하면 눈자위가 확 달아오르면서 이상하게 몸이 달뜬다. 사실 여자750628의 각선미를 바라보는 낙마저 없다면 남자640808은 지금보다 훨씬 자주 짜증을 낼 것이다. 털털하고 후줄그레한 인상을 가진 서른 후반의 노총각에게, 그러나 여자750628은 아무런 관심이 없다.

20

오퍼레이터로 일하는 여자750628의 자리는 편집국장인 남자640808의 오른쪽에 있다. 그녀는 내주중에 나올 책의 속표지 편집을 하느라고 바쁘다. 자그작자그작 그녀 앞에 있는 컴퓨터 키보드 위에서 여자750628의 손가락들이 춤을 춘다. 화려한 매니큐어를 칠한 그녀의 손톱들이 하얀 키보드 위에서 보기 좋게 움직인다. 여자750628은 일을 하면서도 그러나 생각은 여관에서 아직도 자고 있을 남자790822에게 가 있다. 여자750628은 오늘도 퇴근하는 대로 그 여관에 가서 남자790822와 뜨겁고 긴 정사를 벌일 생각이다. 남자790822는 확실히 남자521011과는 달리 야성적인 매력이 있다. 힘이 넘치고 또한 강렬하다. 이 강렬하고 야성적인 힘에 여자750628은 주체하지 못할 황홀감을 느낀다. 돈을 대가로 사장인 남자521011과 가끔씩 치르는 정사와는 비교할 바가 못 된다고 생각한다.

21

남자521011은 사무실에 들어오자마자 헛기침을 하면서 다소 과장스럽게 사장으로서의 권위를 드러낸다. 그를 인격적으로 전혀 존경하지 않는 직원들은 마지못해 그에게 인사를 한다. 사장님 나오십니까? 그제서야 남자521011은 흡족한 얼굴로 고개를 끄덕이고는 느릿느릿 사장실로 들어간다. 남자521011은 편집국장인 남자640808을 불러 현재 진행중인 작업을 간단히 확인하고는 곧 여기저기 전화를 걸기 시작한다. 대개가 사우나에 같이 갈 친구를 물색하거나 포커 판을 수배하는 전화이다.

22

얼핏 잠에서 깨어난 남자790822는 시계를 본다. 정오가 조금 안 됐다. 침대 머리맡에 놓인 여자750628의 귀고리가 눈에 들어온다. 일부러 두고 갔는지 아니면 실수로 그랬는지를 잠시 생각하다가 남자790822는 다시 스르르 잠이 든다. 얕은 잠결에 남자790822의 귓전에는 소리 높여 교성을 지르던 여자750628의 목소리가 들려오는 듯하다. 남자790822는 나이트에서 만난 여자750628이 제법 쓸 만하다고 생각한다. 나이가 네 살이나 많은 것이 흠이지만 몸매도 기막히게 빠졌고 성격도 내숭 없이 화끈하고 솔직해서 마음에 든다. 남자790822는 자신의 아랫도리를 만지작거리면서 간밤의 격렬했던 정사의 기억을 쏠쏠하게 되살려본다.

<h2 style="text-align:center">23</h2>

남자521011은 점심을 먹고는 사무실 앞에 있는 정다방에 간다. 그가 출판사의 사무실에 있는 시간은 정다방에서 보내는 시간의 반에도 못 미친다. 차 안에 있는 시간은 다방에 있는 시간보다 조금 적고 사무실에 있는 시간보다 조금 많다. 남자521011이 하는 일이라고는 출근하여서 직원들에게 인사받고 나가서는 사우나나 다방에 죽치고 앉아서 사람들과 노닥거리는 것이 전부다. 그는 차를 타고 거래처 사람들과 외곽의 가든 같은 데 가서 식사를 하거나 출판기념회 같은 곳에 말쑥한 정장차림으로 참석하여 명망 있는 인사들과 고급한 대화를 나누는 것을 인생의 큰 재미로 안다. 직원 네 명의 작은 출판사를 운영하면서도 남자521011에게는 지식문화산업에 종사한다는 어떤 자부심 같은 것이 있다. 누가 그것을 알아주든 말든 간에 말이다.

24

　남자640808은 담배를 부벼끈 후에 걸쭉한 가래침을 재떨이에 뱉는다. 그리고는 회전의자를 돌려서 여자750628 쪽을 향하게 하고는 가늘고 음흉한 웃음을 던진다. 아니 국장님, 뭘 그렇게 힐끔거리세요. 남은 바빠죽겠는데. 여자750628은 늘씬한 왼쪽 다리를 오른쪽 무릎 위에 올려놓으며 비음 섞인 목소리로 쏘아붙인다. 미니스커트가 밀리면서 다리 사이로 아슬아슬하게 속옷 자락이 보인다. 남자640808은 '흡' 하고 숨이 막힐 것만 같다. 대책 없이 눈앞이 아찔해지고 속이 후끈거리기 시작한다. 내가 이 여자를 기어이 어떻게든 후리고 말아야지. 남자640808은 속으로 다짐을 하며 침을 꿀꺽 삼킨다. 그는 다시 담배에 불을 붙인다. 곁눈질로는 여전히 여자750628의 미끈한 다리를 보고 있다. 몇 번인가 데이트 신청을 해서 딱지를 맞았지만 남자640808은 여자750628을 마음속 깊은 곳에 단단히 담아두고 있다.

25

　트럭에서 내린 남자660519가 수건으로 이마의 땀을 훔치며 출판사 사무실로 들어온다. 사무실에는 별도로 정해진 그의 자리가 없다. 제작실장이라는 직책이 있기는 하지만 그는 사환과 별 다름 없는 존재이다. 남자660519는 주로 발품을 파는 일, 그러니까 인쇄소에 종이를 주문하여 넣어주고, 인쇄 상태를 확인하고 제본소나 표지 디자인실 등을 뛰어다니는 일을 한다. 책이 나오면 책임을 지고

납품하는 것도 그가 하는 일 중에서 빼놓을 수 없는 일이다. 남자
660519는 어렸을 때의 고르지 못한 영양 섭취로 아랫배가 불룩하게
나왔고 손과 다리가 가는 편이다. 그리고 키도 왜소한 편이다. 그는
좁은 실내에서 잠시 서성이다가 커피를 한 잔 타서 사무실 중앙의
소파에 앉는다. 그닥 어울릴 것 같지 않지만 커피를 마시는 시간을
남자660519는 제일 좋아한다. 남자660519는 자신이 커피 중독인지
를 알지 못한다. 그때 남자640808이 예의 남자660519에게 시비를
걸어온다. 이봐, 속표지 잘 넣어줬어. 남자660519는 공연히 긴장하여
더듬거리는 소리로 대답한다. 예, 예, 그 그럼요. 남자640808은 남자
660519의 저 주변머리 없는 말투나 행색이 왠지 못마땅하다. 그래
서인지 사사건건 남자660519에게 시비를 건다. 확실해? 다시 한번 확
인해봐. 지난번에도 속표지를 잘못 넣어줘가지고 제본된 책을 뜯어야 했잖아.
그리고, 바깥 일 다 했으면 사무실에 좀 들어와 있어. 안에서 일이 어떻게 돌아
가는지를 알아야 밖의 일과 보조가 맞든지 하지. 남자660519는 역시 쩔쩔
매며 더듬더듬 대답한다. 아, 아, 알았습니다. 남자660519는 자신도
모르는 새 커피를 다 들이마시고 있다.

26

남자710121은 첫 출근을 해서 직원들과 상견례를 한다. 사장인
남자521011이 직원들을 하나하나 소개한다. 남자640808을 가리키
며 이쪽은 편집국장이에요. 경력 십 년의 베테랑이지. 남자660519를 가리
키며 이쪽은 납품을 주로 하는 우리 제작실장. 여자750628을 가리키며 이
쪽은 우리 사무실의 꽃, 오퍼레이터이고. 여자700523를 가리키며 저쪽은

우리 경리. 모두들 앞으로 잘 지내고 상부상조하도록 합시다. 남자521011은 직원들을 소개하는 자신의 역할이 자못 만족스러운지 얼굴에서 웃음이 떠나지 않는다. 남자710121은 일일이 직원들과 인사하는 중에 여자750628과 두 번, 남자640808과 한 번 눈이 살짝 마주친다. 남자710121은 동료들의 첫인상이 그닥 마음에 들지 않는다. 이곳에서 또 얼마나 버틸 수 있을까를 잠시 생각한다.

27

남자790822은 열두시가 넘어서 쫓겨나듯 여관을 나온다. 친구를 불러낼까 잠시 생각하다가 그는 집에 들어가서 점심을 먹기로 한다. 누나인 여자761225는 집에서 빨래를 하고 있다. 여자761225에게 '날씨 좋은 날'이란 '빨래하기 좋은 날'과 같은 뜻이다. 결혼을 하고도 남편과 떨어져 혼자 사는 누나가 남자790822는 불쌍하면서도 바보 같다고 생각한다. 매형이라는 사람은 뭐 하다가 늦게서야 군대를 간 것인지. 그는 누나가 해주는 김치볶음밥을 서둘러서 먹고 누나가 설거지를 하는 사이 집 안을 둘러본다. 건넌방의 문을 빼꼼히 열어보니 아버지인 남자350416이 이불을 다리춤에 만 채 잠을 자고 있다. 뼈만 앙상한 채 가쁜 숨을 몰아쉬는 아버지의 모습을 본 남자790822의 표정이 일그러진다. 남자790822는 조심스럽게 방문을 닫고 안방으로 들어와 화장대 서랍을 연다. 주방 쪽에서는 그릇들이 부딪치는 소리가 여전하다. 서랍 안에는 여자761225의 결혼 패물함이 들어 있다. 그는 패물함을 열어 안에 들어 있는 귀금속 등속에서 반지를 하나 꺼내 바지 호주머니에 집어넣는다. 그리고는 아무 일 없었다는 듯이 다시 서랍 안에 패물함을 넣는다. 잠시 후 누나가 들어오자 남자790822는 태연하게 묻는다. 매형한테는 자주 연락 와? 여자761225는 조금 쓸쓸한 표정이 되어 대답한다. 응, 가끔 오는 편이야. 전화하기가 쉽지는 않은가봐. 그 자식. 도대체 뭐 하는 자식이야! 군대도 안 갔다왔으면서 결혼은 왜 서둘렀어. 남자790822는 어색하게 목소리를 높여본다. 그렇게 말하지 마. 어쩔 수 없었을 거야. 여자761225의 표정이 어두워진다. 남자790822는 자리에서 일어나더니 갈 채비를 한다. 그러자 여자761225가 말한다. 왜 벌써 가려고? 아버지 깨나시면 좀 뵙고 가지. 그리고 저녁도 먹고 가. 삼계탕 해주려고 하는데. 남자790822는 누나의 상냥함이 지극히 불편하다. 더더욱이 병들고 추레해진 아버지의 모습을 마주 대하는 것은 죽기보다 싫다. 그래서 그는 여자761225의 눈길을 무시하고 후닥닥 집을 나와버린다. 남자790822의 한 손은 주머니 속의 반지를 만지작거리고 있다.

28

　남자710121이 출판사에 취직하여 처음 하게 된 일은 은퇴한 시의원의 자서전 교정을 보는 것이다. 교정 원고는 대략 250페이지 정도이다. 남자710121은 세상에서 하지 말아야 할 일 중의 하나가 바로 자서전을 내는 일이라고 생각한다. 남자710121은 교정을 보다가도 맥없이 한숨을 내쉬는 일이 잦다. 남자710121이 정말 교정하고 싶은 것은 오탈자가 아니라 과시욕과 현학취미로 얼룩진 시의원의 노욕이다. 그가 교정업무에 나른해질 즈음 남자640808의 걸쭉한 목소리가 귓전을 파고든다. 에이 참, 조금만 기다리시라니까 그러시

네! 남자640808은 여러 거래처에 전화를 해서 월말 대금결제에 대해 양해를 구하는 중이다. 곰 같은 그가 굽신거리는 모습이 여간 아슬아슬한 게 아니다. 아, 글쎄 수금이 되는 대로 가장 먼저 결제해드리겠다니까…… 전화를 마친 그는 아니나 다를까 걸한 침을 재떨이에 카악 하고 뱉어내더니 역정을 내기 시작한다. 내 참 배알이 꼴려서 이놈의 일을 때려치든지 해야지 원! 그러나 그가 출판사를 그만두리라고 생각하는 사람은 아무도 없다. 남자640808이 신경질적으로 담배를 피워 물었을 때 여자700523이 시원한 음료수를 컵에 담아 그에게 갖다 준다. 그러나 남자640808은 그런 여자700523을 거들떠보지도 않고 씩씩거리면서 담배만 피워댄다. 여자700523은 무안이라도 당한 듯 얼굴이 빨개지고 그것을 본 여자750628이 쿡, 웃음을 터뜨린다.

29

오후 일곱시가 다 되었을 때 시계를 바라본 남자640808이 "퇴근들 합시다"라고 외친다. 그 소리에 모두들 부산스럽게 퇴근 준비를 한다. 여자750628이 가장 먼저 핸드백을 챙겨서는 내일 봐요라고 내뱉듯이 말하고는 사무실을 빠져나가고 남자710121도 주섬주섬 책상을 정리하고는 사무실 문을 열고 나간다. 남자640808도 가방을 막 챙겨드는 중이다. 그런데 여자700523만이 몸집만큼이나 느긋하게 책상에 앉아 있다. 어딘지 초조한 기색이 역력하다. 남자640808이 빤히 여자700523을 쳐다본다. 그리고는 퉁명스럽게 말한다. 왜, 퇴근 안 해요? 여자700523이 몸집과는 달리 작은 목소리로 말한다. 먼저 하세요. 저도 금방 나갈 거예요. 남자640808이 뚜벅뚜벅 구두 소리 요란하게 사무실을 빠져나가자 사무실에 혼자 남은 여자 700523은 남자640808의 책상 쪽으로 살며시 다가간다. 여자700523 은 서랍을 열고 그 안에 편지봉투를 넣는다. 그랬다가 잠시 후 다시 편지를 꺼낸다. 그런 행동은 한 번 더 반복된다. 어떻게 하는 것이 좋을지 모르겠다는 듯 여자700523은 손을 턱에 괴고 잠시 생각에 잠긴다. 결국 서랍 안에 편지를 넣은 여자700523은 누가 볼세라 서둘러서 사무실을 빠져나간다.

30

　남자710121은 겨우 대로를 빠져나와 동네 골목으로 접어든다. 출 퇴근 시간마다 차가 많이 밀려서 여간 고역이 아니다. 골목을 미끄 러져 들어가고 있는데 저만치 앞쪽에서 위태롭게 달리던 자전거 하 나가 한 여자를 살짝 치고는 여자와 함께 넘어진다. 남자710121은 자전거에 치인 여자가 주인집 여자761225라는 것을 알아본다. 남 자710121은 차에서 내려 여자761225가 쓰러져 있는 곳으로 뛰어간 다. 여자761225는 부끄러운 듯 동그란 눈동자로 주위를 두리번거 리고 있다. 팔꿈치와 발목 쪽이 긁히어서 핏방울이 맺혀 있다. 남자 710121은 여자761225에게 손을 내민다. 자, 이 손을 잡고 일어나세요. 여자761225는 잠시 망설이다가 남자710121이 내민 손을 잡고 일어 난다. 남자710121은 여자761225를 옆에서 바짝 안고 부축하여 자 신의 차에 태운다. 대문 앞에 도착한 남자710121은 여자761225를 업고 여자761225의 방 안에까지 들어간다. 남자710121의 목 뒷덜 미에 여자761225의 부드럽고 더운 숨결이 와닿는다. 등덜미에 느껴지는 여자76225의 온기를 남자710121은 영원히 간직하고 싶다고 생각한다. 여자761225는 침대 가에 걸터앉아서 자신의 상처를 처연한 눈빛으로 내려본다. 그러다가 잊고 있었다는 듯 불쑥 남자710121에게 고맙다고 말하면서 소녀처럼 고개를 숙여 인사한다.

31

퇴근을 한 남자710121이 방에서 뉴스를 보고 있을 때 누군가가 방문을 두드린다. 남자710121이 흠칫 놀라서 문을 여니 문 앞에 여자761225가 다소곳이 서 있다. 여자761225가 자신의 방문을 두드린 것은 처음이다. 그녀의 손에 사과 몇 알이 든 봉지가 들려 있다. 아까 시장에서 사왔는데 이것 좀 드시라고요. 여자761225의 얼굴이 좀 빨개진다. 남자710121은 어찌할 바를 몰라 잠시 멍하니 있다가 얼른 손을 내밀어 사과봉지를 받는다. 그러는 남자710121의 가슴이 두근거린다. 어제는 경황이 없어서 고맙다는 인사를 제대로 못 드렸네요. 여자761225의 작은 목소리가 다시 들려온다. 잠깐 들어오시겠어요. 엉겁결에 그렇게 튀어나온 자신의 목소리를 듣고 남자710121도 놀란다.

32

뙤약볕이 내리쬐는 야산의 풀밭 위에서 군인들이 점심식사를 하고 있다. 훈련중인 듯 무거운 군장을 꾸린 그들의 얼굴에는 검푸른 위장크림이 발라져 있다. 땀과 크림이 뒤범벅된 군인들의 얼굴이 햇살에 그을려 번질번질하다. 일찍 식사를 마친 남자691124는 식기를 반납하고 나무그늘을 찾아 드러누워 담배를 태운다. 위장크림 때문인지 그의 표정은 사뭇 어둡게 보인다. 그때 중위 계급장을 단, 철모를 쓴 사람이 다가와서 남자691124의 다리를 툭툭, 찬다. 그리고는 제법 위엄 있는 목소리로 소리친다. 누가 훈련중에 허락도 없이 담배 피우라고 했나. 어서 끄지 못해! 남자691124는 그러나 담배를 끄지도, 자세를 바로잡지도 않는다. 자신보다 나이가 대여섯 살 어린 중위의 타박이 남자691124는 영 못마땅하다. 어서 담배 끄지 못해! 중위의 목소리가 좀더 높아진다. 남자 691124는 중위의 철모에 부딪쳐 쏟아지는 햇볕에, 눈살을 찌푸리며 비스듬히 몸을 일으킨다. 그리고는 담배를 길게 한 모금 빨았다가 내쉰다. 그리고는 담배를 든 손으로 한쪽을 가리킨다. 중위는 남자691124가 손으로 가리킨 쪽을 바라본다. 식사를 마친 군인들이 제각각 편안한 자세로 누워서 담배들을 꺼내물고 있다.

33

제본된 책을 트럭에 다 실은 남자660519가 트럭에 올라탄다. 조심해서 가요! 수고했어요. 제본소 사람들과 인사를 주고받은 남자660519는 트럭을 몰고 천천히 제본소 문을 빠져나온다. 남자660519는 얼마쯤 달리다가 잠시 가게 앞에 차를 세운다. 가게에 들어간 남자660519는 캔커피를 하나 사가지고 나온다. 다시 트럭이 움직이기 시작한다. 날이 무척 덥기 때문에 그는 연신, 목에 두른 수건으로 땀을 훔친다. 한길의 사거리에서 신호 대기중인 남자660519의 눈에 미끈하게 잘 빠진 다방의 여종업원이 들어온다. 남자660519는 입맛을 쩝쩝 다시면서 눈길로 여종업원을 계속 쫓는다. 남자660519의 입가에 지그시 웃음이 퍼진다. 옆에 놓인 캔커피를 들어서 한 모금 마시던 남자660519는 뒤차들이 빵빵거리는 소리에 움찔 놀라서 캔커피를 떨어뜨린다. 그 바람에 바지가 다 젖는다. 다방의 레지는 벌써 모퉁이를 지나서 보이지 않는다. 차가 덜컥거리면서 움직인다.

34

여자750628이 퇴근하여 여관에 와보니 남자790822는 침대에 뻬딱하게 누워서 텔레비전을 보고 있다. 남자790822가 여자750628에게 심드렁하게 한마디 한다. 날이 덥지, 씻고 와. 여자750628은 방 안에서 옷을 벗어서 한쪽에 개어놓는다. 그러면서 말한다. 자기 나 없는 동안 뭐 했어? 남자790822는 대답이 없다. 여자750628은 무슨 생각을 했는지 스타킹 한쪽을 뭉쳐 쥐더니 남자790822에게 휙 던진다. 그 스타킹은 남자의 가슴팍에 떨어진다. 여자750628과 남자790822가 동시에 웃는다. 화면 가리지 말고 어서 가서 씻고 와. 남자790822가 다시 한번 말한다. 십오 분쯤 후에 여자750628이 타월로 몸을 가린 채 샤워실에서 나와 방으로 들어온다. 침대에 올라앉으며 여자750628이 말한다. 자기 나 안 보고 싶었어? 남자790822는 역시 별말없이 담배만 피워문다. 남자가 불을 붙인 담배를 여자가 뺏어서 제 입술 사이에 끼운다. 남자는 다시 팔베개를 하고 눕는다. 그 품에 여자가 기대면서 애교 섞인 목소리로 묻는다. 자기 나 안 보고 싶었냐고? 남자790822는 대답 없이 그녀의 담배를 빼앗아 재떨이에 비벼 끄고 그녀의 몸에 입을 맞추기 시작한다. 두 사람의 몸은 금세 뜨겁게 엉키어든다.

35

여자700523은 번번이 시동을 꺼뜨린다. 자동차학원의 강사가 몹시 신경질적으로 말한다. 아니 왜 그렇게 말귀를 못 알아들어요? 클러치를 살짝 떼라고 했잖아요. 여자700523은 기어들어가는 목소리로 대답한다. 그렇게 하려고 하는데 잘 안 되네요. 살짝 웃는 여자700523의 얼굴이 강사에게는 미욱스럽게 느껴진다. 다시 출발해요. 그러나 여자700523은 차를 출발시키지 못하고 다시 시동을 꺼뜨린다. 정말 왜 그래요, 날도 더운데. 하라는 대로만 하면 된단 말이에요! 여자700523은 당황했기 때문인 듯 와이퍼 스위치를 잘못 건드려서 윈도 브러시를 작동시킨다. 햇볕이 쨍쨍 내리쬐는 가운데 앞창에서 윈도 브러시가 빠르게 움직인다. 강사가 한심하다는 듯 여자700523을 쳐다보고 있고, 예쁜 여자를 태운 다른 강사들이 그 모습을 보고 웃는다. 뒤에서는 다른 차가 빵빵거리고 있다. 강사가 문을 열고 내리면서 말한다. 내려서 옆에 타요. 내가 운전하는 것 잘 보세요! 그러자 여자700523이 좁은 운전석에서 한참을 버둥거린 끝에 힘겹게 내린다.

36

여자761225는 잠시 머뭇거리다가 남자710121의 방에 들어온다.

남자710121은 서둘러서 방을 치우고 냉장고를 열어 음료수를 꺼낸다. 여자761225와 남자710121이 매우 어색하게 주춤거리면서 방바닥에 마주 앉는다. 여자761225가 방을 한번 빙그르 둘러본다. 그 모습을 지켜보던 남자710121이 말한다. 그래 어제 다친 곳은 좀 어떠세요? 여자761225는 남자710121의 시선을 피한 채 대답한다. 예 괜찮아요, 살짝 까진 것뿐인데요. 남자710121이 캔음료수의 뚜껑을 따서 여자761225에게 내민다. 여자761225는 여전히 고개를 들지 못한 채로 음료수를 받아든다. 약은 발랐어요? 요즘 날이 더워서 상처가 덧나기 쉬워요. 여자761225가 아무런 대답을 못 한다. 남자710121은 일어나서 책장 위에 있는 구급함을 가지고 온다. 어디 한번 봐요. 남자710121이 다가오자 여자가 정색을 하며 손을 휘젓는다. 그녀는 어색한 나머지 엉뚱한 질문을 한다. 책이 참 많네요. 무슨 공부 하셨어요? 남자710121이 멍한 표정으로 여자를 바라본다. 국문학과 나왔어요…… 어디 상처 좀 보자니까요. 남자710121은 어느새 연고의 뚜껑을 열면서 말한다. 여름철일수록 상처를 깨끗이 소독해야 해요. 여자761225가 여전히 주춤거리자 남자710121이 눈짓으로 그녀를 부추긴다. 여자761225이 마지못해 다리를 남자 쪽으로 뻗어 내민다. 남자710121이 조심스럽게 손을 가져가서 상처 부위의 붕대를 벗긴다. 그때 잠깐 여자761225와 남자710121의 눈빛이 부딪친다. 여자761225는 손 안에 쥔 공과금 고지서를 남자710121 모르게 구겨버린다.

37

남자790822와 격렬한 섹스를 마친 여자750628이 남자790822의 몸 위에서 미끄러져 내려온다. 여자750628은 숨을 몹시 가쁘게 몰아쉰다. 남자790822가 생수병을 여자750628에게 내밀면서 그녀의 머리를 쓰다듬는다. 물을 마시고 숨을 고른 여자750628이 말한다. 자기 나랑 하면 좋아? 나를 좋아하기나 하는 거야. 사랑하느냐고? 그러나 남자790822는 아무 말 없이 여자750628의 머리칼만을 쓰다듬는다. 말 좀 해봐! 날 사랑하느냐고 물었잖아. 남자790822는 천천히 침대에서 몸을 일으키더니 옷걸이에 걸린 바지춤에 손을 넣는다. 그 손끝으로 반짝이는 반지가 끌려나온다. 남자790822가 그것을 여자750628에게 내민다. 그것을 받아든 여자750628의 표정에 생기가 돈다. 반지를 손가락에 끼어본 여자750628은 활짝 웃으면서 남자790822의 목에 매달린다. 어머! 자기. 언제 이런 걸 준비했어? 순금인 것 같은데 이거. 여자750628은 반지를 낀 손가락을 이리저리 비추어보고는 다시 감격한 듯 말한다. 어머, 너무 잘 어울린다! 그때 남자790822가 여자750628의 볼을 살짝 꼬집으며 나직하게 말한다. 앞으로 내 말만 잘 들으면 더 좋은 것도 해줄 수 있어.

38

출근해서 책상 서랍 안에서 편지를 발견한 남자640808은 주위를 경계하면서 화장실에 들어가서 편지를 펼친다. 그 손이 마구 떨린다. 편지에는 이렇게 씌어 있다. "늘 가까이 지켜보면서 사랑의 감정이 생기게 되었습니다. 당신 옆에 제가 있어야 될 것 같은 생각이 들었습니다. 부디 제 마음을 거절하지 말아주세요." 그런 글의 끝에는 여자700523의 이니셜이 있다. 이니셜을 본 남자640808은 그게 누구의 편지인지 금방 알아챈다. 기분이 갑자기 상한 남자640808은 편지를 구겨서 휴지통에 버리고 만다. 사무실에 돌아오니 여자700523이 쭈뼛쭈뼛 남자640808의 눈치를 살피고 있다. 남자640808은 공연히 신경질이 난다. 냉장고에서 음료수를 꺼내 거칠게 따라 마신 남자640808은 냉장고 문을 신경질적으로 쿵, 하고 닫는다. 여자700523이 움찔하면서 놀란다. 그녀의 표정에는 서운하고 슬픈 기색이 역력하다. 그러나 얼굴이 너무 살쪄서 슬픈 기색이 외려 우습게 보인다. 그녀에게 잘못이 있다면 오로지 그것뿐이다.

39

개인화기와 반합 따위의 군장들이 부딪치는 소리가 막사 안에 요란하다. 훈련을 마친 부대원들이 내무반에서 군장을 해체하고 있는 것이다. 훈련이 힘들었는지 여기저기서 어휴, 하는 신음 소리들이 터져나온다. 그때 선임병인 듯한 사람이 내무반 문 앞을 가로막고 서서 걸걸한 목소리로 외친다. 십육시 오십분까지 군장정리를 완료하고 별명이 있을 때까지 그 자리에서 대기한다. 그러나 남자691124는 끄르지 않은 군장을 내무반 관물대에 대충 던져놓고 내무반 문 쪽을 향해 움직인다. 그러자 문 앞을 가로막은 선임병이 어이없다는 표정으로 그를 제지한다. 야, 너 내 말 못 들었어? 어딜 가려고 해! 남자691124는 그러나 막무가내로 내무반을 나서려고 한다. 선임병이 험악하게 얼굴을 일그러뜨리며 소리친다. 자리에 돌아가서 군장이나 끌러 임마! 남자691124는 할 수 없다는 듯 선임병을 어깨로 힘껏 밀치고는 내무반 밖으로 뛰어나간다. 선임병이 잠시 기우뚱하자 여러 병사들의 시선이 동시에 그쪽으로 쏠린다. 겨우 자세를 바로잡은 선임병이 남자691124의 뒤통수에 대고 험한 욕을 한다. 너 이 새끼 두고 보자! 남자691124는 대대 본부 앞에 있는 공중전화 부스까지 쉬지 않고 달려간다. 부스에 뛰어든 그는 허겁지겁 전화기의 버튼을 누른다. 좀처럼 통화가 되지 않는지 남자691124는 거친 숨을 내쉬면서 인상을 찌푸린다. 잠시 후, 표정이 살아난 남자691124가 수화기에 대고 거칠게 소리를 지른다. 야, 전화 빨리 받으라고 그랬지! 어디서 무얼 하다가 이제 전화를 받아!

40

　방에서 월간지의 낱말 퍼즐을 풀고 있던 여자761225는 건넌방으로부터의 뿌오뿌오뿌오 하는 소리를 듣는다. 여자761225는 건넌방으로 들어가 남자350416의 기저귀를 새것으로 갈아주고 아랫도리에 소변기를 대어준다. 남자350416은 소변을 보면서 몹시 힘겨운 듯 사지를 덜덜 떤다. 여자761225가 안쓰러운지 남자350416의 머리칼을 쓰다듬는다. 그때 거실에서 전화벨이 울린다. 한 번 두 번. 여자761225는 당황한다. 어떻게 해야 좋을지를 모르겠다. 남자350416은 여전히 소변을 쏟아내고 있는 중이다. 전화벨이 계속 그르렁그르렁, 울린다. 전화가 울리는 거실 쪽으로 고개가 돌아가 있는 여자761225의 안색이 창백해진다. 그때 남자350416이 소변을 다 보고 옆으로 힘없이 쓰러진다. 여자761225는 소변기의 마개를 제대로 닫지도 않고 거실로 뛰어나간다. 넘어진 소변기에서 주르르 누런 소변이 흘러나와 이불자락을 적신다. 여자761225는 숨을 고

르며 전화를 받는다. 전화기 너머에서는 거칠고 빠른 남자691124
의 목소리가 튀어나온다. 야, 전화 빨리 받으라고 그랬지! 어디서 무얼 하
다가 이제 전화를 받아!

41

　남자 660519가 비틀비틀거리면서 사무실 문을 열고 들어선다. 그
의 얼굴은 형편없이 일그러져 있고 눈에 띄게 불쾌해져 있다. 그는
사무실 안에 들어서서 주위를 휘이 둘러본다. 그때 남자640808이
남자 660519에게 윽박지르듯이 말한다. 뭐야! 왜 그러고 서 있어? 그
소리를 듣고 남자660519가 흐느적거리면서 남자640808의 책상 쪽
으로 다가간다. 그의 풀린 눈동자가 남자640808을 쏘아본다. 그는
술에 만취한 듯하다. 남자640808이 그걸 알아보고 다시 호통을 친
다. 아니, 뭐야 이거, 술 먹은 거 아냐! 아니 이 작자가 근무중에 술을 처먹고,
정신이 어떻게 된 거야! 여자750628이 남자660519와 남자640808을
번갈아 바라보면서 눈살을 찌푸린다. 술 냄새가 지독한지 한 손으
로는 코를 쥐어 막는다. 남자660519가 남자640808의 책상을 쿵 하
고 내리치면서 말한다. 사람 말요, 그렇게 우습게 보지 마쇼! 지금 내가 사
환 비슷한 노릇하고 있지만 나 그런 대접 받을 만큼 못난 놈 아니오. 집에는 날
바라보고 사는 새끼가 둘이나 있소, 왜 말끝마다 시비요! 남자640808이 책
상에서 일어나 삿대질을 하며 터무니없이 언성을 높인다. 아니 이 작
자가 미쳤나, 날도 더워서 환장하겠는데. 남자640808은 단추를 두어 개
풀어헤치고 다짜고짜 남자660519의 멱살을 쥐어잡는다.

42

지하 주차장, 여자750628이 주위를 잠시 살피더니 남자521011의 승용차에 오른다. 그 모습을 남자790822가 낡은 엑셀 승용차 안에서 바라보고 있다. 그의 얼굴에 알 듯 말 듯한 미소가 스쳐지나간다. 시 외곽도로를 이삼십 분을 달려간 남자521011의 승용차가 어느 모텔 앞에 멈추고 남자521011과 여자750628이 차에서 내려 모텔 안으로 들어간다. 남자521011의 표정에는 얄망궂은 탐욕의 미소가 가득하다. 남자521011과 여자750628이 모텔 안으로 사라지자마자 남자790822 일행이 탄 엑셀이 모텔 주차장에 들어선다. 승용차 문이 열리고 건장한 체격의 남자 세 명이 재빠르게 차에서 내려서는 모텔 안으로 뛰어들어간다. 남자521011이 곧 그 청년들에 의해 끌려나온다. 청년 중에는 남자790822가 끼어 있다. 남자790822 일행은 모텔 뒤쪽의 후미진 골목으로 남자521011을 데리고 가서는 개를 두들겨패듯이 팬다. 사장이라는 작자가 여직원을 꾀어서 농락을 해. 내가 누구냐고? 저애의 오빠 되는 사람이야. 가족에게 알려서 아주 망신을 시켜줄까. 좋게 말할 때 있는 돈 다 내놔. 남자790822는 목소리를 착악 가라앉히고 제법 그럴싸하게 협박한다. 입술과 코가 터져서 얼굴에 피가 낭자한 남자521011은 멱살을 한 청년에게 잡힌 채 겨우 고개만 끄덕끄덕인다. 그러는 모습을 아주 재미있다는 표정으로 여자750628이 모텔의 모퉁이에 숨어서 지켜보고 있다.

43

여자761225가 밥과 국이 놓인 쟁반을 들고 남자710121의 방 쪽으로 간다. 남자710121은 아직 귀가하지 않았다. 여자761225는 잠시 망설이는 듯하더니, 주머니에서 열쇠뭉치를 꺼내서는 남자710121의 방문을 열고 방 안의 탁자 위에 밥과 국을 내려놓고 서둘러 나온다. 30분쯤 지나 남자7101218이 방에 들어와서는 그것을 발견하고 밝고 환한 웃음을 짓는다. 그는 자리에 앉아서 국을 한 술 떠 입에 넣는다. 그때 여자 761225의 방 쪽에서 가느다란 노랫소리가 들린다. 수저를 들던 남자710121은 동작을 멈추고 벽 쪽으로 다가가 벽에 바투 귀를 갖다댄다. 벽 너머에서 희미하게 그리고 환하게 노랫소리가 들려온다. 끊어질 듯 말 듯 애틋하게 이어지는 그 노래는 〈로렐라이〉이다.

44

남자660519가 부시시한 얼굴로 잠에서 깬다. 그는 골치가 아픈지 손으로 관자놀이를 꾹 누르면서 얼굴을 잔뜩 찌푸린다. 그때 옆에서 신음 소리가 들리기 시작한다. 신음 소리를 내는 건 아내이다. 아내의 신음 소리는 더욱 높아진다. 아내는 이내, 거의 숨이 넘어갈 듯한 목소리로 남자660519를 찾는다. 여보, 살려줘요. 배가, 배가 너무 아파, 여보! 제발 살려줘요, 여보! 당황한 남자660519는 얼결에 움직이다가 아내의 옆에서 잠들어 있는 쌍둥이들의 다리를 밟고 만다. 아이들의 울음소리가 연달아 터진다. 남자660519는 아내의 옆으로 바짝 다가가서 아내의 이마를 짚어본다. 이마는 몹시 뜨겁고 새벽 여명 사이로 비친 안색은 백짓장처럼 몹시 창백하다. 남자660519는 자리에서 벌떡 일어나 옷을 꿰입고는 아내를 들쳐업는다. 그리고 거리로 나가서 택시를 잡기 위해 우왕좌왕 뛰어다닌다.

45

남자521011이 잔뜩 턱주가리가 부어오른 채 출판사 사무실에 들어온다. 눈치 없는 남자640808이 눈이 휘둥그레진 채 남자521011에게 다가가 말한다. 아니, 사장님 이게 어찌된 일이십니까? 남자521011은 서둘러 남자640808을 외면하고 사장실로 들어가려다가 잠깐 여자750628 앞에서 큼큼 하고 헛기침을 한다. 남자640808이 무안을 당한 듯 제자리로 돌아오면서 심통이 난 듯한 목소리로 말한다. 아니 제작실장은, 아직도 출근 안 했어! 정말 이 작자, 정리해고를 하든지 해야지 원. 그러자 여자700523이 조심스럽게 대답이라도 하듯 입을 연다. 아까 전화왔었는데 부인이 갑자기 아프데요. 그 소릴 듣고 남자640808이 여자700523을 흘겨보다가 신경질적으로 담배를 빼어문다.

46

출판사의 점심시간, 여자750628과 여자700523이 출판사 옆 단골 식당에서 막 식사를 마치고 일어선다. 그때 여자750628의 호주머니에서 핑그르르 반지 하나가 굴러떨어진다. 여자750628은 그러나 그 사실을 알지 못한다. 그들이 출판사 사무실에 들어오자 남자 640808이 펜을 놓고 기지개를 켜면서 말한다. 식사들 맛있게 했나. 그리고는 배를 쓱쓱 쓰다듬으며 자리에서 일어난다. 남자640808은 사무실 중앙 쪽으로 나와 하품을 하면서 혼잣말을 한다. 오늘은 무얼 먹을까. 날도 더운데 추어탕이나 한 그릇 먹을까. 에이, 내 팔자에 무슨 추어탕, 그냥 먹던 대로 백반이나 먹어야지. 이봐 우리도 가자구. 남자710121이 그 소리에 자리에서 일어난다. 여자700523이 문을 나서는 남자들의 등뒤에 대고 말한다. 맛있게 드세요. 그러는 여자700523을 남자 640808이 웃긴다는 표정으로 바라본다. 식당에 들어간 남자640808과 남자710121은 백반을 시켜먹는다. 남자640808은 젓가락을 쥔 한 손으로는 반찬을 이것저것 집적대고 한 손으로는 신문을 넘긴다. 그때 남자710121이 식당 바닥에 떨어져 있는 반짝이는 반지를 발견한다. 그는 앞자리에 앉은 남자640808을 경계하면서 손을 뻗어 그것을 주워 얼른 호주머니에 넣는다. 그때 남자640808이 신문을 무릎 위에 내팽개치면서 말한다. 씨발놈들, 또 예선탈락이야, 한국 축구는 배가 불러서 안 된다니까. 자네는 어떻게 생각하나? 남자710121은 아무런 말도 하지 않고 주머니 속에서 쇠붙이만을 꼼지락거리고 있다.

47

  여자761225가 화장대 서랍을 열어놓은 채 망연자실한 표정으로 앉아 있다. 텔레비전에서는 그녀가 잘 보는 〈월레스와 그로밋〉이 한창이다. 그러나 여자761225는 수상기에 한 번도 눈길을 주지 않는다. 여자의 입에서 가느다란 한숨과 함께 몇 마디 말이 힘없이 흘러나온다. 아니 이게 어떻게 된 거지. 누가 반지만 쏙 빼갔네. 그녀의 손 안에는 반지 자리만이 비어 있는 패물함이 들려져 있다. 그녀는 패물함을 다시 서랍에 넣고 다소 신경질적으로 리모컨을 이용하여 텔레비전을 끈다. 그리고는 자리에서 일어나 욕실 쪽으로 가서 수돗물을 세게 틀어놓는다.

48

남자660519는 응급실의 대기의자에 머리를 두 손으로 감싼 채 앉아 있다가 돌연 자리를 박차고 일어선다. 그의 눈은 심하게 충혈되어 핏기가 돌을하다. 남자660519는 두어 번 응급실의 짧은 복도를 왕복하더니 총총히 복도 끝으로 걸어가서는 커피 자판기 앞에 선다. 주머니에서 동전 두 개를 꺼내 동전 투입구에 넣는다. 그의 얼굴에 일순 생기가 돈다. 남자660519는 두 손바닥을 싹싹 비비다가 선택 버튼을 하나 정해서 꾸욱 누른다. 잠시 후 남자는 음료가 나오는 곳에 손을 집어넣는다. 그러나 그의 손에 끌려나오는 것은 커피에 질척하게 젖은 빈 종이컵이다. 커피가 잘못 쏟아진 모양이다. 남자660519는 주먹으로 자판기를 한 번 내리치더니 다시 호주머니에 손을 집어넣는다. 그러나 그의 손가락 끝에서는 10원짜리 두 개가 끌려나온다. 그는 신경질적으로 자판기를 퍽, 걷어찬다. 옆에서 병원 바닥을 쓸던 아주머니가 뚱한 시선으로 남자660519를 쳐다본다. 남자660519는 청소아주머니를 한동안 째려보더니 다시 응급실의 대기석 쪽으로 힘없이 돌아온다.

아니 반지가 어디 갔지! 점심 때 손을 씻으면서 잠깐 주머니에 넣어놨었는데! 여자750628이 속상한 듯 노란 머리채를 뒤로 넘기면서 말한다. 그 목소리에 투정이 가득하다. 잘 찾아봐. 어디 있겠지. 그녀의 목에 코를 들이박은 남자790822가 없어진 반지 따위에는 별 관심이 없다는 듯 건성으로 내뱉는다. 남자790822는 큼큼거리면서 여자750628의 냄새를 들이마시기에 바쁘다. 아이 좀 가만 있어, 간지럽잖아. 반지가 없어졌는데. 여자750628은 다소 신경질적으로 남자790822를 밀치면서 자신의 핸드백을 거꾸로 뒤집어 침대 위에 쏟는다. 아이 속상해. 정말 반지가 어디 갔지. 핸드백에서도 반지가 나오지 않자 여자750628은 벌렁 뒤로 누우면서 콧소리 가득한 투정을 날린다. 남자790822는 여자750628의 몸에 자신의 몸을 겹쳐 올려놓으면서 또 사주면 될 거 아냐!라고 호기 있게 말한다. 그 소리에 여자750628이 활짝 웃는다.

자정을 넘긴 시각, ○○부대 내 화장실 뒤켠에서 한 그림자가 세 그림자에게 구타를 당하고 있다. 세 그림자 중 하나가 한 그림자의 복부를 향해 다시 매운 주먹을 날린다. 주먹을 날린 그림자에게서 빈정대는 목소리가 새나온다. 군대는 짬밥순이야, 이 새끼야. 나이만 믿고 설쳤다가는 뼈도 못 추릴 줄 알아. 배를 움켜쥔 채 그 소리를 들은 남자691124의 그림자가 간신히 고개를 들어 세 그림자를 쳐다본다. 세 그림자가 다시 남자691124의 그림자를 향해 주먹을 날린다. 달빛 아래에서 서서히 흔들리던 남자691124의 그림자가 옆으로 서서히 쓰러진다. 세 그림자가 잠시 웅성웅성대더니 일순간, 어둠의 그늘 속으로 사라져버린다.

51

남자710121은 퇴근하여 방에 들어서다가 자신의 방에서 막 나오고 있는 여자761225와 마주친다. 여자 761225의 손에 빈 쟁반이 들려져 있는 것을 본 남자710121는 여자761225가 자신의 방에 밥과 찌개를 가져다놓고 나오는 것임을 안다. 방문 앞에서 마주친 두 사람이 잠깐 동안 침묵한다. 그 잠깐 동안의 침묵 속에서 두 사람의 가슴이 알 수 없이 일렁인다. 갑자기 남자710121이 여자761225의 손을 잡는다. 그리고는 방 안으로 잡아끈다. 얼굴이 붉어지면서 어찌할 줄 모르던 여자761225는 남자710121의 눈을 바라보며 방 안에 들어선다. 방문을 닫은 남자710121이 여자761225를 안고 입을 맞춘다. 처음에는 부끄러움을 타던 여자761225도 곧 적극적으로 입맞춤에 응한다. 두 사람은 길고 진한 입맞춤을 끝내고 다시 어색한 자세로 아무 말 없이 마주 보고 서 있다. 여자 761225의 눈에서 작고 투명한 눈물이 맺힌다. 그 눈물을 본 남자710121이 다시 격하게 여자761225를 껴안는다. 곧 두 사람은 방바닥에 기울어지듯이 쓰러진다. 남자710121은 사무친 듯 격하고 탐욕스럽게 여자761225의 얼굴과 뺨에 입을 맞춘다. 두 남녀의 몸이 꿈틀꿈틀대면서 거칠고 퍽퍽한 숨이 새어나온다. 그때 남자710121의 바지 호주머니에서 슬그머니 반지가 미끄러져 나와 방바닥에 타원을 그리며 크게 돌기 시작한다. 반지는 경쾌한 마찰음을 내며 방바닥에 몇 바퀴의 타원을 그린다. 그리고 그 타원의 궤적이 점점 작아지면서 반지는 빙그르르 방바닥에 살며시 주저앉는다. 빈 방 안에는 두 사람의 숨소리만이 격하다. 그때 벽 너머에서 뿌오뿌오뿌오 장난감 나팔 소리와 전화벨 소리가 들려온다.

아침못의 미궁

김도연

1966년 강원 평창 출생.
강원대 불문과 졸업.
1991년 강원일보, 1996년 경인일보 신춘문예로 등단.
2000년 중앙신인문학상 당선.
단편소설 「0시의 부에노스아이레스」 「기차는 사북을 지나간다」
「지중해」 「춘천 가는 배」 등 발표.

난바다의 한쪽은 지글지글 끓고 있었다.

비치 호텔의 열린 창으로 공습을 퍼붓듯 넘어오는 햇살에 질려 눈을 비비던 의상(義湘)은 문득 시선의 가장자리인 방파제 근처에서 무엇이 번쩍 솟구쳤다가 사라지는 것을 보았다. 잠깐 빛을 뿜으며 모습을 드러냈다가 결코 고정시킬 수 없는 잔영으로만 머물다 사라지는 그 무엇을 좇아 색색의 모자를 쓰고 방파제에서 유심히 바다를 들여다보던 사내들이 낚싯대를 어깨에 걸친 채 뜀박질을 시작했다. 바다에서 눈을 떼지 않고 앞줄에서 달리던 붉은 모자의 사내가 순간 무엇을 발견한 듯 방파제 외벽에 쌓아놓은 테트라포드로 훌쩍 건너뛰어 침착하게 낚싯줄을 던졌다. 큰 반원을 그으며 날아간 납덩이가 넘실거리는 파도를 뚫고 들어갔다. 그 납덩이에 이마를 맞기라도 한 듯 의상은 비틀거리며 창틀을 움켜쥐었다.

작은 포구를 막 빠져나온 통통배 한 척이 앞서거니 뒤서거니 하

는 세 마리의 갈매기와 함께 난바다로 이물을 돌렸다. 달리던 낚시
꾼들은 속속 자리를 잡고 온몸의 기운을 빼내어 속이 보이지 않는
바다로 투척하듯 두 팔을 휘둘렀다. 부서지는 물살 속에서 언뜻 회
청색 등을 잠깐 보여주고는 쓸쓸하게 사라지는 그 무엇을 잡으려
자칫하면 발을 헛디뎌 몇 길이나 되는 콘크리트 틈으로 곤두박질할
지도 모를 위험에 그들은 몰입하고 있었다.

　의상은 세면대를 넘쳐흐르는 물에 얼굴을 담근 채 오래 숨을 참
았다가 내뱉었다. 물방울이 흐르는 얼굴은 새벽까지 이어졌던 술자
리의 흔적을 두껍게 간직한 채 누군가를 찾았지만 객실에는 아무도
없었다. 먼길을 걸었던 피로와 술기운이 겹친 간밤의 어디쯤에서
기억이 토막나 달아났는지 감감했다. 누군가와 함께 호텔의 객실로
들어왔던 것도 같았지만 어쩌면 그것은 의상의 내면이 불러낸 꿈일
수도 있었다. 어지러운 꿈을 죽이려 그 동안 잠들기 전이면 늘 술을
마셨지만 새벽 무렵 술이 깰 때면 어김없이 꿈은 의상의 머릿속에
서 토막토막 끊어진 필름처럼 떠다니는 낯선 형상들을 불러모았다.
현실이 궁지에 몰릴수록 꿈은 현실에서 쉽게 찾을 수 없는 것들을
추상화시킨 괴이한 생명체들을 데리고 왔다. 잠에서 깨어남과 동시
에 얼굴을 지워버린 그것을 찾아내려고 끙끙하다보면 늘 알맹이가
없는 아릿한 그림자의 외곽선만 떠올랐다가 끝내 사라질 뿐이었다.
뭐야, 도대체 누구였더라? 의식이 힘을 풀어버릴 때마다 기억의 좁
은 암문으로 들어와 의상의 마음을 유린시켜 벼랑으로 몰았다가,
그 꿈과 현실의 경계선에서 돌연 정체를 숨기는 존재.

　아니, 그 미지의 여자……

　하지만 현실의 어느 장소에서 마주친다면 틀림없이 알아볼 수 있
을 것 같은 여자였다. 의상은 낚시꾼들이 다시 방파제의 끝으로 하

나둘 모여드는 것을 보았다. 한차례 뜀박질에 몹시 지친 듯 그들의 어깨에 얹어놓은 긴 낚싯대는 허공에서 제멋대로 출렁거렸다. 포구를 빠져나간 통통배를 뒤쫓던 갈매기 서너 마리가 저공 비행으로 되돌아오고 있었다. 구경꾼들도 자신들 자리에 벌려놓은 술판을 찾아 못다 마신 술잔을 움켜잡았다. 팔걸이 의자 깊숙이 몸을 누인 의상은 방파제의 풍경을 지우고 안개 바다처럼 흐릿한 새벽의 꿈으로 되돌아가려고 눈을 감았다. 우욱우욱 밀려오는 안개 속에서 얼굴의 이목구비가 지워진 낚시꾼들이 팽팽한 긴장을 간직한 낚싯대를 움켜쥔 채 뛰어오고 있었다. 그리고 응원하듯 그들을 좇는 구경꾼들. 그런데, 거기에서, 지워진 얼굴들 속에서 빠른 바람에 밀려 해일처럼 키를 높인 농무에 가려졌다가 드러나는, 한 점의 윤곽선도 흐트러뜨리지 않고 뛰어가는 얼굴을 발견했다. 어디선가 본 듯한 여자였다. 의상은 애써 가슴을 진정시키고 여자의 얼굴을 기억 속에서 찾아보았다.

방파제는 바다를 건너오는 햇살로 가득했다.

의상은 서둘러 사진기를 꺼내들고 망원렌즈를 최대한으로 밀어 바다는 남겨둔 채 방파제만 눈앞으로 끌어왔다. 목구멍으로 더운 숨이 올라왔다. 떠오를 듯 떠오르지 않는 얼굴을 파인더 한 귀퉁이에 스케치하며 작은 등대에서부터 훑어갔다. 갖가지 표정을 한 낯선 얼굴들이 스냅 사진처럼 렌즈의 동굴 속으로 들어왔다. 재인이었어! 의상은 숨통이 꽉 막히는 전율에 한동안 렌즈를 이동시키던 손가락을 움직일 수 없었다. 그 얼굴은 재인이 틀림없었다. 결코 잊어버릴 수 없는 얼굴이었다. 땀샘으로 일제히 더운 땀이 흘러나오는 것처럼 얼굴이 달아올랐다. 파인더는 점점 흐려졌다. 의상은 손등으로 눈을 문지르고 사진기 방향을 방파제의 초입으로 옮겼다.

들어오는 사람도 있었지만 방파제를 빠져나가는 이들도 있었기 때문이었다. 렌즈는 흡사 엎드려 훑듯이 세밀하게 방파제의 끝으로 방향을 틀었다. 포기하고 싶을 때마다 내뱉었던 혼잣말을 우적우적 되씹었다. 재인은 틀림없이 이곳으로 돌아올 거야. 의상은 떨리는 손을 진정시키려 창틀에 팔꿈치를 고정시키고 수액처럼 흐르는 눈물을 닦았다. 그러나 재인은 파인더의 귀퉁이에도 얼굴을 내밀지 않았다. 의상은 어느새 뒤따라온 의혹을 잘라버리지 못했다. 방금 전, 아니 새벽의 그 얼굴도 꿈이었을까. 포구를 가득 채운 안개. 물고기를 잡으려 낚싯대를 움켜쥔 채 달리는, 이목구비가 지워진 낚시꾼들과 구경꾼들의 응원. 의상은 방파제 끝에서 가까스로 멈췄다. 거대한 콘크리트 단애에 막무가내로 몸을 던지는 바다의 무수한 잔해가 렌즈를 깨뜨릴 듯 달려들었다. 움찔 뒤로 물러난 의상은 눈을 감았다. 꿈처럼 바다는 지워졌다. 의상은 사진기의 셔터에 올려놓은 집게손가락에 힘을 주었다.

흑백. ISO 125. F/16. ∞. 1/60.

"손님, 잠깐만요!"

프런트의 직원은 무엇을 잊었는지 호텔 로비를 빠져나가려던 의상을 부르며 뛰어왔다.

"죄송합니다. 그 사건 때문에 경찰에서 요청이 들어왔습니다."

그 사건이라니? 의상은 의아한 얼굴로 돌아섰다.

"자살사건 말입니다. 경찰에선 당분간 행선지를 저희 프런트에 알리길 바라고 있습니다."

직원은 다 알고 있지 않느냐는 듯 능글거리는 미소를 흘리다가 곧 경찰처럼 엄숙한 표정을 만들었다.

"홍련암에 갈 거요."

난바다의 한쪽은 여전히 지글지글 끓고 있었다.

자살, 그래 자살한 여자가 있었다. 그 여잔 도대체 누구였을까. 어떻게 내 연락처를 지니고 있었지. 그날 밤 함께 잠을 잔 것이 정말 사실일까. 촉수 높은 전등불에 현상한 필름의 성패를 세밀하게 확인하듯 기억의 칸칸마다 눈을 디밀고 찾아보았지만 도무지 알 수 없는 낯선 얼굴이었다. 경찰의 조사에 의하면, 그녀는 자정쯤에 의상의 부축을 받으며 호텔 로비를 통과했고 해뜨기 직전에 호텔을 떠나 곧장 낙가산의 아침못으로 들어갔다고 했다. 각각의 장소마다 목격자가 있다고 한다. 하지만 그것뿐이다. 거기에서 모든 게 멈췄다. 그녀가 스스로 움직일 수 있었던 마지막 그 장소에서. 마지막에 여분으로 남아 있는 조각난 필름, 순간의 빛을 들이켜지 못한 그곳엔 캄캄한 바다만 그르릉거렸다. 왜 자살을 하였냐는 무수한 물음만 모래에 스미는 파도처럼 재잘거릴 뿐이었다. 호텔에서 방파제로 내려가는 언덕길에서 의상은 자신이 음화를 수정하듯 의도적으로 그녀의 존재를 지워버리려고 하는 것은 아닌가 하는 의심이 들었다. 어쩌면…… 또다른 의상이 존재할지도 모르는 일이었다. 그러나 그 의상을 자신에게, 더욱이 경찰에게 설명할 수는 없었다. 한 몸 속에 똬리 틀고 있는 두 사람의 존재를. 그들은 짐짓 웃으며 기억 속을 잘 더듬어보라고 하였다. 고인 물에 팅팅 불은 여자의 얼굴. 그 꽉 다문 입술은 어떤 출구도 일러주지 않았다. 의상은 아무것도 찍혀 있지 않은 텅 빈 기억의 방에서 또다시 돌아섰다. 방파제는 난장에 가까웠다. 가까운 어시장에서 횟감을 떠온 행락객들은 곳곳에 자리를 깔고 앉아 난바다를 건너온 바람에 가슴의 셔터를 열어두고 있었다. 알 수 없는 여자. 그리고 새벽의 자살. 떨어지는 태양처럼 의상의 망막을 태웠다가 사라진 재인. 가장 가까운 바다를 노려보던 낚시꾼들이 고함을 치며 뜀박질을 시작했다. 동해의 한 지점을 겨눈 그들의 낚싯대는 무모해 보였지만 표정엔 비장함이 가득했다. 속이 잘 보이지 않는 바다가 언뜻언뜻 내비치는 신호를 잡으려 턱에 받치는 숨을 삼키며 던진 낚싯바늘. 줄 끝에 매달린 추 모양의 납덩이가 맹렬한 기세로 맴을 돌며 바다로 꽂히자 줄줄이 매달린 은빛 코바늘이 예리한 빛을 뿜으며 속속 뒤따랐다. 하지만 쪼그려 앉은 의상의 눈엔 그들이 노리는 물고기가 전혀 보이지 않았다. 그들이 쓰고 있는 편광 안경이 햇빛의 반사를 차단해 바닷속을 유영하는 물고기를 보여주는 듯했다. 저기! 저기! 놓쳤어! 하는 다급한 탄성만 들려올 뿐이었다. 포구를 빠져나가는 통통배. 갈매기. 지글지글 끓는 난바다. 재인은 방파제에 없었다. 헛것을 본 게 아니라면 의상이 호텔 객실을 나와 방파제로 오는 사이에 다른 곳으로 떠난 게 분명했다. 의상은 돌아서서 방파제의 입구를 보았다. 해수욕장과 낙가산 도립공원, 7번 국도. 길은 세 갈래였다.

방파제의 중간쯤에서 일제히 환호하는 소리가 치솟았다. 앉아 있던 행락객들이 그리로 몰려갔다. 보이지 않는 줄에 매달려 푸득거리며 바다에서 곧장 허공으로 올라오는 물고기. 의상은 매고 있던 사진기의 망원렌즈를 당겨 피사체로 변한 물고기를 훔쳐보았다. 완만하게 굽은 등에서 떨어지는 물방울, 그리고 언제 보아도 우울함을 머금은 물고기의 눈동자.

흑백. ISO 125. F/22. 7. 1/60.

"저 물고기 이름이 뭐죠?"

"몰랐어요? 저게 바로 숭어잖아요!"

"이름은 많이 들었지만 한 번도 본 적이 없어서…… 이제야 보는군요."

"가서 아는 척이라도 하지 그래요! 존함은 많이 들었는데 이제사 뵙게 되었군요, 라고. 아직 그런 물고기들이 더러 있잖아요. 숭어 니, 은어니, 연어니…… 사실 소문만 너무 거창한 거지, 먹어보면 다 거기서 거기야! 주둥이만 고급인 작자들이 갖가지 색을 발라 부 풀릴 대로 부풀려놓았으니 내 꼬라지 같은 이런 놀래기쯤이야 명함 도 못 내밀지 뭐. 이곳저곳 뜨내기로 전전하다 지렁이 꼬리가 보이 는 족족 웃음을 흘리며 물어버리니, 유식한 말로 애타하고 설레며 그리워할 틈이 없잖아요!"

낚시꾼이 망태를 바다에서 건져올리는 사이 방파제에서 뛰고 있 는 숭어를 내려다보는 구경꾼들의 눈동자에 렌즈를 맞춘 의상은 셔 터를 눌렀다. 낡아 쓸모 없는 기억을 지워버리고 방파제의 숭어를, 그 몸부림에 호기심 가득한 초점을 맞춘 눈동자들을. 숭어는 다시 바다로 되돌아갔다. 망태의 촘촘한 그물에 갇혀.

"실망하신 모양이네."

며칠 사이에 낯이 익은 여자는 풀어진 파마 머리가 해풍에 날리 는 것을 내버려둔 채 맘에 드는 단골에게나 보내는 은근한 눈짓으 로 술을 권했다.

"갑자기 졸부가 된 기분입니다."

"졸부는 무슨 얼어죽을 졸부! 참, 번거롭게 사진은 왜 찍어요? 꼭 사진기에 몸이 딸려다니는 것 같아."

다음 배의 출항을 기다리려 방파제의 끝으로 휘적휘적 걷는 낚시 꾼들의 두런거림을 들으며 의상은 자리에서 일어났다. 몇 잔 들이 켠 소주는 은빛 낚싯바늘처럼 뱃속을 할퀴었다. 여자가 소리쳤다.

"이봐요? 그깟 숭어 한 번 봤다고 그렇게 억지로 인상 쓰지 말아요. 그 흔한 우연일 뿐이지 뭐. 한 바퀴 돌고 놀래기 회나 먹으러 와요!"

우연? 낚싯바늘에 채여 방파제로 올라온 숭어가 마련해준 우연. 숭어가? 아니면 정체를 숨긴 누군가가 있다는 얘긴가. 의상은 방파제를 둘러보았다. 약간 기울어진 햇살 아래에서 사람들은 무심히 제각각의 자세로 바다의 냄새를 맡으려 킁킁거리고 있었다. 파마머리의 여자는 손을 흔들어주었다. 그 뒤편에서 좀 우스꽝스런 폼으로 걸어오던 두 명의 사내가 의상과 먼 시선이 마주치자 쭈뼛거리며 포구에 정박한 어선들을 건성으로 훑는 척했다. 며칠 전부터 그림자처럼 의상의 주변을 맴도는 사내들이었다. 손을 흔들던 여자가 귓전에 대고 속삭이는 듯했다. 당신이 찾는 그 무엇은 없다고. 의상은 속삭임에 조금씩 밀리듯 입구로 돌아가 흔들리는 시야를 고정시켰다. 재인의 행방을 가늠할 수 없었다. 낚시꾼들처럼 숭어를 찾아내는 안경이 있다면 모를까. 해수욕장의 백사장에 찍힌 무수한 발자국들. 휴전선에서 끊긴 7번 국도와 낙가산의 홍련암으로 이어진 길이 감추고 있는 발자국들. 더더욱 의상은 아직 재인의 가슴에서 뛰고 있을 숭어의 펄떡거림을, 그 호흡을 느끼지도 못했다. 망설임의 지점에 서 있는 의상의 곁에 어느새 다가온, 바보스러워 보이는 두 사내는 서로 투닥거리며 말싸움을 시작했다.

"홍련암으로 가지 않으면 어떻게 하지?"

"여기서 달리 갈 곳이 또 어딨어? 버스를 탄다면 모르지만."

"지긋지긋해지는군, 도대체 며칠째 여길 드나드는 거야!"

길은 절벽을 옆구리에 끼고 오르막과 내리막, 좌우로 돌아갔다. 노송 숲 너머 저 아래에서 모래를 핥는 파도 소리가 수런수런 올라왔다. 매표소를 지나자 숲 사이로 바다가 보이고 촛대처럼 치솟은 절벽 위에 올라앉은 군 초소도 보였다. 홍련암 가는 길은 노송이 만든 굴이었다. 시야는 일시에 환히 뚫리는가 하면 잘게 부서진 빛살이 쏟아져 얼굴을 아리게 만들었다. 신선봉에서 두 갈래로 흘러내려와 바다와 만나는 산줄기는 여인네의 젖가슴을 떠올리게 했다. 봉긋하게 치솟았다가 젖꼭지를 기점으로 급하게 곤두박질하는 바위 절벽이었다. 바다에서 볼 때, 왼쪽 젖가슴의 젖꼭지쯤에 지어놓은 육각정은 지난 세월 동안 계속된 해풍과의 부대낌으로 인해 부식되어가고 있었다. 천막으로 사방을 둘러쳐놓았지만 퇴락의 냄새마저 가둬놓을 수는 없었다. 의상은 움푹 파인 앙가슴의 골짜기에서 솟는 샘 곁에 앉아 바다를 건너온 바람이 믿을 수 없다는 듯 육각정을 감춘 천막을 뒤흔드는 소리를 들었다. 접근금지라고 붉게 써서 매단 팻말이 요동을 치는 중이었다. 그날, 재인은 육각정의 한 기둥에 기대 동해의 수평선을 물들이며 솟아오른 해의 빛살을 얼굴 가득 담으며 의상의 손을 이끌어 왼편 젖가슴을 열어주었다. 의상은 팽팽하게 부풀어오른 그녀의 진홍빛 젖꼭지를 혀로 쓰다듬었다. 땀으로 축축해진 자신의 가슴으로 의상은 손을 가져갔다. 쪼그라든 젖꼭지는 재인에게서 받았던 느낌을 전해주지 않았다. 아니야. 그 여자는 재인이 아니었을 거야. 확실하지도 않은 기억을 붙잡고 억지로 한 여자에게로 몰아가는 의식의 질주에 의상은 두려움이 들었다. 재인의 손목도 잡아보지 못했다는 게 정확한 기억일 것이다.

　발 아래로 내달리는 골짜기는 배꼽쯤에서 바다에 잠겼다. 흰 거품이 더이상의 시야를 차단했다. 의상은 산자락이 잠긴 바다로 뛰어들 자신이 없었다. 새벽에 호텔을 떠나 곧장 아침못으로 들어갔다는 낯선 여자의 심정도 당분간 이해할 수 없을 것이다. 홍련암으로 향하는 가파른 언덕길로 접어들었다. 육각정 주위의 부러진 노송을 뛰어넘으며 장난을 치던 두 사내는 서둘러 옷을 털고 의상이 앉았던 골짜기의 샘으로 달려와 목을 축였다.

포구를 떠나 바다로 나간 뱃사람들은 배 난간에 팔을 걸치고 짐짓 근엄한 얼굴로 말한다고 했다. 왼편 젖가슴의 육각정이 여자의 외양을 나타낸다면 오른편 홍련암은 변하지 않는 마음의 젖가슴이라고. 언제가 재인도 비슷한 말을 했다. 배를 타고 바다로 나가 육각정과 홍련암을 바라보지는 못한다 하더라도 걸어서 홍련암까지 가보라고. 그곳에 가면 분명 무엇인가를 찾을 수 있을 것이라고. 하지만 의상은 주기적으로 엄습하는 어찌할 수 없는 흔들림이 마음의 수면에서 범람할 때마다 사진 촬영을 핑계삼아 홍련암을 방문했지만 재인이 말한 것을 짐작조차 할 수 없었다. 바위 절벽의 중간쯤에 간신히 올라앉은 암자에서 전해오는 나른함이 전부였다. 물론 재인도 없었다. 기억이 정확하다면, 재인을 잃어버린 장소란 사실은 분명했다. 잃어버렸다기보다는 그녀 스스로 홀연 자취를 감췄다. 그날, 갑자기 몰려온 짙은 안개로 어디가 어디인지 구별할 수 없었을 때, 벼랑 중간으로 뚫린 단 하나밖에 없는 작은 길에 의상이 꼼짝없이 갇혀 있어 앞서간 그녀가 몰래 되돌아간다는 것은 거의 불가능했는데도. 아니, 아니었다. 그날 의상은 재인과 함께 오지 않았을 것이다. 역시 조작된 기억일 가능성이 더 많았다.

의상은 후들거리는 다리로 몰리는 체중을 더이상 견디지 못하고 홍련암이 내려다보이는 바위에 주저앉고 말았다. 난바다의 한쪽은 지글지글 끓고 있었다. 해안선과 평행을 유지하며 이물을 북쪽으로 향한 통통배가 파도에 미끄러지기를 되풀이하며 울렁임을 고스란히 의상에게로 보내왔다. 조작이라! 의상은 새벽의 아침못으로 들어간 여자의 팅팅 불은 얼굴을 떠올렸다.

만약 경찰 조사대로라면 그녀는 왜 나를 마지막 밤의 상대로 골랐을까. 어쩌면 모든 동기가 그날 밤 내게서 나왔을지도 모르는 일이다. 그 충격으로 인한 마음을 다스리지 못하고 무작정 아침못으로 들어갔다면 나는 어떤 책임을 져야 할까…… 그러나 아무것도 기억나지 않는다. 그녀는 도대체 누굴까.

"저어, 실례지만 그 사진기에 필름이 남았습니까?"

헉헉거리며 바위 언덕을 올라온 두 사내가 의상의 곁에 서서 한참을 머뭇거리다 꺼낸 말이었다.

"거 봐, 남았잖아. 아까 방파제에서 두 장만 찍는 걸 내가 분명하게 셌다고. 사진작가 선생님, 이왕 여기까지 왔는데 한 장만 찍어줄 수 없겠어요?"

"야, 난 사진기 앞에 서면 왠지 겁이 나. 근육이 마비되는 것 같단 말이야. 마치 내 목에 쇠줄이 채워지는 기분이 든다고."

두 사내는 말다툼을 벌였다. 그러나 의상이 사진기의 렌즈 덮개를 열자 즉시 말을 멈추고 환하게 웃는 얼굴로 자세를 잡았다. 파인더에 단지 희미한 그림자로 자리잡은 그들을 배경으로 홍련암의 기와지붕이 절벽과 바다와 함께 또렷하게 층계를 이뤘다. 숨을 멈추고 셔터를 누르는 것과 동시에 의상은 해수면에서 가볍게 튀어올랐다가 사라지는 숭어를 보았다.

흑백. ISO 125. F/22. ∞. 1/60.

사진을 찍은 두 사내는 홍련암으로 가지 않고 낄낄거리며 왔던 길로 뛰어갔다. 그늘 한 점 없는 홍련암의 처마 밑 구석 자리에 앉은 의상은 난간 너머 수십 척이나 되는 절벽의 틈새로 들어와 부서지는 파도의 거품 속으로 마음의 헛갈림을 놓아버렸다. 암자는 그 위에서 아슬아슬한 자세를 취하고 있었다. 의상은 가끔씩 관광객들의 사진기 속에 갇혔다가 풀려나곤 했다. 스님을 찾을 수 없었다. 목탁과 독경 소리도 들려오지 않았다. 알 수 없는 갈매기의 울음과 엉덩이 한참 밑에서 치솟는 파도 소리, 그리고 관광객들에게서 건너왔다 이내 잊혀지는 말부스러기가 전부였다.

재인은 무엇을 찾을 수 있다고 한 것일까.

문살에 붙은 흐릿한 유리 너머로 안을 엿보았다. 아무도 보이지 않았다. 촛불은 생각났다는 듯 흔들렸다. 난간을 붙잡고 일어났다. 파도 소리가 귓전을 덮었다. 재인의 말 때문이 아니었다. 대기를 뚫고 쏟아지는 햇살에 더이상 얼굴을 내놓을 수 없었다. 의상은 절벽으로 몸을 던지는 파도 소리가 죽순처럼 올라오는 홍련암의 법당으로 조심스레 발을 디밀었다. 신성함과 부패를 동시에 감추고 있는 묘한 향내가 실오라기로 흐르는 법당은 비어 있지 않았다.

회색의 승복 바지에 헐렁한 반팔 차림의 여자가 조금의 미동도 없이 방석에 앉아 있었다. 그녀의 시선은 마룻바닥에 펼쳐놓은 서적으로 들어가서 나오지 않았다. 길지 않은 머리카락이지만 고개를 숙인 탓에 얼굴도 숨어 있었다. 의상은 삐져나오려는 탄성을 삼켰다. 여자의 숙인 얼굴 옆쪽으로 십육절지만한 얇은 유리 네 장이 창살에 끼워져 바다와 하늘을 나누어 담고 있는 것을 보았기 때문이다. 어느새 파도 소리는 쿵쿵거리며 뛰는 가슴에 묻혀버렸다. 잘 닦여진 유리창으로 푸른 숭어가 경쾌하게 뛰어올랐다가 사라지기를 거듭하는 것이 보였다. 불당에 앉아 있는 부처의 가느다란 입술선을 따라가는 숭어. 부처의 들리지 않는 웃음. 의상은 여자의 얼굴을 확인하려 무릎걸음으로 나아갔다. 그녀는 조금도 움직이지 않았지만 얼굴은 여전히 보이지 않았다.

"오늘 재인이 오지 않았나요?"

의상은 여자가 묵독하고 있는 서적에 대고 나직하게 물었다. 마루 위에 펼쳐놓은 서적의 책장은 미동조차 하지 않았다. 무슨 내용인지 해석할 수조차 없는 한자(漢字)였다. 줄을 맞춰 한 자 한 자 세로로 내려오는 불경. 사실 불경이라는 것도 추측일 뿐이었다. 재인은 펼쳐놓은 서적 속으로 사라진 건지도 모른다는 생각이 불쑥 들었다. 그렇다면…… 의상은 십육절지의 유리창을 가득 메우는 막막한 하늘을 바라보았다. 숭어를 찾아보려 했지만 허사였다. 여자가 읽고 있는 서적 속으로 들어가려고 한자의 앞과 뒤를 붙잡고 재만 가득한 화로에서 부지깽이로 불씨를 찾듯 기억 속을 뒤적거렸다.

"얼마 전에 재인을 만나지 않았나요?"

가까스로 해석해낸 몇 자를 뭉뚱그려놓자 건너온 말이었다. 화들짝 놀란 의상은 서적에서 얼굴을 돌렸지만 다음 줄에서 뒤따라 물음이 튀어나왔다.

"함께 잠을 잔 일도 잊었나요?"

"아니, 아닙니다! 전혀 그렇지 않아요. 전 이미 오래 전에 재인을 잃어버렸어요."

의상은 뒷걸음을 치다 벽에 부딪혀 주저앉았다. 사라졌던 파도 소리가 마룻바닥 저 아래에서 아우성거렸다.

"안개가 지독했던 그날, 재인은 여기서 자취를 감췄습니다. 그게 마지막이었어요. 아니, 아닙니다. 재인이 아닐 겁니다. 더 오래 전에 떠났는지도 모릅니다."

"미안해요. 잘못 본 모양이네요. 진정하세요. 이곳에 올 때마다 되풀이하는 말이지만 재인이 어디 있는지는 알 수 없어요. 하지만 마지막 기억의 장소가 홍련암이라면 여기서부터 다시 더듬어 가세요. 제가 해드릴 수 있는 말은 이게 전부죠."

여자는 묵독하던 서적을 덮고 염주를 잡았다. 비로소 그녀의 얼굴선이 조금 보였다가 다시 숨었다. 의상은 그녀의 앞에 놓인, 입을 다문 서적의 겉장을 훔쳐보았다. 소문으로 들어 알고는 있었지만 읽어보지 못한 서적이었다. 법당으로 들어온 직후 느꼈던 설렘의 파도는 깎아지른 절벽을 만나 형체도 없이 스러지고 있었다. 한 장 한 장을 가득 채우고 있는 낱말 속으로 들어갈 엄두가 나지 않았다. 읽어내는 것까지야 어떻게든 할 수 있다고 실오라기 희망을 걸 수야 있겠지만 그 서적은 단지 읽어내는 것만으로는 어림도 없을 게 분명했다. 그 속으로 발을 디미는 일은 의상에겐 출구를 찾을 수 없는 연옥으로 들어가는 것과 마찬가지였다.

섬뜩하게 맑은 유리창에서 시선을 돌릴 수 없었다. 손을 대기만 해도 사방으로 금이 갈 것 같은, 오래된 유리란 생각이 먼 기억 속에서 걸어나왔다. 게으르게 이동하는 구름과 지글지글 끓고 있는 바다를 담고 있는 사등분된 유리…… 덮어놓은 서적…… 재인이 사라진 그날, 홍련암은 안개로 가득했다.

"여기서 나가는 다른 길은 정말 없습니까? 재인은 분명 그 길로 갔을 겁니다."

"들어오는 길과 나가는 길은 하납니다. 벼랑을 오르거나 수십 척 아래 바다로 뛰어들지 않는 한. 재인은…… 그렇게 무모하진 않을 거예요."

여자는 염주 돌리는 것을 멈추고 의상을 돌아보며 단호하게 말을 잘랐다. 그럼에도 의상의 얼굴에 남아 있는 의혹을 찾아내곤 빙긋 웃으며 마룻바닥에 놓인 서적을 옆으로 옮겼다. 서적이 놓였던 자리에는 손가락 하나가 들어갈 만한 구멍이 뚫려 있었다. 그녀는 구멍에 집게손가락을 집어넣었다.

홍련암에서 나온 의상은 무엇에 쫓기는 사람처럼 자주 뒤를 흘깃 거리며 뛰다시피 언덕길을 올랐다. 신선봉을 넘어가지 않은 해는 여전히 길을 태우고 있었다. 길이 두 갈래로 갈라지는 곳에서 음료수를 마시던 두 사내가 의상을 보고 손을 흔들었다. 사내들은 그를 기다렸다는 표정이었다. 벗어놓았던 웃옷을 입고 나자 노골적으로 의상의 얼굴에 담긴 무엇을 읽어내려고 궁금했다.

"이곳으로 재인이 사라졌다고 믿진 않겠지요?"

여자의 마지막 말은 닫혔던 덮개가 열리자 일제히 치솟는 파도 소리와 함께 사라지지 않고 멍멍하게 울렸다. 책받침 크기의 널조각이 그녀의 손가락에 걸린 채 들려올라오자 의상은 그만 눈을 감고 말았다. 구멍은 해발 영에서 부서지는 바다를 수직으로 가리켰다. 여자가 나가고 한참이 지났지만 꼼짝할 수가 없었다. 조금이라도 무게의 이동이 생기면 법당 전체가 일시에 그 바다로 쏟아져내릴 것만 같았다.

신선봉의 남쪽 능선을 돌아가는 길은 아침못에 못 미쳐 두 갈래로 갈라졌다. 사내들은 멀찌감치 떨어진 곳에서 흘금흘금 의상을 기웃거렸다. 신선봉 정상엔 해수관음상과 관음굴이 있었다. 그곳으로 오르며 의상은 덜컥 달려든 불안을 지우려 얼굴을 쓰다듬었다. 홍련암에서 사진기의 필름에 음화로 새겨넣은 두 장면의 무게가 점점 불어나고 있음을 감지한 것이다. 십육절지 크기의 유리창과 마룻바닥의 구멍은 예상할 수 없는 흡인력으로 손짓하고 있었다.

재인에게로 다가가는 길일 뿐이다. 재인에게로……

사진기의 구조와 비슷하게 설계한 관음굴은 두 개의 거울을 이용해 신선봉의 거대한 관음상을 불당 위에 모셔놓고 있었다. 의상은 거울 속의 관음상을 건성으로 훑어본 뒤 신선봉으로 올라가 의자를 찾아 누웠다. 관음상의 눈을 찾아 올라가던 의상은 햇살에 질려 포기하고 말았다. 인간의 열망이 쌓아올린 것들은 조금만 길을 잘못

들면 우스갯거리로 변할 수 있다는 사실에 착잡해졌다. 걸음은 몇 발자국 옮기지 못했는데 욕망만 비대해져 결국 우울한 거인이 되어 버린 것 같았다. 재인을 찾는다는 것은 무모한 행동처럼 보였다. 나무 한 그루 놓치지 않고 낙가산을 샅샅이 뒤지는 것과는 다른 차원에 속함을 분명하게 알고 있었지만 의상의 발걸음은 여전히 길이 끝나는 벼랑 근처를 서성거렸다.

의상은 재인이 왜 하필 동해안 귀퉁이에 자리한 홍련암으로 자신을 이끌고 왔는지 알 수 없었다. 그 까닭이라도 분명하게 안다면 사라진 재인을 쫓는 걸음이 훨씬 빨라질 것이다. 단서라고 추측한 두어 가지만 만지작거리다간 곧장 바다로 들어갈 게 뻔한 일이었다. 홍련암을 떠나면서부터 줄곧 사라지지 않고 매달리는 불안을 쉽게 지울 수 없었다. 이해되지 않는 꿈을 현실과 연결시켜주는 고리. 그곳으로 모든 걸 몰고 가는 마음에 제동을 걸려고 몇 차례나 큰숨을 삼켰다. 기억 속으로 들어가려면 통과해야 하는 무수한 좁은 암문들. 꿈과 현실의 경계선. 그곳. 순간 서적을 묵독하던 여자의 표정이 서늘한 칼날로 변해 의상의 마음을 베고 지나갔다.

의상은 숭어가 유연하게 파도를 가로질러 가듯 햇살의 광장을 건너 관음굴로 내려가는 계단을 급하게 밟았다. 혹시라도 가까이 있는데 두르고 있는 허울 때문에 알아보지 못한 것이라면…… 길 뒤편으로 멀어져가는 흐릿한 형상들이 안타까운 얼굴로 뒤돌아보았다. 작은 광장 입구의 매점에서 부채질을 하던 두 사내도 의상의 갑작스런 행동이 의아한 듯 시멘트 바닥을 밟는 구두 소리가 요란했다. 깨어진 햇살의 파편들이 사방으로 흩어져 안개처럼 떠오르고 있었다.

관음굴의 문은 닫혀 있었다. 어둠침침한 법당을 그나마 밝혀주는 촛불마저 없었다면 귀퉁이의 탁자 뒤 벽에 기대어 조는 노파를 발견할 수 없었을 것이다. 다행히 노파의 노루잠 속으론 들어가지 않은 모양이었다. 뒤따라 계단을 내려오던 사내들의 구두 소리가 멎었다. 안을 엿보며 내뱉는 짧은 두런거림. 의상은 눈을 감았다. 가슴을 치고 올라오던 더운 숨이 가라앉는 소리. 색색거리는 노파의 숨소리. 긴장을 풀고 멀어지는 구두 소리. 짧은 풀피리처럼 울렸다가 사라지는 새소리. 어딘가 아귀가 맞지 않는 문틈으로 스며들어와 법당의 그늘을 건너 촛불로 스며드는 바람, 소리. 소리의 주문을 물들이는 묘한 향내.

"의상?"

재인이었다. 홍련암의 안개 속에서 자취를 감췄다가 다시 이어진 목소리.

"의상, 쓰러져가는 표지판 하나만 믿고 암자를 찾아 걸었던 산길 기억나요? 가도가도 그 아름다운 이름의 절은 보이지 않고 산모통이를 돌아가는 눈길이 끝없이 이어졌었지요. 부처는 없고 빈 방석만 있다는 암자를 찾아 우린 산그늘 속으로 마음을 디밀었지요. 이정표 하나 없는 그 길에서 산길은 늪이라고 당신은 말했고 나는 지금 가고 있는 이 길이 그래도 가장 빠른 길일 거라고 떠밀었지요. 후후! 당신은 함박눈을 가득 짊어진 소나무였고 난 하늘로 되돌아가는 흰 자작나무였어요. 길은 계속 눈 덮인 산속으로 들어가고 그 어디쯤에 빈 방석은 있겠지만 우리의 의심은 소름과 땀으로 번갈아 옮겨다녔어요. 당신은 길 어디쯤에서 동행을 만나는 것도 괜찮을 거라 하였고 어찌 보면 그 만남이 길의 전부일지도 모른다고 중얼거렸어요. 고개 끄덕이며 난 주막을 눈 위에 그려놓았죠. 하지만 어찌할 수 없을 만큼 걸어왔을 때 우리는 말을 잃어버리고 고개를 숙인 채 발걸음을 재촉했죠. 골짜기의 바람은 차가웠고 각자의 마음 깊은 곳으로 침몰해가고 있었어요. 길 끝에 이름보다 더 아름다운, 부처는 없고 빈 방석만 놓인 암자가 있으리라는 그 믿음은 조금씩 사라져가고 있었지요. 의상, 아직도 그 길을 걷고 있나요? 혹시…… 그 길의 끝은 절벽이 아닐까요? 두려워요. 이 팽팽한 줄을 그만 놓아버리고 싶어요. 눈을 뜨지 말아요! 아직 당신을 만날 때가 아닌 것 같아요."

눈을 뜰 수 없었다. 재인의 얼굴을 마주 본다는 사실이 두려웠다. 눈을 뜨면 망막이 타버릴 것 같았다. 하지만 다시 헤어질 수는 없다. 의상은 붙어버린 눈꺼풀에 힘을 주었다. 빽빽한 어둠의 숲으로 바람이 불어 검은 잎들을 살랑살랑 흔들자 바늘로 변한 빛살이 눈동자를 찌르기 시작했다.

"가지 마……"

의상은 허공에 희미한 영상으로 떠 있는 자신을 보았다. 눈을 비볐다. 해수관음상은 거울 속에서 사라졌고 거울은 어떤 대상도 담고 있지 않았다. 눈꺼풀이 벗겨질 정도로 비볐다. 요동을 치는 촛불이 시야를 가득 메웠다가 본래의 모습으로 돌아가고 있었다. 비로소 희미한 모습을 드러낸 재인은 불당의 거울 속에다 수놓았던 자신의 얼굴에서 한 올 한 올 실을 거둬갔다. 그 시간은 너무 빨랐다. 불당에 뛰어올라 한 올의 실이라도 붙잡고 싶었지만 몸은 돌부처라도 된 듯 움직이지 않았다. 건판 사진을 찍듯 재인의 마지막 표정을 가슴에다 가두었다. 다시 텅 비워진 거울로 의상의 볼을 타고 흐르는 눈물이 잠깐 맺혔다가 사라졌다.

사하촌을 한 바퀴 돌아보고 온 듯한 해수관음상은 숨겨진 또하나의 거울을 거쳐 아무것도 모른다는 얼굴로 관음굴의 거울 속으로 들어왔다. 노파는 약하게 코를 골았다.

의상은 밖으로 뛰쳐나왔다. 햇살이 녹아 흐르는 광장을 살피곤

출구 쪽으로 뛰었다. 안개라곤 찾을 수 없는 대낮에 또다시 재인을
놓쳐버릴 수는 없었다. 거울은 깨끗하게 지워졌다. 단지 재인을 잡
아야 된다는 것뿐. 아침못으로 내려가는 길은 끝날 것 같지 않은 구
불구불한 계단의 연속이었다. 내려온 만큼씩 앞의 계단은 늘어나고
있었다. 노송숲을 빠져나온 빛싸라기들이 점차 주변을 들뜨게 만들
었다. 다른 길도 없는데 재인은 보이지 않았다. 목목에 서 있는 사
람들의 얼굴을 살폈다. 어둡고 가파른 숲으로 숨을 수도 없었다. 앞
으로 거꾸러지려는 상체를 간신히 바로잡은 의상은 거울에 비쳤던
재인의 얼굴을 떠올렸다. 그 얼굴!…… 일시에 다리의 힘이 풀린
의상은 쏟아지는 사태를 맞은 듯 허물어졌다.

홍련암과 아침못으로 갈라지는 길목에서 장난을 치던 두 사내는
뒤뚱거리는 그림자를 앞세우고 와서 의상을 부축하며 서로 속삭거
렸다.

"거 봐, 내 말이 맞잖아. 이곳은 단 한 걸음도 벗어날 수 없게 만
든 곳이야."

"갑자기 왜 이러는 거지?"

"급하게 운동을 해서 일시적으로 몸에 마비가 온 것뿐이야. 호들
갑 좀 그만 떨라구."

"호들갑이 아니야! 그러게 지시대로 가까운 곳에 있었으면 이런
불상사는 생기지 않잖아. 만약 그대로 아침못으로 뛰어들었으면 어
쩔 뻔했어?"

사내들은 아침못 주변으로 띄엄띄엄 놓인 긴 나무 의자에 의상을
앉혔다. 수면에서 반사된 빛살은 주위를 연노랑빛으로 물들이고 있
었다.

"그 여잘 봤습니까?"

"그 여자라니?"

제법 근심스런 얼굴로 내려다보던 사내들은 연극배우처럼 눈동자를 굴리며 되물었다. 의상은 입을 다물었다. 관음굴에서 본 재인의 얼굴을 그들에게 설명할 수 없었다. 도무지 믿기지 않아 거울을 지웠지만 이미 잠상으로 자리잡은 재인은 변하지 않았다. 두 개의 거울이 만들어낸 술수일 뿐이라고 아무라도 말해주길 바랐다. 사내들은 어느새 자취를 감췄다. 아침못은 푸른 연잎을 피워올리고 있었지만 머릿속은 과다 노출로 강렬한 빛이 관통해 모든 기억이 하얗게 타버린 것처럼 갈피를 잡을 수 없었다. 한마디라도 밖으로 끄집어내면 앞뒤가 뒤얽힌 말들이 맹수의 싸움 소리로 터져나올 것 같은 두려움에 깨문 입술을 놓지 않았다. 술에 만취했을 때 나타나는 증상이 몸의 곳곳에서 꿈틀거렸다. 통고도 받지 못한 웃음이 새어나오고 얼굴의 근육이 의지와 무관하게 저 혼자 씰룩거렸다. 가슴에 가득 찬 정체불명의 무엇이 통로를 찾아 밖으로 나오려고 만만한 곳마다 쑤시는 탓에 제멋대로 흔들리는 몸을 두고 보아야만 했다.

홍련암과 방파제로 돌아가 확인하고 싶었지만 그들이 거기에 없을 게 분명하다는 사실을 인정하기까지 아침못을 두 바퀴 돌았다. 재인의 물음에 답하고픈 충동이 간절했다. 진흙을 밀어내고 어두운 아침못을 헤엄쳐나와 수면에 펼쳐진 연잎. 사람들이 소원을 빌고 던져놓은 무수한 동전들을 화인처럼 가슴에 얹고 있는 연잎은 아침못의 가운데를 대부분 덮고 있었다. 의상은 호주머니로 다가가던 오른손을 힘없이 떨어뜨렸다. 원통보전으로 오르는 언덕은 박힌 돌멩이 하나 없이 잘 다져진 황토가 걸음을 부르는 길이었다. 길에 찍힌 신발 자국은 서두른 흔적을 찾을 수 없는 안온함을 하나같이 유지하고 있었다. 양편에서 길을 에워싼 숲마저도 깊이 숙고하고 있는 듯했다. 나무 한 그루 한 그루의 자세는 만인의 얼굴을 옮겨놓은 듯 그 인상이 자못 신비로웠다. 뒤틀린 곱추목에서 장쾌하게 치솟은 거목까지. 들어가면 길을 잃을 듯한 빽빽한 노송숲을 건너온 딱따구리 소리가 들렸다. 하지만 숲에서 피어난 소리는 늘 정확한 자신의 위치를 숨겼다. 한 마리 새가 부리로 나무를 뚫는 소리는 사방에서 날아와 의상의 귓바퀴에 감겼다. 의상은 길을 벗어나 숲으로 들어가려는 걸음을 가까스로 달랬다. 짧게 혹은 길게, 이어졌다가 끊기는 소리는 갈 수 없는 먼 곳으로 타전하는, 해독할 길 없는 신호였다.

신호를 보내는 사람들……

신음하듯 웅얼거렸다. 새벽의 아침못으로 들어간 여자. 숭어가 뛰었던 방파제에서 낡은 흑백사진의 웃음을 흘리며 술을 파는 여자. 서적 속에서 침묵하는 여자. 그들은 모두 어딘가의 누구에게로 은밀한 신호를 보내고 있는 듯했다. 의상은 우연한 순간에 그 신호음의 일부를 감청한 자의 막막함을 되씹었다. 잠이 달아난 깊은 밤 라디오의 채널을 돌리면 불쑥 튀어나왔다가 사라지는 어떤 낱말을 붙잡고 막연한 안타까움으로 밤을 세웠던 기억이 멀리 있지 않았다. 재인의 주파수와 맞추려고 채널의 이쪽 끝에서 저쪽 끝까지 오르락거리는 빛을 잃은 빨간 바늘이 아른거렸다. 간혹 섬광처럼 들어온 빛이 바늘을 물들이며 몇 마디 말을 흘리고 갔지만 그 말의 앞과 뒤는 헤아릴 수 없을 정도로 긴 것이어서 뜻을 해석하기엔 역부족이었다. 의상은 물기가 사라진 나무막대기처럼 원통 보전의 경내를 주파수의 눈금을 밟듯 쏘다녔다. 꼬깃꼬깃 접어두어서 보풀이 날리는, 그러나 촉촉한 부식토를 만나면 언제든 싹을 틔울 수 있다는 희망을 버리지는 않았다. 관음굴의 거울 속으로 나타났던 재인의 그 형상도 누군가의 엿봄을 염려한 변장이 틀림없을 것이었다. 재인은 분명 낙가산의 어느 곳에서 몸을 위장한 채 은밀한 신호를 보내고 있음이 분명했다. 황망중에 재인의 이름을 사내들에게 발설하지 않은 것은 잘한 일이었다. 그들이 배후세력이라면 의상보다 먼저 재인의 암호를 해독할 것이다.

요사채임을 알리는 팻말이 걸린 쌍여닫이 나무 대문은 햇볕을 받고 있었지만 윤기를 찾아볼 수 없었다. 기왓장으로 문양을 넣은 진흙 담장이 꺾어지는 외진 곳에 자리한 대문은 외부인의 출입을 금하고 있었다. 의상은 화강암 문턱에 걸터앉아 원통보전의 외벽을 따라 차례로 그려놓은 그림을 보았다. 대문은 산속을 헤매는 한 소년의 모습을 조잡하게 그린 장면과 얼굴을 맞대고 있었다. 주위를 살핀 의상은 담배에 불을 붙이며 삐져나오는 허탈한 웃음을 멈추지 않았다. 저편 모퉁이에서 고개만 내밀어 기웃거리던 두 사내가 의아하다는 듯 눈동자를 치켜올린 채 다가왔다가 그림을 일별하곤 그늘이 내려앉은 처마 밑에서 목덜미의 땀을 닦으며 투덜거렸다.

"아무리 생각해도 이번 경운 너무 심한 배려라고 생각해."

"배려가 아니야…… 보호?…… 삶으로 유인하는 거라고 표현하면 어떨까…… 물고기를 그물로 모는 것처럼."

"하지만 너무 짜증 나! 더이상 견딜 수 없어. 넉넉잡아 한 시간이면 둘러볼 장소에서 한나절이나 허비하고 있잖아!"

"야, 이렇게 뜻 있는 일이 자주 돌아오는 게 아냐. 좀 더워도 참으라고. 궁지에 몰린 사람은 이런 사찰에서 종종 쉽게 허깨비를 보고 그대로 홀려버리기 십상이라고. 우린 그들을 보호하는 거야."

뚱뚱한 사내는 이미 양복 윗도리를 벗어놓고 신문으로 부채질을 하느라 바빴다. 신선봉을 넘어간 해가 뿜어내는 햇살은 의상의 몸을 지상에서 조금씩 떠오르게 하는 것 같았다. 더위에 지친 사내의 숨소리만큼 손놀림도 빨라졌다. 담장 너머에서 나무에 구멍을 파는 딱따구리 소리가 메마른 밤알처럼 툭툭 떨어졌다. 옆의 사내는 튀어나온 입술에 담배를 꽂고 소리의 출처를 찾아 허공을 기웃거렸다.

사내의 땀이 흐르는 얼굴은 시간이 흐를수록 점점 기묘하게 일그러졌다. 그 위에는 손바닥을 눈썹에 붙이고 깊은 계곡을 바라보는 댕기머리 소년이 그려진 벽화와 울긋불긋한 처마의 단청이 깊은 그늘 속에 잠겨 있었다. 의상은 일어날 수 없었다. 햇살을 털고 일어나면 주위를 둘러싼 기이한 긴장에 금이 갈 것만 같았다. 사진기의 셔터에 올려놓은 집게손가락에 미세한 힘을 가하다가 조심스럽게 들어 딱따구리 소리가 넘어오는 담장 위로 망원렌즈를 맞췄다. 그늘 깊은 숲으로 촘촘한 쳇불에 걸러진 빛살이 내려왔지만 반딧불처럼 미약했다. 의상은 렌즈를 당겨 초점 조절 링을 돌렸다. 처마에서 포효하는 용과 수탉이 렌즈에 잡혔다가 허공으로 사라지고 소년의 발 밑에서 부채질을 하는 뚱뚱한 사내의 형상이 조금씩 일그러지더니 어딘가 낯익은 표정의 얼굴로 변해가고 있었다. 집게손가락이 떨렸다. 방향을 틀어 옆 사내를 렌즈로 불러들였지만 사내 역시 서서히 얼굴 모습을 바꾸기 시작했다. 손거울을 들여다보는 것만 같아 사진기에서 눈을 뗐다. 두 사내는 변함없었다. 의상은 다시 사진기의 파인더를 살폈다. 숭어가 빛살을 타고 가로질러 갔다. 급하게 초점 조절 링을 돌렸다. 까맣게 잊고 있었던 지난날 의상의 얼굴들이 캄캄한 기억의 암문을 열고 나와 홍련암의 유리창 너머, 눈이 시린 빛살 속으로 사라져갔다. 재인은 없었다. 뒤이어 자욱한 안개만 밀려올 뿐이었다. 조절 링을 끝까지 돌렸다. 정성 들여 기름을 먹인

마룻바닥에 뚫린 작은 구멍 속으로 렌즈는 빨려들었다. 단애의 바닥에서 으르렁거리는 파도가 거품을 뿜어내며 촛대 같은 바위를 부러뜨리곤 광포한 혀를 놀리며 허공의 작은 구멍에 떠 있는 의상의 고통스런 얼굴로 용암처럼 치솟기 시작했다. 의상은 질끈 눈을 감았다.

혹백. ISO 125. F/22. ∞. 1/60. O.L.

잠겼으리라 짐작했던 문은 스르르 미끄러지듯 열려 의상을 뒤로 곤두박질하게 만들었다.

풀섶에 주저앉았던 의상은 무엇에 홀린 듯 재빨리 문의 빗장을 걸어버렸다. 사방엔 빽빽하게 들어찬 나무들뿐이었다. 문의 저쪽에서 그곳은 출입금지 구역이라고 고함치는 소리가 들렸다. 사진기를 찾아든 의상은 순식간에 달라진 주위 풍경을 속수무책으로 바라보았다. 문은 요사채로 통하는 문이 아닌 듯싶었다. 낡은 기와지붕 아래 줄지어 선방이 있으리란 생각은 풀 포기 하나에서도 확인할 수 없었다. 돌아오라며 문을 두드리는 사내들의 고함 소리는 숲을 채운 그늘 속에서 힘을 얻지 못했다. 사진기의 파인더에 남아 있을지도 모를 방금 전의 얼굴을 찾았지만 허사였다. 간단하게 인정할 수 없었다. 두 사내가 바로 지난날 의상의 어떤 모습으로 변해버린 사실을.

의상은 숲에서 건너오는 묘한 느낌에 끌려 문의 저쪽으로 나가려다 그만두었다. 원통보전으로 돌아가봤자 더이상 새로운 장소로 갈 수 없을 게 분명했다. 출발점으로 다시 돌아갈 뿐이었다. 숲으로 들어가는 길만이 재인을 찾을 수 있는 마지막 방법이라고 진작에 어림잡고 있었지만 그 외양에 눌려 걸음을 못 옮겼을 따름이었다. 자주 고개를 숙이며 의상은 좁은 숲길로 들어갔다. 그늘이 차곡차곡 내려 있는 길은 전방의 가시거리가 짧아 몇 걸음을 옮겨놓으면 방향을 좌우로 바꿔야만 했다.

중간중간 옆으로 빠지는 샛길도 있었지만 그 길이 어디로 가는지 알 수 없었다. 의상은 내키는 대로 길을 잡았다. 허공으로 떠올라 숲을 조감할 수도 없었다. 울울한 나뭇가지에 가려 하늘이 보이지 않는 숲길이어서 설령 조감을 할 수 있는 곳에 있다고 하더라도 숲속을 통과하는 무엇도 찾을 수 없을 것이다. 숲에서도 숲 밖에서도 길의 행로를 짚어낼 수 없다는 사실을 대충 눈치챈 의상은 비로소 긴 숨을 날려보냈다. 그러나…… 누구의 추적도 간단하게 받지 않는 길은 누구의 행로도 쉽게 좇을 수 없다는 사실을 무언으로 알려주었다.

이 길을 알고 있는 사람은 누구일까.

허청거리며 내리막길을 내려온 의상은 모퉁이를 돌았다. 순간 이백오십 분의 일 초 정도의 셔터 속도로 고역스런 햇살이 의상의 그림자를 땅에다 새겨놓았다.

숲길이 끝나는 곳은 아침못이었다.

의상은 쫓기듯 뒤돌아섰다. 그 사이에 몸이 음지 식물로 변한 듯 피부가 화끈거렸다. 보이지 않는 새의 날카로운 울부짖음이 겨드랑이를 적시는 땀처럼 불쾌하게 머릿속으로 번져갔다. 길모퉁이를 돌아가는 누군가를 본 것 같아 헉헉거리며 뛰어가봤지만 아무도 없었다. 노송에 등을 기대고 앉아 땀을 식힐 때 새소리의 끝을 움켜잡으며 의상을 찾는 두 사내의 화난 목소리가 숲의 어딘가에서 들려왔다. 의상은 그 소리의 반대편을 어림잡아 언덕을 오르는 흙계단을 밟았다. 고함 소리는 간격을 두고 숲을 흔들어 곤충들의 울음마저 잠재웠다. 문득 의상은 재인도 숲속에서 의상을 찾아 헤매고 있는 것은 아닌가 하는 의문을 가졌다. 어느 곳에 재인이 도착해 있는 것이 아니라 의상과 같은 보폭으로 길을 찾고 어디선가 튀어나올지도 모를 위험에 떨며 손톱에 손바닥이 파이도록 힘을 주고 있을 것 같았다. 의상은 언덕을 올라 두 갈래로 갈라지는 길을 두리번거렸다.

숲길이 끝나는 곳은 해수관음상이 보이는 언덕이었다.

가까이에서 두런거리는 사내들의 대화가 들렸다. 그들은 의상을 시야에서 잃어버린 사실에 짜증을 부렸지 숲을 두려워하는 것 같진 않았다. 목소리와 멀어지면서 의상은 고개를 갸웃거렸다. 내 출구는 어디에 있을까…… 의상은 땀으로 끈적한 고개를 저었다. 사내들의 목소리는 더 가까워졌다. 의상에 대한 적개심으로 나무를 걸어차는 소리가 들렸다. 놀란 새들이 끼룩거리며 숲 밖으로 날아가는 소리가 분분히 떨어졌다.

어째서 홍련암으로 가는 길은 찾을 수 없을까.

의상은 두번째 만난 아침못 앞에서 목소리를 되삼키듯 웅얼거렸다. 아침못엔 거대한 해수관음상의 상체가 잠겨 있었다. 햇살은 제법 기울어졌다. 다리에 힘이 풀려 숲길을 더 헤맬 수 있을지 자신이 서지 않았다. 재인은 지쳤을 때 어디로 돌아갈까…… 의상은 해수관음상의 얼굴을 지우고 자신의 얼굴을 아침못에 담갔다. 자라 한 마리가 진흙을 뒤집어쓰고서 의상의 얼굴을 가로질러 연잎 밑으로 사라졌다. 아침못의 건너편으로 오가는 관광객들이 던진 납작한 돌이 담방담방 물수제비를 뜨며 건너오다 허무하게 가라앉았다. 재인을 찾는 발걸음도 어쩌면 서너 차례의 물수제비를 뜨고 아침못 속으로 자취를 감추는 돌멩이로 전락할지 모른다고 비로소 시인했다. 의상은 물 속의 얼굴을 들여다보느라 그를 찾는 사내들의 목소리가 점점 가까워지고 있다는 사실을 눈치채지 못했다.

이제는 재인이 누구인지조차 헷갈린다. 그런 여자가 존재하기나

했던 것인지. 기쁨으로 나를 당기는 것이 아니라 돌이킬 수 없는 파멸의 장소로 몰아가는 것만 같다. 아니, 재인은 영영 사라졌고 이름만 남은 채 흔적으로만 떠도는지도 모른다. 그것도 아니라면 저 숲이 부리는 마술에 걸려 똑같이 눈 못 뜨고 자기 살만 뜯어내는 것은 아닐까. 이제야 재인을 포기할 수 있다는 생각을 해보지만 이미 내가 지나온 모든 자리는 돌아갈 길을 차단하고 있음을……

천 근은 나갈 것 같은 무거운 몸이 종잇장처럼 아침못에 떠 있었다. 의상은 자신의 얼굴에 겹겹으로 씌워져 있는 병든 징후를 찾아내려 물 가까이 얼굴을 디밀었다. 얇은 물살에도 얼굴은 일그러지고 갈라져 기이한 모습으로 변해갔다.

"의상?"

지친 재인의 목소리였다. 의상은 물에 빠질 듯 위태로운 자세로 수면을 들여다보았지만 줄지어 밀려오는 물살은 아침못에 잠겨 있는 모든 형상을 토막토막 잘라놓았다.

"의상, 여기까지 왔군요. 길에 지치지 않았나요. 어디론가 가야만 한다고 고집하는 길. 가도 도착할 수 없는 길. 저는 아직 그 길을 이해하지 못했어요. 어쩌면 의상보다 먼저 포기할지도 몰라요. 그 지점은 무엇을 가리킬까요. 그곳으로 갈 수 있겠어요? 아니, 아니에요. 이것은 제 욕심일 뿐이죠. 두려워요. 길에서 쓰러져본 자만이 느낄 수 있는 이 두려움. 길은 저를 어디로 휘몰고 있는 건가요. 의상과의 사랑으로? 어떤 사랑? 사랑에서 다시 갈라지는 무수한 길이 핏발 선 실핏줄처럼 눈을 휘감아요! 가지 말아요, 의상…… 그곳에서, 눈을 감아버려요. 절대 길을 보지 말아요."

물살에 부서졌던 의상의 얼굴은 아침못으로 되돌아왔다. 두런거리는 목소리가 숲을 빠져나와 의상을 발견하자 탄성과 욕설로 변했

다. 두 사내였다. 사진기 속에서 의상의 얼굴로 변했던 뚱뚱한 사내
는 굵직한 몽둥이를 쥐고 씩씩거렸다. 오래 전 내 얼굴이 지금의 나
를 미행하고 있다니. 의상은 튀어오르듯 일어나 숲길로 내리 달렸
다. 숲이 일렁이는 소리가 윙윙거리며 귓전을 베어버렸다. 사내들
의 고함 소리. 볼을 후려치고 후들거리는 나뭇가지. 의상은 숲을 뚫
고 이륙하려는 것처럼 가쁜 숨을 토했다. 시야는 점점 흐려지고 아
무 소리도 존재하지 않는 공간으로 진입해 질주하는 것만 같았다.
두 다리가 상체를 따라오지 않는다고 느낀 순간 의상은 방향을 틀
지 못하고 덤불 속으로 처박혔다.

고막을 찌르며 사라지는 자동차의 경적과 뒷바람에 밀려 잡초가
무성한 배수로로 의상은 쓰러졌다. 그곳은 막막한 7번 국도였다.

프런트의 직원은 의상의 행색을 아래위로 훑어보며 형사가 기다
린 지 한참이 되었다고 턱짓으로 호텔 커피숍을 가리켰다.

"죽은 여자의 신원이 밝혀졌습니다."

낯이 익은 형사는 커피를 몇 방울씩 흘리며 마셨다. 지리한 침묵
에 흘러내린 커피가 말라갔다. 선텐을 한 대형 유리 너머의 난바다
는 두껍게 언 빙판처럼 보였다.

"죽기로 작정했던 여자더군요…… 유서까지 써놓고 이곳으로 왔
으니……"

의상은 온기가 사라진 커피잔을 움켜쥐었다. 전등이 그 속에서
빙글빙글 맴돌고 있었다.

"정말 기억나지 않습니까? 물론 그날 밤 처음 만났고 아무리 만
취했기로서니 그래도 하룻밤을 보낸 여잔데…… 아무튼 재수가 없
었다고 생각하시는 게 속 편할 겁니다. 저놈의 연못은 매년 몇 사람
씩 데려가곤 하지요. 폐쇄할 수도 없고. (형사는 새 담배에 불을 붙

여 정확히 반을 피우고 껐다.) 아 참, 그렇게 열심히 사진을 찍는 까닭이라도 있습니까? 농담입니다만, 너무 많이 찍으면 카메라가 무거워서 들지 못할 것 같은데."

밤바다를 건너온 어선의 실오라기 같은 불빛은 호텔 입구를 밝히는 외등에 밀려 그 자취를 찾을 수 없었다. 의상은 어둠 속에 도사리고 있는 7번 국도를 찾아 남쪽으로 내려가다가 되돌아왔다. 유리창에 떠 있는 여자의 젖가슴이 조금씩 들썩거렸다. 소리내지 않고 침대로 다가가 취침등의 불빛에 드러난 여자의 얼굴을 세심하게 살폈다. 재인이 아니었다. 젖꼭지 주변으로 타액이 허옇게 말라붙어 있었다. 가까운 기억 속의 어느 길에서도 침대의 여자는 걸어나오지 않았다. 침대 주변으로 어지럽게 흩어져 있는 옷가지와 휴지 뭉치들. 의상은 아무것도 걸치지 않은 자신의 사타구니를 기억상실증에 걸린 사람의 표정을 하고서 물끄러미 내려다보았다. 방바닥에 팽개쳐놓은 사진기의 렌즈는 어두운 천장을 바라보며 셔터가 열리길 기다리고 있었다. 의상은 사진기의 렌즈 속에다 잠든 여자를 불러들였다. 팔뚝을 따라 올라가며 담뱃불로 지진 자국이 선명하게 드러났다. 셔터에 올려놓은 손가락에 몰린 힘을 풀었다. 있던 자리에 사진기를 내려놓고 바다와 길을 감춘 어둠을 오래 응시하였다. 새벽이 오려면 좀더 기다려야 할 것 같았다. 의상은 몸을 돌려 잠든 여자와 허공을 담고 있는 사진기를 번갈아 살폈다. 알몸의 여자, 눈동자를 감춘 사진기. 조심스럽게 손을 뻗어 여자의 젖가슴을 만져보았다. 재인이 아니었다. 의상은 사진기의 뒷덮개를 열었다. 그 동안 찍은 장면들이 몸을 웅크린 채 돌돌 말려 있었다. 현상하지 않은 필름을 끄집어내 취침등 아래로 가져가 처음부터 살펴나갔다. 검은 감광제 속에 숨어 있을 잠상을 찾으려고 허둥거렸지만 소용없는 짓이었다. 기억처럼 펼쳐진 긴 띠의 필름 속에서도 걸어나오는 것은 없었다. 의상은 손에서 필름을 놓아버렸다. 지상에서의 마지막 잠을 자듯 혼곤한 얼굴의 여자를 바라보던 의상은 옷을 찾아 입고 사진기를 어깨에 걸었다. 호텔 뒤편 철망 아래의 구멍을 빠져나와 무성한 덤불을 헤쳐나가다가 두 번 출발 지점으로 되돌아오는 수고를 하고 나서야 숲길을 찾았다. 숲을 적시는 어둠은 목목에서 발목을 걸어왔다. 잠들었던 새가 놀라 끼륵거리며 숲을 빠져나가는 소리가 들렸다. 잘잘한 울음을 풀어놓던 풀벌레들이 위험을 감지한 듯 침묵을 지켰다. 아침못은 엷은 안개 밑에다 가까운 숲을 감춰놓고 있었다. 의상은 재인의 목소리가 피어났던 자리에 앉아 뒤척임 없는 수면을 두리번거렸다. 아침못 속으로 들어오는 해수관음상. 낯설고 수척한 의상의 얼굴.

홍련암의 깊은 곳으로 가는 숨겨진 길은 어디에 있을까.

아침못의 숭어.

아침못의 바닥에 발이 닿자 진흙은 여인네의 음문처럼 거스르기 힘든 힘으로 서서히 끌어당겼다. 그러나 의상은 아침못에 잠기면 잠길수록 엄습하는, 이해되지 않는 갈증에 헉헉거렸다.

의상의 손에서 사진기가 떨어져나갔다.

온몸에 진흙칠을 한 의상은 난바다를 타고 건너오는 붉은 빛살에 시린 눈을 깜박이며 호텔로 돌아왔다. 알몸의 여자는 여전히 잠들어 있었다. 지우지 않은 두꺼운 화장 탓인지 몹시 보기 흉한 얼굴이었다. 의상은 담담한 표정으로 입에서 썩은 놀래기 냄새가 피어나는 방파제의 여자에게 오래 입을 맞췄다.

냉동인간의 최후

김문숙

1971년 서울 출생.
효성여대 심리학과 졸업.
1999년 세계일보 신춘문예로 등단.
단편소설 「클럽 이드」 「리오」
「요루와 휘린의 행복한 결혼」 등 발표.

수는 착한 사람이 싫다고 했다. 착한 사람은 그녀 내부의 악마성을 일깨우곤 한다고. 그녀 안의 악마란 가해 욕구와 결탁한 폭력성, 선량함을 제물 삼아 모종의 이득을 취하려는 저열함, 비난받을 위험이 없기 때문에 가능한 터무니없는 방종 따위가 포함된 명백한 자신의 일부라고 했다.

　착한 사람은 전혀 위협적이지 않으므로 수는 결코 긴장하지 않는다고 했다. 연과 함께 있을 때 그녀는 어느 때보다 그녀다웠으며 그것은 기분 나쁜 일이라고. 연이 착하기 때문에 그녀는 스스로에 대한 혐오를 그에게 맘껏 뒤집어씌우고는 직성이 풀릴 때까지 미워하고는 한다고도 했다. 착한 사람은 상대의 버릇을 나쁘게 들이게 마련이어서 그녀는 그가 싫다고 했다.

　단언컨대 그날, 수가 연의 피를 보고 싶어한 것은 아니었다. 그의 착함이 그녀 안의 악마를 도발했을 뿐이었다. 수와 연은 강남역 시티극장에서 팝콘처럼 쏟아져나온 사람들에 섞여 떼밀리듯 길을 걷고 있었다. 맞은편에서 탱크톱과 핫팬츠를 입은 여자애가 총총히 걸어왔고 레게 파마를 한 빨강머리 남자애가 뒷모습을 보이며 스쳐 지나갔다. 2002년 여름, 서울에는 검은 머리가 없었다.

"연, 좋아요?"

"네?"

"어때요? 지금이 좋아요? 이십일세기에 살아서 흡족하냐구요."

"그대는 어떻소?"

"나한텐 천구백년대나 이천년대나 마찬가지예요."

"아니, 내 말은."

"안 좋아요?"

"그게 아니라, 그대는 여자가 돼서 좋냔 말이오."

"맙소사. 되게 경우 없군요. 내가 먼저 물어봤구 당신은 아직 대답하지 않았잖아요."

"대답하기 싫으면 안 해도 됩니다."

"내가 언제 대답하기 싫다구 했어요? 내가 먼저 물어봤으니 우선 대답부터 하라는 말이지. 말귀도 못 알아먹구, 당신 머린 아직 해동이 안 된 모양이로군요. 아주 꽁꽁 얼어붙었어. 어떡한대요? 머리만 똑 떼어내서 다시 미국으로 보낼 수도 없구, 이 여름에 난로도 없구. 그 딴딴한 머릴 어떻게 녹여야 하죠?"

연이 갑자기 피를 흘리기 시작했으므로 수는 미처 못다 한 한마디를 쏘아주지 못했다. 빙두. 사람들은 자꾸 지나가는데 정말 얼어붙기라도 한 듯 꼼짝없이 선 채 코를 훌쩍이는 그가 창피해 그녀는 가방에서 얼른 휴대용 티슈를 꺼내주었다.

"흑, 고마워."

그가 눈가를 훔쳐낸 티슈에 금세 붉은 물이 들었다.

수가 연을 처음 만난 건 흔히 러브호텔이라 일컫는 어느 외딴 모텔에서였다. 친구가 이메일로 약도를 보내주었음에도 불구하고 교통이 불편한 경기도 외곽의 스위스파크를 찾아가는 길은 생각만큼 쉽지 않았다. 겨울 해는 짧아서 예상 시간을 사십 분쯤 넘긴 후에야 겨우겨우 당도했을 때 사방은 이미 짙은 어둠에 싸여 네온사인을 요란하게 밝힌 스위스파크만이 홀로 휘황찬란했다. 그럴듯한 건물이나 인가 한 채 없이 주위는 온통 마른 논밭이었다.

'몰래 카메라 절대 없음.'

검게 선탠한 유리문 중앙에 붙어 있는 노란색 글자가 오히려 경고로 읽혀 수는 괜히 가슴이 철렁 내려앉았다. 판매 촉진이나 고객 확보에 별무소용일 멍청한 문구라고 생각하며 문을 밀고 들어서자 행운목이며 파키라, 벤자민 따위 관엽식물들에 둘러싸인 프런트가 나타났다. 프런트에서 손님을 맞고 있으리라 생각했던 친구는 있어야 할 자리에 없었다. 그녀는 저도 모르게 끌끌 혀를 찼다.

모텔? 젊은 놈이 웬 여관이람.

친구는 숙박업만큼 경기를 타지 않고 꾸준히 매출이 발생하는 안정적인 업종도 드물다고 말했다. 사람들은 이제 밥 먹는 것보다 잠자는 걸 더 중요하게 생각하는지도 몰랐다. 혹은 섹스란 경제불황과 무관하거나 불경기일수록 오히려 더욱 탐닉하게 되는 것인지도.

그날부로 숙박업자가 된 친구 녀석은 고등학교 시절 그녀의 단짝이자 호되게 앓은 짝사랑의 첫 상대였다. 그녀는 삼 년 내내 혼자 속을 끓이다 졸업식이 끝나고 몰려간 호프집 화장실에서 술김에 고백을 하고야 말았다.

"널 사랑해."

"짜아식 나도 널 사랑한다 임마."

"너도 나 땜에 밥을 못 먹고 잠을 못 자니, 응?"

"뭐? 미친놈……"

"바보, 그런 게 아냐."

"세상에. 너, 호모냐?"

"말 조심해. 나 호모 아냐. 난 남자가 아니니까."

수는 친구가 충격을 딛고 일어서기를 초조하게 기다렸다. 사려 깊고 조숙한 축이었던 친구는 얼마 후 전화를 걸어와 만나자고 했고 만나서는 그녀의 오랜 이야기를 끝까지 성실하게 들어주었다. 그녀가 깊은 한숨과 함께 생애 최초의 고백을 마쳤을 때 그는 기다렸다는 듯 입을 열었다.

"남들 볼 땐 남자, 혼자 있을 땐 여자. 그 동안 이중생활하느라 얼마나 힘들었냐. 까놓고 말해 남자도 아니구 여자도 아니구 말야. 친구로서 무지 가슴 아프게 생각한다. 니가 날 그렇게 좋아하는지두 몰랐구. 나두 임마 니가 좋아. 내 친구니까. 근데 말야 난 니가 여자로 안 보여. 넌 니가 여자로 보이냐? 그러니까 계속 그냥 친구하자. 힘들 땐 나한테 기대도 돼. 힘이 돼줄게."

그의 말은 일면 적지 않은 위로가 되었지만 궁극적으로는 결코 그녀를 위로하지 못했다. 그날, 그녀는 잠시 그를 잊기로 독한 결심을 했다.

완전한 여자가 될 거야. 그때 다시 네 앞에 나타날 거야.

그 즈음 아버지의 사업이 잘 풀려 부유한 동네의 넓은 집으로 이사하게 된 일은 그녀의 결심을 보다 쉽게 지키게 해준 행운이랄 수 있었다.

Out of sight, out of mind. 수는 정말 친구를 잊었다. 대학에 들어간 지 일 년이 채 되지 않아 같은 과 선배 중에 좋아하는 남자가 생겼다. 이번엔 짝사랑이 아니었다. 선배는 교내 동성애자 모임의 주요 멤버였고 둘은 이내 캠퍼스에서 유명한 커플이 되었다.

난 정말 게이일 뿐인지도 몰라. 다만 크로스드레서 성향을 가진.

연애를 하면서 수는 남자로 잘 살아보기로 마음을 바꾸게 되었다. 어차피 남자의 몸을 갖고 태어나 남자를 사랑할 수밖에 없는 운명, 동성애자로 여겨지기는 매한가지인데 생긴 대로 사는 편이 훨씬 덜 고통스러울 것은 자명했다.

수는 학교 근처에 원룸을 얻어 분가해 나온 후로 마음껏 사들였던 브래지어와 팬티스타킹과 생리대 따위 밤마다 애용하던 필수품들을 쓰레기통에 과감히 처넣었다. 정신과에서 성정체성장애 진단을 받을 수 있을지도 몰랐으나 인격적 장애 판정을 받아 면제를 받는 대신 극심한 공포를 무릅쓰고 군대도 갔다. 치한과 깡패와 마초와 무뇌아들이 득시글거리는 혹은 그들을 적극 양성하는 군대란 정말이지 끔찍한 집단이었지만 그곳에서 보낸 시간이 단지 청춘의 낭비만은 아니었던 게, 공식적으로는 남자이지만 여자로 평생을 살 수는 있어도 결코 온편 남자로는 살 수 없다는 사실을 분명히 확인시켜준 적잖은 소득이 있었기 때문이었다. 제대와 복학과 졸업. 그리고 여자가 된 너를 사랑하기는 불가능할 것 같다는 선배와의 결별. 시간은 빠르게 흘러 생의 뒤편으로 망연히 사라져갔지만 여자가 되는 길은 더디고 길었다. 비용 때문에 수는 우선 몸의 일부만 제거하기로 했다. 그러잖아도 이물스러운 게 불쑥불쑥 발기까지 하는 꼴이 도무지 징그러워 고환을 떼어냈더니 성기의 크기도 작아졌고 발기 횟수도 훨씬 줄어들었다. 한 번에 만원 하는 호르몬 주사는 이 주일마다 맞았다.

드디어 질을 만들고 목 연골을 없애고 젖가슴을 부풀리는 수술을 받고 일 주일 만에 퇴원하던 날, 그녀는 오래 전에 잊은 한 친구를 떠올렸다. 동창회 사이트에서 알아낸 주소로 친구에게 이메일을 보냈지만 그는 새 사업 준비 때문에 몹시 바쁘다는 이유로 그녀를 만나주지 않았다. 첫 이메일을 보낸 지 한 달 후 친구는 약도가 첨부된 메일을 보내왔다.

파티를 열려고 해. 향기롭고 진한 술도 기름지고 맛있는 음식도 넉넉히 준비했다. 욕실이 딸린 깨끗한 방이 스물여덟 개에 운동장 만한 펜트하우스도 하나 있는 모텔이야. 맘껏 마시고 놀다 가라. 원한다면 잠자리를 제공하지. 일박 이일이든 칠박 팔일이든 파티는 계속된다.

이층으로 올라가니 과연 파티가 벌어지고 있었다. 비교적 넓은 복도 중앙엔 출장나온 뷔페가 세팅되어 있었고 테이블 주위엔 낮은 조명 때문에 좀체 얼굴을 알아볼 수 없는 사람들이 접시에 음식을 덜거나 이야기를 나누며 삼삼오오 모여 있었다. 그녀는 친구를 찾아 주위를 두리번거리며 테이블 앞으로 다가갔다. 옆에 있던 서너 명의 남자들이 술과 음식을 들고 206호 객실로 들어갔다. 그녀는 시중을 드는 나비 넥타이에게 다가갔다.

"사장님은 어디 계시죠?"

얼굴을 빤히 쳐다보는 나비 넥타이의 눈길이 슬쩍 비껴 내려가는가 싶더니 그녀의 가슴께에서 딱 멈추었다. 나비 넥타이는 얼른 시선을 끌어올려 그녀의 눈을 응시하며 말했다.

"아, 조금 전에도 계셨는데 말이죠. 어딜 가셨나? 위층에 손님들과 함께 계시지 않을까요? 삼층이나 사층. 참, 오층도 있습니다."

좀체 문을 열어주지 않으려던 301호는 포커 판이 크게 벌어진 참인 듯했고 302호에선 침대에 걸터앉은 한 무리의 여자들이 무슨 말들인가를 조용히 나누는 중이었다. 벌써 얼큰하게 취한 양복쟁이들이 빈 맥주병을 세고 있는 303호에도 그녀의 친구는 없었다. 어린아이들이 바글바글한 304호를 잠깐 들여다보고 문이 잠긴 305호와 306호를 지나 비상구와 면한 307호 앞에 섰을 때 그녀는 생각했다.

이번이 마지막이야.

문을 열고 방으로 들어간 수는 침대 위에 사람이 죽어 있는 것을 목격했다. 일순 온몸의 핏기가 싹 가시는 듯했다. 머리에 총을 맞았는지 길게 엎드린 남자의 머리께, 베개와 시트가 피로 흠뻑 젖어 있었다. 그녀는 저도 모르게 친구의 이름을 소리쳐 불렀다.

"훈아!"

시체가 벌떡 일어났다. 놀란 나머지 그녀는 방바닥에 엉덩방아를 찧고 말았다. 시체도 놀란 모양이었다. 몹시 말을 더듬었다.

"누, 누, 누구요!"

훈도 시체도 아니었던 이상한 남자. 그가 연이었다.

예전엔 그도 남들처럼 맑은 눈물을 흘렸다. 반백 년 동안의 깊은 잠에서 깨어난 후로 공황상태에서 좀체 헤어나올 수 없었던 그는 자신을 보호 또는 수용하고 있던 그들에게 조국으로 돌아가고 싶다는 희망을 밝혔고 그들은 숙고 끝에 그의 희망을 들어주었다. 오랜 잠에서 깨어난 지 일 년, 모국을 떠난 지 오십 년 만에 다시 돌아온 그가 제일 먼저 찾아간 곳은 물론 고향 마을이었다. 수를 만났던 스위스파크는 그의 고향 마을에 들어선 첫번째 러브호텔이었다. 연은 그날을 잊을 수가 없다. 날은 벌써 어둑어둑해지고 있었고 한겨울의 저녁 바람은 몹시 차가웠다. 그는 당장에라도 쓰러질 것만 같았다. 다행히 모텔 건물을 발견했고 그는 직원이 없는 프런트와 파티 음식이 차려진 이층을 지나 삼층 맨 끝 방에 들어가 침대 위에 지치고 고달픈 몸을 뉘었다. 고향에서 그는 아무것도 찾을 수 없었다. 어느 순간 잠이 들었고 자면서 몹시 운 모양이었다. 그날, 연은 자신이 피눈물을 흘린다는 사실을 처음 알았다. 수가 아니었다면 몸과 마음이 황폐해진 그는 지난겨울 벌써 얼어죽었거나 운이 좋았다 해도 도시의 부랑자 이상은 되지 못했을 터였다.

"고맙소."

"뜬금없이 뭐가요?"

"모든 것이."

"그렇게 고마우면 제발 길거리에서 울지나 말아요. 다 큰 남자가 부끄럽지두 않아요? 사람들이 당신 눈물을 보면 기겁을 할 거예요."

말은 그렇듯 쌀쌀맞게 하면서도 수는 슬쩍 몸을 기대며 팔짱을 껴왔다.

토요일 이른 오후의 시티극장 주위는 영화를 보러 나온 사람들로 몹시 붐볐다. 예나 지금이나 영화에 대한 사람들의 관심은 대단해 보였고 여전히 집단 열광처럼 보였다. 연은 열네 살 때 봤던 영화의 줄거리를 아직도 생생하게 기억했다. 아들이 자신의 직업을 이어받기를 바라는 뱃사공과 아비처럼 살기를 거부하는 아들의 세대간 갈등과 함께 본격적인 공업화가 이루어지던 1930년대 전통경제의 몰락을 예리하게 묘사했던 방한준 감독의 〈한강〉은 그가 태어나 처음 본 영화였다. 당시에도 영화의 영향력은 엄청나서 1940년대 초부터는 조선총독부가 한국인 영화제작사들의 허가를 취소하고 조선어 발성 영화의 상영과 배급을 중단하는 등 대중에 미치는 영화의 힘을 강력히 통제했다.

21세기의 서울 혹은 서울의 21세기를 가르쳐주겠다는 수를 따라 수도 곳곳을 탐사했던 그 동안 연은 조국의 변화를 타락 이상으로는 느낄 수 없었다. 공기는 구역질이 날 만큼 혼탁했고 인구밀도가 높은 도시에서 사람들은 그에 합당한 대접을 받지 못했다. 집을 나서는 순간부터 깨질 듯 머리가 아프고 몸을 가눌 수 없게 어지럽곤 하던 그는 도시의 공해와 소음에도 이젠 아무렇지 않았지만 기억이 소거되어 의식마저 아무렇지도 않은 건 아니었다. 생존의 의미가 더이상은 목숨 부지가 아니게 된 작금, 헐벗음과 굶주림의 가난을 보기 힘들다는 사실만으로 그저 감사할 수는 없었다. 그가 기대했고 원했으며 믿어 의심치 않았던 조국의 미래는 현실의 참담함으로 그를 배반했다. 조국은 여전히 해방되지 못한 채였고 인민들의 의식은 오십 년 전 근처를 서성이고 있었다. 물론 그때보다 더 자유롭지도 더 합리적이지도 않았다. 소수에 대한 배려 수준이 그 사회의 문명화 척도가 된다면 21세기의 한국은 20세기의 한국에 비해 결코 더 문명적이지 않았다.

시티극장 뒤편으로 접어들자 술집과 밥집과 찻집이 즐비하게 늘어선 골목이 나타났다. 여름 한낮의 따가운 햇빛을 그대로 받으며 비탈진 골목길을 한참 올라가노라니 이마며 등줄기에 말 그대로 땀이 비오듯 했다. 평범한 외양의 삼층짜리 건물 앞에 다다라 숨을 고를 때 수는 그를 일별하고는 땀은 피가 아니네요, 신촌엔 해열제가 있고 강남엔 진통제가 있죠, 운운하며 어서 안으로 들어가자 했다.

'진통제.'

특이한 상호의 카페 안으로 들어서자 홀 대신 룸이 나타났는데 룸을 거쳐야 홀 안으로 들어갈 수 있는 구조인 듯했다. 분장 카페의 분장실답게 룸에는 두 벽면을 차지한 옷걸이며 큰 거울이 딸린 긴 화장대가 놓여 있었고 수 또래로 보이는 여자 한 명이 분장도구를 정리하고 있는 중이었다. 옷걸이에서 드레스 한 벌을 골라낸 수가 파티션을 이용해 만든 탈의실 안으로 들어가더니 이내 옷을 갈아입고 밖으로 나왔다.

"난 백설공주예요. 당신은 원더우먼 옷을 입어요."

수가 건네준 의상을 받아든 연은 난감해졌다. 도저히 입을 수가 없었다.

"다른 걸 골라주시오."

수의 눈이 반짝, 빛을 냈다.

"여자 옷이라서요? 아님 너무 야한 거 같아서요?"

"그것도 그렇지만, 무늬가 맘에 안 듭니다. 이 별들…… 무슨 국기 같소."

"국기? 하하! 그럼 태극 무늬가 들어간 옷을 줄까요? 안 돼요. 당신은 이걸 입어야 돼요."

"정말 싫다니까. 내가 이딴 걸 입어야 하는 이유가 뭡니까?"

"처음부터 이유는 없었어요. 한데 이유가 생겼어요. 싫어하는 걸 알았으니 난 이걸 당신한테 입히고야 말겠어요."

"아아 도대체…… 나한테 왜 이러는 거요."

잠깐 동안의 실랑이에도 연은 진이 다 빠졌다. 그는 수가 자신을 원더우먼으로 만들고야 말리라는 사실을 알았다. 그는 불룩한 인조 유방을 착용하고 수영복 같은 옷을 입었다. 곱슬거리는 긴 가발 위에 금관도 썼다.

"분장사 언니, 난 티에스지만 앤 일반이야. 이쁘게 해줘. 속눈썹 두 붙여주고."

그의 일그러진 얼굴을 보고 기분이 좋아진 그녀가 귓속말로 속삭였다.

"일반이라고 말 안 하면 진짜 요란하게 해놓거든."

분장사 언니라는 여자가 수의 얼굴을 딴사람으로 바꿔놓은 다음 연의 얼굴도 만져주었다. 마지막으로 길고 풍성한 속눈썹을 붙이고 난 후 수를 쳐다보자 그녀는 입을 활짝 열고 천진하게 웃었다.

"와아, 샘나게 이쁘다!"

아직 해가 지지 않은 탓인지 홀 안은 한산했다. 창가 테이블에서 맥주를 마시고 있는 흑가면 두 명과 중앙에 마련된 스테이지에서 혼자 춤을 추고 있는 마녀 하나가 손님의 전부였다. 두 사람도 창가 테이블에 자리를 잡고 병맥주와 마른 오징어를 주문했다.

연은 더이상 수 곁에 붙어 기생할 수는 없다는 생각이 들었다. 어서 몸과 마음을 추스려야 했고 먹고 자는 외에 할 일을 찾아야 했다. 그러나, 무엇을 할 것인가? 아니, 무엇을 할 수 있을 것인가? 현재를 살아가는 데 불필요할 기억은 되레 온전한데 이제 겨우 스물다섯 살인 육체는 점점 쇠약해지는 중이었다. 맥주를 한 모금 들이켠 수가 그의 얼굴을 빤히 바라보다 물었다.

"괜찮아요? 얼굴이 안 좋아 보이는데. 왜, 옷이 맘에 안 드나요?"

"설마 그럴 리가."

"그렇게 입으니까 다리 되게 길어 보인다. 젖도 빵빵하구."

"이젠 이런 데 안 와도 되지 않소? 여자 옷 입고 다녀도 되잖습니까."

"난 여자가 아니에요."

"무슨 소리요?"

"안 이쁘니까요. 여태 몰랐어요? 이쁘지 않음 여자가 아니죠. 나가서 길가는 사람 아무나 붙들고 한번 물어보세요. 못생긴 것도 여잔가. 사실 나도 그걸 깨닫는 데 시간이 좀 걸렸지만. 당신을 처음 만난 날 말예요, 스위스파크에서, 훈이 그러더라구요. 아직도 니가 여자로 안 보여. 뭐 난 훈이 날 여자로 봐주길 원해서 찾아간 건 아니었거든요. 걔가 초대를 해서 간 것도 있지만 난 나하고 한 약속을 지키고 싶었어. 고추가 달렸는데 얼굴만 이쁘면 뭐 해. 그래서 안면 여성화 수술 대신 성전환 수술부터 받았죠. 헌데 그 반대였던 것 같아요. 고추만 없어지면 뭐 해. 몸에 곡선도 생기고 목소리도 조금 가늘어졌지만 넓은 어깨랑 각진 턱 같은 건 그대로였어요. 그래도 스커트에 하이힐도 신고 갔는데 훈이 그러는 거야. 그래도 그앤 인정해줄 줄 알았는데. 정말 힘들게 한 수술이었어요. 대학원 진학했다고 거짓말해서 타낸 등록금 모아갖구, 온갖 귀찮은 검사에 정신과 상담을 반 년 넘게 끌고."

"이제 얼굴 성형만 하면 되겠군요."

"솔직히 잘 모르겠어요. 카오스 그 자체예요."

"그대도 그렇소? 나도……"

"잠깐. 내 말 아직 안 끝났어. 아이 참, 무슨 얘기 하려고 했더라. 그래, 난 아무래도 여자가 되고 싶어했던 게 아닌 거 같아요. 나 자신이 남자인 게 싫고 인정할 수 없었다고 해서 그게 꼭 여자가 되고 싶단 뜻은 아니잖아요?"

"글쎄. 세상은 남자 아니면 여자니까."

"내 말이 그 말이에요. 왜 꼭 여자 아니면 남자여야 되죠? 중성이든 양성이든 제삼의 성은 무가치하거나 불가능한 건가요? 남자든 여자든 한쪽에 편입돼야 한다는 강요만 없었어도 그렇게 어려운 수술은 안 받았을 거예요. 그냥 본성대로 살았을 거예요."

"후회하는 겁니까."

"몰라요. 정말 내가 왜 이러는지 모르겠어요. 매일 밤 잠자리에 들면서 아침에 일어나면 여자가 되어 있게 해달라고 기도하곤 했었는데. 수술했어도 행복해지질 않아요. 이젠 내가 남자든 여자든 그게 무슨 의미가 있겠나 싶어요. 남자도 싫고 여자도 싫어요."

"그대는 살고 싶은 대로 살 권리가 있소."

"어떻게요? 트랜스섹슈얼 공화국을 하나 세울까요?"

"후, 방법을 같이 모색해봅시다. 그대는 행복해져야 돼요."

"당신이 싫어요. 당신은 너무 착해요. 그래서 못살게 굴고 싶어진단 말예요."

"마음대로 하구려."

"우울해요. 집에 가요."

수는 연에게 저녁을 준비하라 이르고 제 방으로 들어가더니 문을 잠가버렸다. 신경이 날카로우니 건드리지 말라는 특유의 신호이자 일종의 시위였다. 수와 함께 산 지난 육 개월 동안 연은 가전제품 조작부터 그녀가 좋아하는 음식 만들기, 은행 이용과 장보기며 '전도 요원'과 '잡상인' 상대하는 법까지 함께 사는 데 필요한 모든 것을 배우고 익혔다. 그는 쌀을 씻어 전기밥솥에 능숙하게 안치고는 냉장고를 뒤져 된장찌개를 끓일 재료들을 꺼냈다. 된장찌개는 그가 제일 자신 있어하는 요리였다. 마트에서 사먹는 된장으로는 옛날

어머니가 해주시던 그 맛을 낼 수 없었지만 가끔 수가 요구하곤 하는 스파게티니 피자니 하는 느끼한 음식들보다는 훨씬 맛있게 조리할 수 있었다. 모양은 제대로 갖추었으되 그 맛은 어딘지 미흡한 스파게티나 피자를 만들어낼 때마다 수는 말하곤 했다.

"미국에서 왔다는 사람이."

1925년생인 그가 밀항으로 미국에 건너간 게 1950년이었고 작년 2001년에야 돌아왔으니 그 나라에 오래 머문 건 사실이었다. 하지만 그는 2000년까지 오십 년간 냉동되어 있었다. 공식적인 냉동인간 제1호는 1967년 사망 직전에 냉동된 베드포드 박사로 알려져 있지만 그보다 십칠 년이나 앞선 해에 극동 아시아에서 온 어느 밀입국자 청년이 영하 이백 도 가까이 되는 저온의 질소 탱크 안으로 자원해 들어갔다는 사실은 지금까지 극비에 부쳐져 있었다. 더이상 나빠질 수 없이 절망적이었던 현실에서 꿈꾼 미래의 새 삶, 운명과 맞바꾼 희망을 담보로 패를 던졌던 그의 위험한 도박은 모르모트가 필요했던 그 나라 과학지상주의자들과의 빅딜이기도 했다. 그는 밀입국자였고 사람을 죽인 범죄자였다. 그가 살해한 사람은 그 나라 사람이었고 그의 살인은 한국전쟁과 깊은 연관이 있었다. 모르모트가 되어 기약 없는 동면에 들어갈 것이냐 사형집행을 기다릴 것이냐 그것이 문제일 뿐이었다. 선택과 결정에 그다지 많은 시간이 필요하지는 않았다. 그들의 제안을 받아들인다면 의연히 죽지 못한 그의 명예는 크게 다치겠지만 그는 한낱 자신의 명예를 위해 그 일을 실행한 것이 아니었다. 새 세상을 위해서였다. 어쩌면 살아서 새 세상을 만날 수 있으리란 꿈에 그는 주저없이 그들과 타협을 했다.

그의 심장은 강제로 멈춰지고 그 순간 서서히 내려간 체온은 삼십

분 후 영하 삼 도까지 낮아진다. 열두 시간에 걸쳐 혈액을 모두 빼낸 후 동결 방지제가 주입된 그의 육체는 드라이 아이스를 이용해 영하 칠십구 도로 급속 냉동된다. 보존을 위해 그는 영하 백구십육 도의 질소 탱크에 넣어진다.

깨어났을 때, 그는 모든 걸 기억했다. 그는 뇌 기능이 전혀 훼손되지 않았다는 사실에 안도했고 다시 살아날 수 있었던 과학의 기적에 감탄했다. 재생된 그에 대한 일 년간의 면밀한 검사와 관찰 결과는 2030년경 해동하기로 계획된 서른세 명의 냉동인간과 생명연장의 꿈을 이룰 과학의 발전을 위해 적절히 이용될 터였다. 그만하면 충분히 죄값을 치렀다고 판단했든지 일 년 동안 필요한 모든 정보는 수집했기 때문이든지 그들은 그를 보내주었다. 그러나 아무것도 이야기해주지 않았다. 단지 숙고 끝의 어려운 결정이었다는 전언과 그가 겪은 일을 발설해서는 안 된다는 심각한 경고뿐이었다. 경고가 아니었어도 아무도 믿어주지 않을 그런 체험담 따위 발설하고 싶은 욕구도 없었으나 수에게만은 털어놓지 않을 수 없었다. 이미 그의 피눈물을 본 그녀는 모든 이야기를 믿어주었다. 수는 말했었다.

"이 세상은 거짓말 같은 일들로 가득 차 있으니까요. 난 이래 보여도 남자가 아니구 당신은 나보다 어려 보이지만 일흔일곱 살이에요. 믿기 힘든 일이지만, 사실이죠."

그녀는 이런 말도 했다.

"솔직히, 당신을 데려온 건 며칠 재워주면서 어떻게 한번 자볼까 해서였어요. 나 아직 섹스를 못 해봤거든요. 저어기 나 음핵도 있고 질도 있어요. 당신 취향은 아니겠지만 나랑 하는 데 별 문젠 없을 거예요. 하고 싶음 말해요."

여자들은 예전과 많이 달라졌구나.

시대의 의미 있는 변화를 실감하는 첫 순간이었다. 그러나 곧 깨달았다. 그녀는 의뭉 떨지 않는 솔직한 말로 자신의 욕망을 표현한 듯하지만 실은 성에 관한 수동적이고 소극적인 태도는 그대로 지니고 있었다. 완전한, 아니 태생적인 여자가 아니었어도 그랬다. 그는 고민했고 그리고 결심했다. 그가 원할 때 응해주겠노라는 식이 아니라 그녀 자신이 원한다며 당당히 요구할 때까지 기다리겠다고.

그에게는 아내가 있었다. 부모와 형제 그리고 아내까지, 정서적으로나 물리적으로 가족과의 연을 끊지 못했더라면 밀입국이든 살인이든 그에게는 애초부터 불가능한 일일 터였다. 딸이거나 아들이거나 자식 하나만 있었어도 결코 가능하지 않은 일이었을 것이다. 아내는 아이를 낳지 못했다. 정신대에 끌려가지 않기 위해 경황 없이 시집온 스물세 살 새색시의 얼굴을 처음 본 혼례식, 그는 열아홉 살 새신랑이었고 마을 사람들은 새색시가 너무 늙었다며 수군거렸다. 혼인 자체가 내키지 않았던 그였지만 호리호리한 몸피에 살결 곱고 오목조목한 얼굴이 흡족해 그는 초야를 치르기 전까지 내내 싱글거렸다. 초야는 힘이 들었다. 나이도 찬 색시가 너무 고통스러워해 좋은 줄도 몰랐다. 자식이 생기지 않은 건 가뭄에 콩 나듯 뜸한 잠자리 때문이었을까. 보성전문학교 문과에 적을 두고 있던 그가 혼례를 치르고 다시 서울로 올라가자 색시와 잠자리를 같이할 기회는 더욱 적어졌다. 시가의 가풍을 익히기에 충분하다고 판단될 만큼의 시집살이가 끝나고 그를 수발하기 위해 아내가 서울로 거처를 옮겨온 후에도 사정은 크게 달라지지 않았다. 그 시절 그는 보성전문 학우들에게 자기 생각을 말해 급진적 로맨티스트 소리를 듣기도 했다.

"정조란 시집온 다음에만 필요한 거야."

된장찌개를 구수하게 끓이고 수가 좋아하는 대로 물을 넉넉히 섞어 무르고 부드러운 계란찜도 만들었지만 그녀는 여전히 방 안에 틀어박힌 채 기척도 없었다. 연은 시장기를 느낀 그녀가 제 발로 걸어나오기를 기다리다 그만 허기가 져 닫힌 방문을 똑똑똑 두드렸다.

"저녁 먹읍시다. 계란찜 해놨소."

벌컥 방문이 열리더니 발랄한 얼굴 하나가 불쑥 내밀어졌다.

"계란찜?"

"된장찌개랑."

"좋아 좋아."

"앉아 있어요, 데울 동안."

식탁 위를 뒹굴던 리모컨을 집어 텔레비전의 전원을 켠 그녀는 쇼핑 방송에 채널을 맞추곤 텔레비전을 향해 의자를 돌려 앉았다. 저녁식사가 차려지고 제 앞에 갓 퍼담은 따끈한 밥이 바쳐져도 그녀는 텔레비전에 넋을 빼앗겨 수저를 들 줄 몰랐다. 또 무언가를 사고 싶어 안달일 수. 보지 않으면 사고 싶지도 않을 텐데 그녀는 한사코 홈쇼핑 채널의 열혈 시청자 되기를 즐겼다.

"이쁘다."

그녀가 손가락으로 가리키는 화면 속에는 백인 여자 하나가 제 가늘고 흰 목에 걸린 다이아몬드 목걸이를 애무하듯 쓰다듬고 있었다. 그는 문득 끊임없이 욕망을 부추기되 채워주지는 않는 캐피털리즘의 모순에 대해 생각했다. 금세 눈가가 젖어들었다. 눈물을 통제하는 기관이 망가졌는지 도무지 억제가 안 됐다. 그는 손등으로 재빨리 눈가를 훔치고 난 후 컵을 씻으려는 척 일어나 개수대에서 손을 씻었다. 식탁 앞에 앉으며 그가 혼잣말로 중얼거렸다.

"코뮤니즘은 인류의 유일한 대안이야."

수가 그를 향해 고개를 돌렸다.

"웬 자다가 봉창 두드리는 소리예요? 당신 미국 있을 때 소련 망했어요. 저 모델, 분명 러시아 여자일걸요."

"그건,"

"잠깐. 내 말 아직 안 끝났어요. 소련이 망한 건 사회주의의 몰락일 뿐 공산주의의 몰락은 아니다, 공산주의는 아직 한 번도 실현된 적 없으니까, 뭐 그딴 말 하려는 거죠? 엄밀히 말하면 사회주의는 공산주의의 일부가 아니에요. 공산주의가 사회주의의 일부인 거죠."

"아니,"

"그만. 됐어요. 골치 아픈 얘기, 하고 싶지 않아요. 그보단 당신한테 중요한 할말이 있어."

"……"

"나랑 계속 같이 살아줄래요?"

"내가 싫다면서요."

"늘상 싫기만 한 건 아니에요. 또 당신은 요리도 잘하구 내 말도 잘 들으니까요. 임신도 못 하구 괴물 같은 내가 결혼을 할 수 있을 것 같진 않구 그러니까 당신이랑 나랑 결혼 같은 걸 하자는 거예요. 결혼이 뭐 별건가요. 사랑하는 사람이랑 하는 게 아니라 같이 살면 유리하구 편할 거 같은 사람이랑 하는 거잖아요."

"나도 알지도 못하는 여자랑 결혼을 했었지요."

"그 여자 벌써 파파 할머니 됐겠네요. 생각할 시간을 줄게요. 찌개 맛있네."

연은 배가 고팠지만 어쩐지 밥맛이 없었다. 거의 손대지 않은 음식을 놔두고 처음으로 수에게 설거지를 미뤘다. 일찌감치 잠자리에 들었지만 몸이 아파 한동안 뒤척이다 진통제 세 알을 삼키고 겨우 잠이 들었고, 이내 잠을 깼다. 그는 방바닥에 심하게 토했다.

몸을 휘감아오는 냉랭한 기운, 의식을 괴롭히는 낮고 음산한 소리에 연은 또 한 번 선잠에서 깨었다. 이지러진 붉은 달과 흐르지 않는 검은 구름. 이상한 하늘이 보이고 음울한 노래와 거친 바람이 불어드는 창을 닫기 위해 몸을 일으키려 했지만 거대한 힘에 짓눌린 듯 그는 꼼짝도 할 수 없었다. 반동의 몸. 그는 자신의 의지에 반하는 무거운 육체를 체념하며 노랫소리에 귀를 기울였다. 〈황성의 적(跡)〉.〈황성 옛터〉로 더 많이 불리던 옛 유행가였다. 그때는 누구나 그랬듯이 어머니 역시 이수의 열렬한 팬이어서 어린 그는 〈황성 옛터〉 외에도 〈버리지 말아요〉나 〈여창〉 〈메리의 노래〉 따위 이수가 부른 노래들을 주욱 꿰고 다녔었다. 그는 마음속으로 옛 노래를 따라 부르다 눈을 감았다. 암흑 속으로 희미한 형상 하나가 떠올라 서서히 윤곽을 드러내더니 곧 흰옷을 입은 여인으로 실체가 분명해졌다. 어머니. 어머니, 였다. 어머니의 흰옷은 차라리 푸르렀다.
흰옷을 입고 싶다.
흰색은 완벽과 완결을 의미했다. 그것은 모든 색의 시초인 동시에 궁극이기도 했다. 오랫동안 깊이 감춰둔 흰 한복을 꺼내 입고 붉은 깃발을 든 채 거리로 뛰쳐나가곤 했던 그해 팔월의 서울은 온통 흰 물결로 출렁였고 사람들은 애국가와 인터내셔널가의 멜로디를 장중히 합창했다. 그 짧은 여름, 남쪽에는 공산당 재건 준비위원회가 결성되었고 해방일보가 간행되었으며 수많은 인민위원회들이

건설되었다. 그는 어두운 지하에서 햇살 밝은 지상으로 걸어나와 공산당 행동강령을 낭독했고 인민의 지지를 호소했다. 거리의 많은 사람들이 그의 연설을 경청했으며 인민정권의 희망에 마음을 기댔다.

전쟁이 종결되었어도 해방은 완결되지 않았다. 혁명을 저지하려는 미제의 의지에 따라 계절이 지나도록 일본 식민주의자들은 조선을 떠나지 않았다. 일본이 필리핀에 대한 권리를 포기하는 대신 조선 통치를 묵인해주었던 미국은 그해 가을 또다른 점령군으로 남쪽에 왔다. 그들이 오기 며칠 전 비행기에서 대량 뿌려진 전단, 태평양 지역 미군 총사령관 맥아더의 명령 제1호와 제2호는 공식적으로 북위 삼십팔 도선 이남 지역을 점령지로 명명하고 있었다. 그들은 점령지를 통치하기 위해 이승만 등 친일 이력의 반동 세력들을 이용했고 공산주의자들을 조직적으로 탄압했다. 그해 겨울, 인민위원회 사무실에서 전단을 등사하고 있던 그는 테러를 당해 몹시 몸을 다치기도 했다.

그 나라 군대는 여전히 남한에 주둔중이었고 지금은 더러운 전쟁에 핏발을 세우고 있는 중이었다. 그는 어머니를 불렀다. 비록 목소리가 되어 나오지 않았어도 그는 어머니에게 가슴 깊은 곳의 말을 쏟아내었다.

어머니, 이젠 희망이 없어요. 인류의 모든 악덕과 부조리는 힘의 논리에 의해 더욱 공고해지고 있고 사람들에게선 더이상 고귀한 정신을 찾을 수 없게 되었어요. 저는 무엇을 위해 어떻게 살아야 하나요. 이대로의 현실을 인정하고 수용할 수 없는 건 제 이상주의 때문인가요. 내 나라의 비참함이 가슴 아프고, 불행한 사람들의 신음 소리가 제겐 너무 크게 들려요. 조국은 아직 해방되지 않았어요. 어머니, 이제 저는 어디로 가야 하나요?

나는 가리라 끝이 없이 이 발길 닿는 곳
산을 넘고 물을 건너 정처가 없이도
아 한없난 이 심사를 가슴속 깊이 품고
이 몸은 가노니 옛터야 잘 있거라

　일요일이 좋은 건 물론 늦잠을 잘 수 있어서였다. 수는 느지막이
일어나 차가운 우유 한 잔을 마시고 텔레비전을 보다가 배가 고파 연
의 방문을 두드렸다. 날도 더우니 시원한 냉면이나 만들어달랄 심산
이었다. 어제 저녁 그녀가 했던 제안에 대해 생각해봤는지 궁금하기
도 했다. 몇 번을 두드려도 기척이 없어 방문을 열었더니 덥지도 않
은지 그는 얼굴만 내놓고 이불을 꼭 덮은 채 반듯이 누워 있었다.
　"그만 자요."
　귀를 잡아당기며 수가 말했다.
　"일어나요! 열두시가 넘었어요!"
　그는 눈을 뜨지도 몸을 움직이지도 않았다. 그녀의 얼굴이 굳어
졌다. 그녀는 이불을 걷어내고 그의 어깨를 잡아 흔들었고 양쪽 뺨
을 번갈아 때렸다. 그의 왼쪽 가슴에 귀를 대보고 코밑에 손가락을
대어보았다. 그녀의 얼굴이 하얗게 질렸다.
　시간이 얼마나 흘렀는지 또는 전혀 흐르지 않았는지 그녀는 아무
것도 알 수 없었다. 그저 마지막 인사를 해야 한다는 생각뿐이었다.
　"그들은 알고 있었던 거야. 당신이 곧 죽으리란 걸. 잘 가, 비운의
테러리스트. 불행한 공산주의자. 내 남편이 될 뻔했던 사람."

골목

김숨

1974년 울산 출생.
대전대 사회복지학과 졸업.
1997년 대전일보 신춘문예로 등단.
1998년『문학동네』동계문예공모 당선.
단편소설「느림에 관해서」「중세의 시간」「검은 길」
「유리 상자」등 발표.

골목은 지하 배수관처럼 좁고 어둡다.

골목 입구에 우뚝 멈춰 서며 여자애는 자신도 모르게 길게 한숨을 내쉰다. 전구처럼 창백한 여자애의 얼굴에 짙은 그늘이 지고, 조그만 입술이 비명을 내지르듯 벌어진다.

그곳에서 한참을 머뭇거리던 여자애는 뒤에서 누군가 떠밀기라도 하듯 주저하며 골목 안으로 발을 들여놓는다. 골목 안으로 들어설 때마다, 여자애는 막막한 기분이 든다. 털실 뭉치처럼 엉켜 있는 미로 속에 내던져지는 것만 같다. 한번 발을 들여놓으면 다시는 빠져나오지 못할지도 모른다는 불안이 여자애의 가슴을 죄어온다. 하지만 오늘도 시험을 치르듯, 좁고 어두운 골목들을 여러 개 통과해야 한다.

여자애의 집은 좁고 어둔 골목들이 미로처럼 얽혀 있는 '15번지' 안에 있다. 15번지 14통 5반. 그것이 여자애의 집 주소다. 집에 가려면, 어쩔 수 없이 골목 안으로 발을 들여놓아야 한다.

골목 양쪽 옆으로는 회색의 슬레이트 지붕이 얹어진 집들이 부화되지 못한 곤충의 알처럼 다닥다닥 붙어 있다. 집들은 하나같이 빗물에 젖은 종이상자처럼 눅눅하고 괴괴해 보인다. 그리고 사람 하나가 겨우 드나들 만한 문들이 달려 있다. 흉터 자국 같기만 한 문들 어딘가에는 대개 자물쇠가 허술하게 걸려 있다.

네 개의 문을 지나자 두 개의 골목이 비루한 나뭇가지처럼 'ㄴ' 자를 그리며 뻗어 있다. 여자애는 잠시 머뭇거리다가 왼쪽으로 난 골목으로 발을 들여놓는다. 두번째 문과 세번째 문 사이를 지나던 여자애는 문득, 걸음을 멈추고 고개를 든다. 관절들에서 소리가 나도록 목을 뒤로 잔뜩 꺾는다. 슬레이트 지붕들 사이로 짙은 회색 하늘이 무겁게 내려앉아 있다. 그 밑으로는 가느다란 전선들이 거미줄처럼 얽혀 있다. 전선들 사이로 새 한 마리가 곡예를 하듯 지나간다. 여자애는 종종걸음을 멈추고 하늘을 올려다본다. 그리고 전선들 사이로 새가 지나가기를 기다린다. 어떤 날은 몇십 분을 그런 자세로 서 있어도 새 한 마리 지나가지 않는다. 그런 날이면 여자애는 여러 개의 골목을 통과해야 한다는 것이 더없이 힘겹고 고통스럽게 느껴진다. 새는 이미 사라지고 없다. 여자애는 어쩐지 날아가던 새가 전선들 사이에 한쪽 날개가 낀 채 푸드덕거리며 신음하고 있을 것만 같다. 숨은 그림이라도 찾듯 여자애는 전선들 사이를 유심히 살펴본다. 새의 날개 같은 건 보이지 않는다. 한참 동안 고개를 뒤로 꺾고 있어서인지 현기증이 느껴진다. 하늘이 회전판처럼 빙글, 돈다. 여자애는 고개를 숙이고 다시 발을 떼어놓는다. 다섯 개의 문을 지나자 또다시 두 갈래의 골목이 나타난다. 여자애는 이번에도 잠시 머뭇머뭇하다가 오른쪽으로 난 골목으로 발을 들여놓는다.

세 개의 문을 지나자 이번에는 가파른 계단이 나타난다. 시멘트를 여러 번 덧발라놓은 계단이다. 계단은 열여섯 개다. 계단 앞에 설 때마다 여자애는 습관적으로 숫자를 센다. 여자애는 계단을 오르내리며 숫자를 배웠다. 하나, 둘, 셋, 넷, 다섯…… 열넷, 열다섯, 열여섯. 학교에 들어가기 전까지 여자애는 세상에서 가장 큰 숫자가 열여섯이라고 믿었다.

계단 밑에는 오늘도 잡동사니들이 어지럽게 널려 있다. 여자애는 잡동사니들을 하나하나 살펴본다. 비록 버려진 것들이지만, 그런대로 쓸 만한 것을 주울 수도 있다. 속이 내비치는 비닐가방, 불에 그을린 플라스틱 슬리퍼, 굵은 금이 간 거울, 그리고 금발의 머리를 양 갈래로 땋아내리고 꽃무늬의 앞치마를 두른 헝겊인형. 누군가 밟고 지나간 듯, 헝겊인형의 얼굴에는 신발자국이 나 있다. 여자애는 거울에 얼굴을 비춰본다. 거울 속 여자애의 얼굴엔 여러 개의 금이 가 있다. 마치 철사를 박아넣은 것만 같다. 그 새로 붉은 피가 스며나올 것만 같아 여자애는 휙 고개를 돌린다. 주위를 두리번거리던 여자애의 손이 슬쩍 헝겊인형을 집어든다. 손바닥으로 털어보지만 헝겊인형의 얼굴에 난 신발 자국은 좀처럼 지워지지 않는다.

계단 끝에는 세 개의 골목이 새의 발가락처럼 뻗어 있다. 여자애는 그중 가장 좁은 골목으로 발을 들여놓는다. 네 개의 골목을 지나자 또다시 두 개의 골목이 나타난다. 여자애는 오른쪽 골목으로 꺾어 들어간다.

그 골목 안에 여자애의 집이 있다.

그 골목, 첫번째 집은 오늘도 밖을 향해 활짝 열려 있다. 그 집에는 백내장을 앓아 한쪽 눈이 하얗게 지워진 할머니와 할머니의 아들인, 오십이 넘은 남자가 살고 있다. 한쪽 다리를 심하게 저는 남자는 무슨 이유인지 아내도 아이들도 없다.

오늘도 술을 마시고 있는 것일까. 여자애가 학교에서 돌아오는 시간이면 남자는 종종 골목을 향해 문을 활짝 열어놓은 채 술을 마시곤 한다. 여자애는 어쩐지 남자가 두렵기만 하다. 남자와 눈이 마주칠 때마다 몸이 딱딱하게 굳는 것 같다. 여자애는 고개를 숙인 채 숨도 내쉬지 않고 그 문 앞을 지나간다. 그리고 두 개의 문을 더 지난 다음, 연두색 페인트가 칠해진 문 앞에 멈춰 선다.

문에는 자물쇠가 채워져 있다. 여자애의 눈길이 문 바로 옆에 놓인 화분에 가 닿는다. 화분 안에는 계란 껍질이 뒤섞인 흙이 죽은 뿌리를 품은 채 얼어 있다. 여자애는 화분을 들추고 그 밑으로 손을 집어넣어 바닥을 더듬는다. 열쇠가 만져진다.

문을 열고 들어서자 곧장 부엌이 나온다. 찬장이 여자애의 눈에 들어온다. 찬장의 한쪽 문은 손잡이가 떨어져나간 채 이십오 도 각도로 기울어져 있다. 그 사이로 플라스틱 주걱과 국자의 손잡이 부분이 삐죽 나와 있다. 찬장 위에는 누렇게 색이 변한 상자들이 천장까지 올려져 있다. 오리온 초코파이, 농심 안성탕면, 세계위인전기 전집, 박카스, 삼화그릇. 상자들 속에는 비닐봉지와 오래된 영수증, 못 쓰는 그릇 따위가 들어 있다. 찬장 바로 밑에는 수도꼭지가 달려 있다. 그 앞에 어른이 앉으면 등이 맞은편 벽에 닿는다. 찬장 옆으로는 싱크대 하나가 달랑 놓여 있다. 가스레인지는 싱크대 밖으로 조금 나와 있다. 싱크대 문짝에는 전화번호가 적힌 온갖 스티커들이 다닥다닥 붙어 있다.

방과 연결된 외짝 여닫이문이 부엌을 향해 반쯤 열려 있다.

방 안으로 들어서며 여자애는 형광등 스위치를 올린다. 문지방을 베고 잠든 인영이 여자애의 눈에 들어온다. 인영의 허리에는 커튼 따위를 묶는 데 쓰는 파란색 끈이 친친 감겨 있다. 그리고 그 끈은 문고리에 단단히 매어져 있다. 인영의 주변에는 빈 밥공기와 플라스틱 물통, 숟가락, 흰 손수건이 어지럽게 흩어져 있다. 그리고 고무로 만든 손가락만한 로봇 여섯 개가 일렬로 세워져 있다. 로봇들은 하나같이 머리 부분이 심하게 뭉뚱그려져 있다. 인영이 이빨로 물어뜯어서 그렇게 된 것이다. 로봇 하나는 아예 목이 잘려나가고 없다. 지난밤 인영은 그 로봇의 머리를 이빨로 끊어 목 안으로 삼켜버렸다. 그런 인영을 여자애는 멀거니 바라보기만 했다. 목이 잘린 로봇을 보며 희미하게 웃었던 것도 같다.

이제 겨우 네 살인 인영은 여자애가 학교에 가 있는 동안 혼자 집에 있어야 한다. 방과 부엌에는 인영에게 위험한 것들이 많다. 성냥과 가스레인지, 연필, 부엌칼…… 심지어는 동전조차도.

인영이 칭얼거리며 잠에서 깨어난다. 인영은 몸을 일으키더니 팔을 휘저으며 여자애 쪽으로 걸음을 뗀다. 하지만 겨우 한 걸음밖에 내딛지 못하고 그 자리에 주저앉고 만다. 허리를 단단히 묶고 있는 파란색 끈 때문이다. 방바닥에 엉덩이를 세게 부딪쳤는데도 인영은 칭얼거리지 않는다. 울어도 아무 소용이 없다는 것을 인영은 아는 것 같다.

'잘 지냈니?'

여자애는 인영을 일으켜세우고 두 볼에 입을 맞춘다. 여자애가 학교에 가 있는 동안 어둔 방 안에 혼자 갇혀 있었던 것을 생각하자 가슴이 아프다. 칠판에 적힌 글씨를 공책에 받아적으면서도, 당번이라서 쉬는 시간마다 칠판을 지우고 지우개에 묻은 분필가루를 털면서도, 교실 뒤에 놓인 어항물을 갈아주면서도, 여자애는 '15번지의 골목'과 인영 생각뿐이었다. 15번지의 골목을 헤매고, 화분 밑에 숨겨두었던 열쇠로 방문을 따고 들어와 인영의 눈가에 남아 있는 눈물을 훔쳐주었다.

'죽어 있었어.'

여자애는 입술을 조그맣게 벌리며 중얼거린다. 점심시간에 어항 물을 갈아주려고 하는데 금붕어가 배를 뒤집고 죽어 있었다. 지느러미까지 검은 금붕어였다. 마침 다음 시간이 체육시간이라서 교실에는 여자애밖에 없었다. 여자애는 그 금붕어가 곧 죽으리란 것을 알고 있었다.

쉬는 시간마다 여자애는 어항 속 검은 금붕어를 들여다보며 죽어버리기를 기도했다. 전날 점심시간에는 양호실에서 타온 소화제를 어항 속 물에 집어넣기도 했다.

죽은 금붕어는 한 달 전 여자애가 사다가 넣은 것이다. 금붕어가 한 마리씩 죽을 때마다 반 아이들이 번호 순서대로 돌아가면서 금붕어를 사다가 넣어야 한다. 생일이 늦어 맨 끝번호인 여자애의 차례가 돌아왔을 때, 여자애는 금붕어를 살 돈이 없었다.

'학교에 금붕어 한 마리를 사가야 해요.'

여자애가 그렇게 말한 지 사흘이 지나서야 아버지는 금붕어 한 마리를 사다주었다.

'아빠는 하루 종일 금붕어를 찾아헤맸단다.'

아빠가 내민 투명한 비닐봉지 속 금붕어는 지느러미까지 검었다.

발뒤꿈치를 들고 어항 속으로 손을 집어넣을 때 여자애는 숨이 멎는 것만 같았다. 금방이라도 담임선생님이 교실 안으로 뛰어들어와 손바닥으로 여자애의 등을 내리칠 것만 같았다. 여자애는 금붕어를 노란 플라스틱 컵에 넣어가지고 복도로 나왔다. 그리고 복도

맨 끝에 있는 화장실로 가 변기 속에 던져넣었다. 밸브를 내리고 화장실을 나오며 여자애는 희미하게 웃었다. 그 금붕어는 먹이도 제대로 찾아먹지 못했다. 붉은 빛이 도는 다른 금붕어들과 제대로 어울리지 못하고 플라스틱 수초 근처에서 맴돌기만 했다. 병이라도 걸린 듯 지느러미의 움직임도 한없이 느리기만 했다.

다행히 반 아이들 중 누구도 어항에서 금붕어 한 마리가 없어진 것을 눈치채지 못했다. 담임선생님조차도. 물을 갈아주었는지 확인하기 위해 어항 속을 한참 동안 들여다보았지만 눈치채지 못했다.

여자애는 인영의 허리에 감겨 있는 끈을 풀어주고 계단 밑에서 주워온 헝겊 인형을 안겨준다.

'어……마, 어……마.'

아직 말을 제대로 익히지 못한 인영은 언제부터인가 큰누나인 여자애를 엄마라고 부른다.

여자애가 방 안에 어질러져 있는 물건들을 정리하고, 비로 바닥을 쓰는 동안 인영은 한사코 떨어지지 않으려고 애쓴다. 여자애의 스웨터 자락을 꼭 움켜쥐고 절대로 놓지 않는다.

이 년 전 어느 날, 엄마는 집을 나갔다. 그리고 지금까지 돌아오고 있지 않다.

집을 나가기 며칠 전, 엄마는 골목에서 길을 잃었다.

그날 엄마는 자정이 훨씬 지났는데도 돌아오지 않았다. 엄마는 보통 아침 일곱시경 일을 나가 밤 열한시가 조금 넘어 집으로 돌아왔다. 아빠는 마침 D시로 일자리를 구하러 가고 집에 없었다. 여자애는 속이 까맣게 타들어가는 듯했다. 자정이 지난 골목은 장롱 속처럼 캄캄하고 인적이 뜸했다. 이따금 자정이 지난 골목에서는 끔찍한 일들이 벌어지기도 했다. 모자를 눌러쓴 남자가 젊은 여자의 얼굴을 면도날로 긋고 가방을 가져간 일도, 새벽기도를 가던 할머니가 등을 떠밀려 이빨이 부러진 일도, 술 취한 남자가 머리를 얻어맞고 지갑이 털린 일도 있었다.

엄마가 돌아온 건 새벽 세시가 다 되어서였다. 여자애는 그때까지 부엌과 방의 형광등을 환하게 켜놓은 채 엄마를 기다리고 있었다. 온갖 불안한 생각들이 여자애를 괴롭혀 잠을 이룰 수가 없었다.

'엄만 골목에서 길을 잃었단다.'

하얗게 마른 입술을 벌리고 엄마가 말했다.

'수많은 골목들이 어지럽게 엉켜 있어서 집으로 나 있는 골목을 찾을 수가 없었어. 골목을 헤매고 다니다가 깜박 잠이 들었던 거야.'

엄마는 몸을 바르르 떨다가 눈물을 흘렸다. 그리고 눈물이 마르지도 않았는데 옆으로 쓰러져 잠들어버렸다.

걸레로 방바닥을 대충 훔치고 여자애는 숙제를 한다. 숙제는 그림 그리기이다. 담임 선생님은 '바닷속 풍경'을 그려오라고 했다. 크레파스로 밑그림을 그리고 물감으로 색을 칠해넣어야 하지만 여자애에게는 물감이 없다. 지난 미술시간에는 물감을 준비해가지 못해 복도로 쫓겨나야 했다. 아이들이 '미래의 내 모습'을 그리는 동안 여자애는 오후 햇살이 비쳐드는 텅 빈 복도에 서 있어야 했다. 침엽수처럼 기다랗고 서늘한 여자애의 그림자가 복도와 유리창을 덮었다.

짙은 눈화장이 인상적인 담임 선생님은 유난히 차갑고 무섭다. 뱃속에 아이를 배고 있는데도 좀처럼 웃지 않는다. 그녀는 여자애가 어쩔 수 없이 물감을 준비해오지 못했다는 사실을 알지 못한다.

여자애가 유난히 그림 그리기를 좋아한다는 것도. 언젠가 우연히 선생님의 손이 목을 스쳤을 때의 느낌을 여자애는 잊지 못한다. 얼음 송곳이 박히는 것만 같던 그 차가움을. 미술시간이 끝나갈 무렵 여자애의 눈에는 눈물이 고였다. 쉬는 시간을 알리는 종이 울릴 때 눈물은 이내 걷잡을 수 없이 흘러내렸다.

여자애는 책가방을 열고 화첩과 모서리가 닳아 없어진 크레파스 상자를 꺼낸다. 회색, 검은색, 남색, 보라색. 남아 있는 크레파스는 하나같이 어두운 색들뿐이다. 화첩도 한 면밖에 남지 않았다. 여자애는 화첩의 마지막 장을 펼치고 보라색 크레파스를 집어든다. 그리고 유난히 지느러미가 큰 물고기를 그려넣는다.

언젠가 여자애는 텔레비전을 통해 바닷속 풍경을 본 적이 있다. 바닷속을 떠다니는 물고기들은 하나같이 화려하고 눈부셨다. 개나리처럼 샛노란 물고기, 파란 바탕에 검은 줄무늬가 그려진 물고기, 그리고 기하학적인 무늬를 그리며 떼지어 몰려다니던 은빛의 물고기들…… 여자애가 신기해하며 바닷속 풍경을 보는 동안, 어머니는 부엌에서 핫케이크를 부쳤다. 우유와 설탕, 계란을 잔뜩 넣고 구운 핫케이크는 부드럽고 달콤했다. 따뜻한 봄날이라서 부엌문은 골목을 향해 활짝 열려 있었다. 부엌문 옆에 놓인 화분에는 노란 꽃이 피어 있었다.

여자애는 망설이다가 검은색 크레파스를 집어든다. 그리고 지느러미까지 검게 칠해버린 뒤 자신도 모르게 희미하게 웃는다. 변기의 밸브를 내리는 순간, 화장실 밖 복도까지 울리던 물 내려가는 소리가 귓속을 훑고 지나간다. 여자애는 어쩐지 자신이 그린 바닷속 풍경이 마음에 든다.

여자애가 그림을 그리는 동안 골목에 어둠이 찾아온다. 여자애는 배가 고파진다. 무엇보다 인영에게 저녁을 먹여야 한다.

찬장을 열자 밥공기와 밥공기 사이에 놓인 조그만 플라스틱 반찬통이 여자애의 눈에 들어온다. 속이 비치는 플라스틱 반찬통에는 흰 알약이 사 분의 일쯤 채워져 있다. 엄마는 그것이 머리 아플 때 먹는 두통약이라고 했지만, 여자애는 수면제라는 것을 알고 있다. 수면제를 먹으면 물 속에 잠기듯 깊고 아련한 잠 속으로 빠져든다는 것도.

밥통 속의 밥은 오래되어서 누렇게 색이 변해 있다. 그것마저도 반 공기 정도밖에는 남아 있지 않다. 여자애는 거칠게 밥통 코드를 뽑아 버린다. 가스레인지는 음식 얼룩으로 더럽다. 행주로 닦아보지만 지워지지 않는다. 여자애는 행주를 세숫대야에 던져놓고 가스레인지의 점화 스위치를 누른다. 따다닥, 소리만 낼 뿐 좀체 불꽃을 피워올리지 않는다. 여자애는 다시 한번 점화스위치를 누른다. 가스 냄새가 훅 끼치며 붉은 불꽃이 여자애의 얼굴을 삼켜버릴 듯 화르르 솟아오른다. 여자애는 불꽃을 '중간'에 맞추고 검은 프라이팬을 올린다. 검은 프라이팬에 기름을 두르고 밥을 볶다가 간장으로 간을 맞춘다. 인영은 계란 프라이를 좋아한다. 하지만 계란은 떨어진 지 오래다.

검은 프라이팬을 행주로 감싸쥐고 방으로 들어서던 여자애는 비명을 내지른다. 화첩 주위에 크레파스들이 어지럽게 널려 있다. 그림은 엉망이 되어 있다. 여자애가 부엌에서 밥을 볶는 동안 인영은 검은 물고기 위에 형체를 알 수 없는 그림을 그려놓았다.

'그림을 다 망쳐놓으면 어떡하니!'

여자애는 검은 프라이팬을 바닥에 내려놓고 인영을 쏘아본다.

'새 화첩을 살 돈도 없는데…… 어제는 내 일기장까지 찢어놓더니, 넌 언제나 말썽만 부리지. 너 때문에 내가 얼마나 힘이 드는데. 계속 이렇게 말썽만 부리면 널 고아원에 보내버릴 수밖에 없어.'

인영이 금방이라도 울 것 같은 표정을 지으며 여자애를 바라본다. 여자애는 인영에게 화를 낸 것이 후회된다. 인영은 아무것도 모르고, 아무 잘못도 없다. 여자애는 크레파스와 화첩을 치우고 인영에게 밥을 먹인다.

엉망이 된 그림을 담임 선생님 앞에 내놓아야 할 것이다. 선생님은 나를 또 복도로 내쫓을지 몰라. 아이들이 그림을 그리는 동안, 공터에 내다버려진 장롱처럼 서 있어야 할지도 모른다는 생각이 들자 여자애는 저절로 한숨이 나온다. 차라리 학교에 가지 말아야겠다는 생각까지 든다. 엄마가 집을 나간 후 여자애는 자주 결석을 했다. 그때마다 여자애는 아프다는 핑계를 댔다. 선생님은 잠시 버려진 아이를 보는 듯한 눈빛으로 여자애를 바라볼 뿐 아무것도 묻지 않았다.

여자애는 어쩐지 학교에 나가지 않아도 선생님이 자신을 찾지 않을 것만 같다. 금붕어 한 마리가 사라진 것을 아무도 눈치채지 못했듯이 말이다. 반 아이들 중에는 여자애의 이름조차 모르는 아이들도 있다. 옆자리에 앉은 남자아이가 벙어리라고 놀릴 정도로 여자애가 유난히 말이 없고 얌전하기 때문이다.

엄마가 집을 나간 후, 여자애는 골목에서 길을 잃었다.

그날 여자애는 계단에서 첫번째 집에 사는 남자와 마주쳤다. 남자는 계단을 내려오고 있었다. 한 계단씩 내려딛을 때마다 남자의 몸은 심하게 흔들렸다. 며칠 전 아침에 있었던 일이 떠올라 여자애는 온몸이 저릿하게 떨렸다. 문고리에 자물쇠를 채우고 돌아설 때였다. 남자의 손이 여자애의 오른쪽 겨드랑이 사이로 들어왔다. 순간 여자애는 공포에 질려 마구 비명을 내질렀다. 누구도 문을 열고 골목을 내다보지 않았지만, 당황한 남자는 절룩거리며 자신의 집으로 뛰어

들어갔다. 여자애는 그 자리에 한참 동안 우두커니 서 있었다. 간신히 몸을 움직여 학교에 갔을 때는 이미 둘째 시간이 끝난 후였다. 남자가 마지막 계단을 내려밟는 순간, 여자애는 계단 오른쪽으로 난 골목으로 숨어들었다. 그리고 더 좁고 더 어두운 골목을 찾아 들어갔다. 그리고 벽으로 가로막혀 있는 골목 끝에서 정신을 잃었다.

여자애가 눈을 떴을 때 희미한 어둠 속으로 아버지의 얼굴이 달처럼 떠 있었다.

'골목에서 길을 잃었어요. 집으로 나 있는 골목을 찾을 수가 없었어요.'

밤이 되면 여자애도 어쩔 수 없이 엄마가 그리워진다. 벽 너머에서 들려오는 듯 희미하기만 하던 엄마의 숨소리, 낮달처럼 창백하기만 하던 얼굴, 검고 긴 머리카락, 겨드랑이에서 나던 땀 냄새. 그리고 손가락 끝에서 나던 퀴퀴한 냄새까지도 그립기만 하다.

엄마는 어떻게 지내고 있을까. 밤이 되면 엄마도 어쩔 수 없이 우리가 그리워질까.

지난밤 꿈에 여자애는 엄마를 보았다. 엄마는 세제 거품 가득한 개수통 속에 손을 집어넣고 접시를 닦고 있었다. 개수통 옆에는 흰 접시들이 탑처럼 위태롭게 쌓여 있었다. 엄마가 쉬지 않고 접시를 닦는데도 접시는 좀처럼 줄어들지 않았다. 여자애는 가끔 꿈에 엄마를 보았다. 꿈속에서 엄마는 늘 세제 거품 가득한 개수통에 손을 집어넣고 접시를 닦고 있었다.

그런데 이상하게도 여자애가 그런 꿈을 꾸고 난 다음날이면 엄마가 시름시름 앓았다. 일을 나가지도 못할 정도로 온몸에서는 열이 났다. 그 사실을 알고 난 뒤로 여자애는 밤마다 꿈에 엄마를 만나지 않게 해달라고 기도한다.

아침에 눈을 뜨면서 여자애는 마음속으로 기도했다. 엄마가 아프지 않게 해달라고. 꿈속에서 다시는 엄마를 만나지 않게 해달라고. 인영을 재우고 부엌문을 자물쇠로 잠그고 열쇠를 화분 밑으로 밀어넣으면서도, 그리고 여러 개의 골목을 빠져나오면서도. 여자애는 마른 목 안에서 중얼거렸다.

엄마가 아프면 여자애는 고통스럽다. 가슴 한쪽이 물 속에 잠기듯 쓱 지워져버리는 것만 같다. 그리고 자신이 무엇인가 잘못을 저질렀기 때문에 엄마가 아픈 거라는 죄책감에 사로잡힌다. 그래서 엄마가 아플 때마다 여자애는 조금 더 착해지려고 노력한다.

며칠 전 여자애는 엄마에게 편지를 썼다. 도둑질보다 거짓말이 나쁘다는 것을 알지만 여자애는 어쩔 수 없이 거짓말을 해야 했다. 아빠는 허리가 다 나아 전처럼 벽돌공장에 일을 다니게 됐으며, 인영은 'ㄱ, ㄴ, ㄷ, ㄹ'을 배우고 있다고 여자애는 편지에 썼다. 편지의 맨 마지막에는 엄마를 이해하며 절대로 원망하지 않는다고 적어넣었다. 엄마가 자신과 동생들을 위해 얼마나 노력했는지 여자애는 알고 있다. 집을 나가기 전까지 엄마는 식당에 일을 다녔다. 택시기사들이 주손님인, 값싼 돈까스 전문 식당이었다. 그곳에서 엄마는 하루 종일 등을 구부리고 서서 여자애가 셀 수도 없이 많은 접시를 닦았다.

편지는 부쳐지지 못한 채 일기장 속에 들어 있다. 엄마가 가 있는 곳의 주소를 알지 못하기 때문에 여자애는 편지를 부치지 못했다.

아빠가 허리를 다치기 전까지만 해도 엄마는 늘 여자애와 동생들 곁에 있었다. 여자애에게 글자를 가르치고 미역국이나 계란찜을 해 밥을 먹여주었다. 밤이면 가스레인지에 물을 데워 여자애와 동생들의 머리를 감겨주었다. 엄마가 곁에 있어서 여자애는 언제나 안심하고 잠들 수 있었다. 그때가 그립지만 아무리 애를 써도 다시 되돌아갈 수는 없다.

　텔레비전 위에는 사절지 크기의 낡은 액자 하나가 걸려 있다. 액자 속 그림을 물끄러미 들여다보던 여자애는 자신도 모르게 한숨을 내쉰다.

　그림 속에는 식물의 줄기처럼 가느다란 남자가 공중에 뜬 채 몸을 잔뜩 웅크리고 잠들어 있다. 남자의 얼굴은 납작하게 짓눌려 있고 한쪽 눈은 이마에 달려 있다. 두 팔은 고무처럼 둥글게 휘어져 있으며 엄지발가락이 유난히 긴 두 발은 발목과 이 센티미터 정도 떨어져 있다. 상자처럼 네모난 남자의 몸통은 직사각형 모양의 회색 벽돌로 채워져 있다. 남자의 주변에도 비슷한 모양의 벽돌 여러 개가 풍선처럼 둥둥 떠 있다.

　그것은 여자애가 여섯 살 때 그린 그림이다. 그림 속 남자는 아빠다. 여자애는 곤하게 낮잠을 자고 있는 아빠를 보면서 그 그림을 그렸다. 아빠는 그 그림을 마음에 들어했다. 엄마는 여자애가 계단 밑에서 주워온 액자에 그 그림을 넣어 텔레비전 위에 걸어놓았다.

　일곱 살 때까지 여자애는 아빠의 몸 속이 회색 벽돌로 채워져 있는 줄로만 알았다. 아빠가 찍어내는 회색 벽돌들이, 내장기관처럼 아빠의 몸 속에 들어 있던 것들이라고 믿었다.

　'아빠의 몸 속은 온통 회색 벽돌로 채워져 있단다. 그래서 아빠는 하루 종일 입을 벌리고 회색 벽돌을 토해내야 한단다. 아빠의 몸 속에서는 회색 벽돌이 끊임없이 만들어지기 때문에 아무리 토해내도 좀처럼 줄어들지 않는단다.'

아빠는 매일 밤 동화책을 읽어주듯 여자애에게 그렇게 말했다. 환한 햇볕 아래 쪼그리고 앉아 입을 벌리고 직사각형 모양의 회색 벽돌을 울컥울컥 토해내는 아빠의 모습을 머릿속으로 그리다가 여자애는 잠이 들곤 했다.

그림에서처럼 아빠의 몸 속이 회색 벽돌로 채워져 있는 것은 아닐까. 정말로 그런 것은 아닐까. 그런데 아빠는 지금 어디를 헤매고 있을까. 아빠를 생각하면 여자애는 불안하고 막막해진다. 「성냥팔이 소녀」 같은 슬픈 동화를 읽는 듯한 기분에 사로잡힌다. 다른 여자애들도 그럴까. 다른 여자애들도 나처럼 아빠를 생각하면 한없이 막막하고 불안해질까. 숨이 막히도록 한없이 슬퍼질까.

따가운 햇볕 아래의 그늘이나 어둠을 밝혀주는 푸른 불빛, 추운 겨울날의 꺼지지 않는 난로, 커다란 꽃이나 동물 그림이 그려진 포근하고 부드러운 담요, 붉은 리본으로 묶여 있는 선물 상자…… 다른 여자애들에게는 아빠가 그런 존재일 것만 같다.

'아빠는 선생님이 되고 싶었다.'

언젠가 아빠는 여자애에게 그렇게 말했다. 하지만 아빠는 벽돌을 찍어내는 사람이 되었다. 엄마가 셀 수 없이 많은 접시를 닦은 것처럼 아빠도 셀 수 없이 많은 벽돌을 찍었다.

인영은 좀처럼 잠들려 하지 않는다. 여자애의 손을 붙잡고 놓아주지 않는다. 자신이 잠든 사이에 여자애가 사라져버릴까봐 두려운 것이다.

여자애는 아까부터 소변이 마렵다. 화장실은 집 밖에 있다. 골목 끝에 만들어놓은 화장실은 골목 안, 다섯 가구가 함께 사용한다. 여자애는 화장실에 가는 것이 두렵다. 누군가 화장실 벽에 벌거벗은 여자의 몸을 그려놓은 뒤부터다. 가슴이 지나치게 큰 여자의 그곳은 털실 뭉치로 가려져 있다. 그리고 굵고 기다란 막대가 꽂혀 있다. 그림 밑에는 온갖 욕설들이 어지럽게 적혀 있다. 화장실 벽에 그려진 그림과 욕설을 보았을 때, 여자애는 불쾌하고 혼란스러웠다.

화장실에 낙서를 해놓은 사람이 누구인지 여자애는 알 것 같다. 아마, 골목 첫번째 집에 사는 남자일 거야. 여자애는 어쩐지 화장실 안에서 그 남자가 지키고 서 있을 것만 같다. 자신을 기다리고 있을 것만 같다. 거친 손으로 바지를 벗겨내고 그곳에 기다란 막대를 꽂을 것만 같다.

더이상 참을 수 없을 정도로 소변이 마려워진 여자애는 몸을 일으켜 부엌으로 나간다. 인영이 여자애의 손을 놓지 않고 부엌까지 따라나온다. 여자애는 바지를 내리고 하수구 옆에 쪼그려 앉는다. 부엌 문틈으로 새들어온 차가운 바람이 까내린 엉덩이를 훑고 지나간다. 더 추워지면 바람이 들어오지 못하도록 문 틈새에 일일이 솜을 대주어야 한다. 수도꼭지는 스티로폼과 헝겊으로 둘둘 말아주어야 한다. 그렇게 하지 않으면 수도가 얼어붙어버린다. 오줌을 누려는데 걸레 썩는 냄새가 하수구에서 그르륵그르륵 올라온다. 그 냄새를 맡는 순간 여자애는 요의가 싹 가신다. 여자애는 수돗물을 틀고 오줌이 마려울 때까지 기다린다. 여자애가 오줌을 누는 동안에도 인영은 여자애의 손을 놓지 않는다.

여자애에게는 인영말고도 두 명의 여동생이 더 있다. 일란성 쌍둥이인 그애들은 이제 겨우 여섯 살이다. 지금 그애들은 고아원에 가 있다. 일 년 전 아빠는 그애들을 고아원으로 보냈다. 고아원은 버스를 네 번이나 갈아타고 가야 할 만큼 먼 곳에 있다.

지난여름 여자애는 아빠와 고아원으로 그애들을 보러 갔다. 찾아 갔을 때 그애들은 식당 한구석에 쪼그리고 앉아 물에 불린 마늘을 까고 있었다. 그애들 옆에서는 꼬리가 잘린 누런 개가 죽은 듯이 잠들어 있었다. 아빠는 여동생들을 데리고 나와 근처의 주유소에 딸린 중국 식당에서 자장면과 만두를 사주었다.

그애들과 헤어지면서 아빠는 돌아오는 일요일에 데리러 오겠다고 약속했다. 하지만 그 이후로 아빠는 그애들을 한 번도 찾아가지 못했다. 지금쯤 그애들은 자신들이 버려졌다고 생각하고 있을 것이다. 밤마다 자신들을 데리러 오지 않는 아빠를 원망하다가 잠들 것이다.

여자애는 요즘 자꾸만 불길한 생각이 든다. 아무래도 엄마가 다시는 돌아오지 않을 것만 같다. 엄마가 돌아오지 않으면 쌍둥이 여동생들도 고아원에서 데려오지 못할 것이다. 언젠가는 인영도 그애들처럼 고아원에 보내야 할지 모른다. 여자애 자신조차도.

아빠는 거리를 헤매는, 노숙자가 될지도 몰라. 차가운 지하도 바닥과 구겨진 신문지, 더러운 잠바 주머니 속에 칼처럼 꽂혀 있는 빈 술병, 밑바닥이 떨어져나간 운동화, 누군가 먹다 버린 빵 조각. 텔레비전을 통해 노숙자들을 볼 때마다 여자애의 머릿속에는 아빠의 모습이 떠오른다. 차창 밖 풍경처럼 불안하게 흔들리던 아빠의 모습은 어느 순간 노숙자들의 모습과 겹쳐진다. 아빠가 거리를 헤매는 사람이 될까봐 여자애는 불안하다. 집에 들어오지 않는 날이면 아빠는 술에 취해 차가운 지하도 바닥에서 신문지를 깔고 잠드는 것이 아닐까.

시간은 어느새 열한시다. 아빠는 언제쯤에야 돌아올까. 오늘도 하루 종일 엄마를 찾아헤맸을까. 엄마가 집을 나간 뒤로 아빠는 이 세상에 없는 사람처럼 하루하루를 살아간다. 신문도 읽지 않고, 뉴스도 보지 않고, 밥도 제대로 챙겨먹지 않는다. 좀처럼 웃으려고도 하지 않는다. 아무래도 아빠는 웃음을 잃어버린 모양이다. 어쩌다 집에 있는 날이면 술이 머리끝까지 차오르도록 마신 뒤 쓰러져 잠들어버린다.

'일거리를 알아보러 가야겠구나.'

날이 채 밝기도 전에 집을 나서며 아빠는 그렇게 말했다. 아빠의 한쪽 어깨에는 군청색의 가방이 메어져 있었다. 벽돌공장에 다닐 때 늘 가지고 다니던 가방이다. 아침마다 엄마는 그 가방 속에 새 수건을 넣어주었다. 벽돌공장에 일을 다니지 못하게 된 뒤에도 아빠는 외출을 할 때면 그 가방을 가지고 나간다.

여자애는 알고 있다. 허리를 다친 뒤로 아빠는 고된 일을 하지 못한다. 그 사실을 안다면 아무도 아빠에게 일거리를 주지 않을 것이다. 아빠는 오늘도 하루 종일 엄마를 찾아 이곳저곳을 헤매고 돌아다녔을 것이다. 아무래도 아빠는 엄마가 없는 이 세상을 살아갈 용기가 나지 않는 모양이다.

한번은 사흘 내내 집에 들어오지 않은 적도 있었다. 그날도 아빠는 아침 일찍 집을 나서며 일거리를 알아봐야겠다고 말했다.

'아빠가 돈 벌어오면 저녁에 자장면을 사먹자.'

'만두도 먹고 싶어.'

잠이 덜 깬 쌍둥이 여동생들이 눈을 비비며 앵무새처럼 떠들어댔다.

'그래, 그래, 만두도 사먹자.'

'쌀이 조금밖에 남지 않았어요.'

여자애는 주저하며 말했다.

'그러니, 그럼 쌀도 사야겠구나.'

하지만 아빠는 날이 어두워지도록 돌아오지 않았다. 밤 아홉시가 넘도록 아빠가 돌아오지 않자 쌍둥이 여동생들과 인영은 배가 고프다고 칭얼댔다. 여자애는 라면을 끓였다. 라면이 두 개뿐이라서 여자애는 일부러 물을 많이 넣고 끓였다. 쌍둥이 여동생들은 서로 많이 먹으려고 했다. 결국 그애들 중 한 명이 냄비를 밀치는 바람에 국물이 바닥으로 쏟아졌다. 국물은 바닥에 깐 신문지를 적시고 옆에 있던 이불을 적셨다. 여자애는 자신도 모르게 마구 비명을 내질렀다. 목을 갈기갈기 찢어놓을 듯한 비명을 마구 질러댔다. 겁에 질린 인영이 울음을 터뜨렸을 때야 겨우 비명을 멈췄다. 사흘이 지나 집에 돌아왔을 때 아빠의 몸에서는 짜고 비릿한 바다 냄새가 났다.

그런데 엄마는 어디로 갔을까. 남편과 아이들을 버리고 집을 나간 여자들은 어디로 가는 것일까. 그곳이 어디든, 아빠가 도저히 찾을 수 없는 곳이 아닐까. 하여튼 이곳보다는 더 좋은 곳이었으면 한다. 골목도 없고, 접시를 닦지 않아도 되는 곳…… 하지만 엄마가 숨어든 그곳도, 좁고 어둔 골목들이 미로처럼 엉켜 있지 않을까. 그곳에서도 엄마는 세제 거품 가득한 개수통에 손을 담그고 접시를 닦고 있지는 않을까. 밤이면 미로처럼 복잡한 골목에서 길을 잃어버리고……

잠이 오는지 인영이 칭얼거리며 눈을 비벼댄다.

'자장 자장 우리 아기……'

인영은 잠들지 않으려고 애쓴다. 인영도 알고 있는 것일까. 엄마는 여자애가 잠든 사이에 떠나버렸다.

'누나는 네 옆에 꼭 붙어 있을 거야. 절대로 널 버리지 않아.'

가만가만 달래며 절대로 인영을 버리지 않을 것이라고 다짐한다. 쌍둥이 여동생들처럼 고아원에도 보내지 않을 것이다.

'네가 잠든 뒤에도 누나는 네 옆에 꼭 붙어 있을 거야.'

여자애는 스스로에게 다짐하듯 중얼거린다. 말귀를 알아들었는지 인영은 그제야 안심하고 잠이 든다.

인영은 종종 깊은 밤 발작을 하듯 버르적 잠에서 깨어나곤 한다. 휘둥그레진 눈으로 어둔 방 안을 황급히 둘러본다. 그리고 여자애가 자신의 곁에 머물러 있는지 확인하고 나서야 안심하고 다시 잠이 든다.

골목 어느 집에선가 어른들 싸우는 소리가 들려온다. 밤이 되면 골목에서는 무엇인가를 집어던지는 소리, 아이들의 겁에 질린 울음소리, 여자의 날카로운 비명 소리가 들려온다.

여자애는 텔레비전을 틀고 일부러 소리를 크게 한다.

텔레비전 화면에는 머리에 하얀 차도르를 두른 아랍의 소녀가 고적하게 앉아 있다. 소녀의 뒤로는 아무래도 소녀의 아버지인 듯한 남자가 서 있다. 남자는 어딘가 모르게 비루하고 야비해 보인다. 짙게 쌍꺼풀진 두 눈은 경계를 하듯 무엇인가를 날카롭게 쏘아보고 있다.

언제부턴가 소녀는 유리눈물을 흘린다고 한다. 그것을 증명해 보이려는 듯 소녀는 눈물을 흘리기 위해 한없이 슬픈 표정을 짓고 있다. 소녀의 커다랗고 파란 눈동자가 흔들리는 순간, 유리눈물이 흘러내린다. 소녀의 옆에 서 있는 남자가 커다랗고 거칠어 보이는 손으로 유리눈물을 재빠르게 받는다.

사람들은 소녀의 유리눈물에 마법적인 힘이 있다고 생각한다. 유리눈물을 가루로 빻아서 상처에 바르면 상처가 씻은 듯이 낫는다고 믿는다. 그 소문이 사막 너머의 마을에까지 퍼지고, 소녀가 흘리는 유리눈물은 비싼 값에 팔린다. 사람들은 낙타와 양탄자를 가져와 소녀의 유리눈물과 바꾸어간다. 소녀의 유리눈물을 구하기 위해 몇 달 동안 뜨거운 모래바람을 가르며 사막을 건너오는 사람들도 있다.

어둑한 방 안에서 소녀는 하얀 차도르를 두르고 하루 종일 유리눈물을 흘린다. 소녀가 유리눈물을 흘리게 된 뒤로 소녀의 아버지는 사막에 나가지 않는다. 살갗을 태워버릴 듯한 더위와 뜨거운 모래바람을 견디지 않아도 된다.

여자애는 텔레비전을 끄고 꽃 그림이 들어간 분홍색 잠옷으로 갈아입는다. 엄마가 식당 주인 아줌마네서 얻어다준 잠옷이다. 중학생 언니가 입었다던 잠옷은 소매를 두 번이나 접어야 할 만큼 크다.

시간은 어느새 자정을 넘어서고 있다. 혼자서 먼지 가득한 길을 걸어가는 것만 같다. 한없이 걸어가도 끝나지 않는 아득한 길. 어느 날 훌쩍 집을 나가버린 엄마와 엄마를 찾아 이리저리 헤매고 다니는 아빠, 고아원에 가 있는 쌍둥이 여동생들, 누군가 옆에서 돌봐주어야 할 만큼 어리기만 한 인영. 아랍의 소녀처럼 유리눈물을 흘릴 수 있다면……

소문을 들은 사람들이 내 유리눈물을 구하기 위해 찾아오겠지. 나를 찾아오기 위해 미로처럼 복잡하게 얽혀 있는 15번지의 골목을 헤매게 될 거야. 골목 안에서 길을 잃는 사람들도 있겠지. 유리눈물은 비싼 값에 팔려나갈 것이다. 그러면 아빠의 다친 허리를 낫게 하고 쌍둥이 여동생들을 고아원에서 데려올 수도 있을 것이다. 그리고 어느 날, 먼 곳에서 우연히 여자애의 소식을 전해들은 엄마가 돌아올지도 모른다. 엄마는 더이상 접시를 닦지 않아도 된다. 세제 거품 가득한 개수통에 손을 집어넣고 있지 않아도 된다. 아빠가 허리를 다치기 전처럼, 엄마는 한시도 우리들 곁을 떠나지 않을 것이다. 물감과 새 화첩과 파란 팔레트와 물통과 크기가 다른 여러 개의 붓도 살 수 있을 것이다.

그런데 슬픈 표정을 짓고 있던 아랍의 소녀가 여자애에게 말한다.

'엄마가 돌아오고 아빠의 아픈 허리가 낫고 동생들이 노래하고 네게 새 화첩이 생긴다면 너는 더이상 유리눈물을 흘릴 수 없을 거야. 너에게서 슬픔이 떠나니까 말야. 그러면 네 가족들은 다시 뿔뿔이 흩어지겠지.'

그래도 유리눈물을 흘릴 수만 있다면…… 그런데 부엌문을 잠갔었나. 여자애는 부엌문을 잠근 기억이 없다. 학교에서 돌아오면 여자애는 습관처럼 부엌문을 잠근다. 그리고 잠들기 전에 제대로 잠겨 있는지 몇 번이나 확인한다. 부엌문을 잠그지 않았으면 어쩌지. 몰려오는 잠 때문에 여자애는 손가락 하나 까닥하기도 싫다.

깊은 밤, 여자애는 부엌문이 흔들리는 소리를 듣고 잠에서 깨어난다. 잠 기운 때문에 물이 가득 든 양동이처럼 무거운 몸을 일으켜 부엌으로 나간다.

'아빠……? 아빠예요?'

밖에서는 아무런 대꾸도 없다. 누굴까. 깊은 밤에 여자애의 집을 찾아올 만한 사람은 없다.

'아……빠?'

밖에서는 여전히 아무런 대꾸도 없다.

'누……누구세요?'

부엌문 가까이 귀를 가져다대보지만 아무 소리도 들려오지 않는다.

'누……누구세요?'

순간, 부엌문이 덜컥 열린다. 여자애가 비명을 지를 새도 없이 검은 형체가 성큼 안으로 들어선다. 여자애의 얼굴이 하얗게 질린다. 골목 첫번째 집에 사는 남자다. 무슨 일일까. 무슨 일 때문에 이 밤중에 들이닥친 것일까. 여자애는 두려움이 가득한 눈으로 남자를 뚫어지게 바라본다. 여자애와 눈이 마주친 남자의 입술이 일그러진다. 집에는 여자애와 어린 인영밖에 없다. 자정이 지나 여자애가 잠들 때까지도 아빠는 돌아오지 않았다.

지금이라도 아빠가 돌아와주었으면…… 저 남자를 골목 밖으로 내쫓아주었으면……

여자애는 온몸을 조여오는 공포를 간신히 참으며 뒤로 주춤 물러난다. 불현듯 여자애의 머릿속으로 화장실 벽에 그려진 그림이 선명하게 떠오른다. 여자애는 숨을 내쉬지 못할 정도로 남자가 두렵다. 몸을 돌리려는 순간 남자가 여자애의 겨드랑이를 거세게 낚아챈다. 여자애는 빈 상자처럼 힘없이 들어올려진다. 남자의 손아귀에서 벗어나야 한다는 것을 알지만 몸을 움직일 수가 없다. 입을 벌려보지만 비명조차 새어나오지 않는다. 남자의 손이 잠옷 속으로 들어오는 것을 느끼며 여자애는 눈을 감아버린다. 남자의 손은 불에 덴 듯 뜨겁다. 푸른 인두자국 같은 화상을 남길 것만 같다.

아랍의 소녀처럼 유리눈물을 흘릴 수 있다면…… 여자애는 속으로 중얼거린다. 아랍의 소녀처럼 유리눈물을 흘릴 수 있다면……

여자애는 옆으로 고개를 돌리고 천천히 방 안을 둘러본다. 손가락을 입에 문 채 잠든 인영의 모습이 눈에 들어온다. 방 한쪽으로 밀어놓은 화첩과 크레파스 상자도. 인영의 옆에는 계단 밑에서 집어온 헝겊 인형이 얼굴을 바닥으로 향한 채 누워 있다. 그럴 리가 없는데도 발자국이 더 선명해진 것만 같다.

방 안 어디에서도 아빠의 모습이 보이지 않는다. 아주 멀리까지 엄마를 찾으러 간 것일까. 하루 종일 기차를 타고 가다가 또다시 버스를 타고 들어가야 할 만큼 아주 먼 곳.

그런데 지난밤에는 무슨 일이 있었던 걸까. 머릿속이 하얗게 지워져버리기라도 한 듯, 여자애는 좀처럼 기억해낼 수가 없다. 다만 커다랗고 더러운 손이 목을 죄어오는 듯한 두려움이 여자애를 무겁게 짓누른다.

문득, 간밤에 꾼 꿈이 떠오른다. 꿈에 여자애는 아랍의 소녀처럼 머리에 하얀 차도르를 두르고 사막 한가운데 앉아 있었다. 꿈속인데도 머리 위로 불을 엎지르는 듯한 태양과 숨막힐 듯한 고열이 느껴졌다. 살갗을 갈기갈기 찢어놓을 것 같은 모래바람까지도. 그리고 유리눈물을 흘렸었나.

여자애는 목이 마르다. 목 안이, 몸 속의 내장 기관들이 까맣게 타버린 것만 같다. 꿈을 꾸는 동안 몸 속의 수분들이 증발해버렸는지도 몰라. 여자애는 몸을 일으키고 텔레비전 옆에 놓인 주전자를 집어든다. 주둥이를 입 가까이 대고 기울여보지만 물 한 방울 나오지 않는다. 여자애는 뚜껑을 열고 그 안을 들여다본다. 바닥에는 보리 알갱이들이 바짝 마른 채 달라붙어 있다. 여자애는 주전자를 들고 부엌으로 간다.

부엌문이 조금 열려 있다. 열린 부엌문 사이로 보이는 골목이 눈부시다. 햇살은 잠시 골목을 훑고 회색의 슬레이트 지붕들 너머로 사라질 것이다. 여자애는 부엌문을 거칠게 닫고 고리를 건다. 불현듯 지난밤 있었던 일이 떠오른다. 귓가에서 느껴지던 덥고 축축한 입김과 잠옷 속으로 들어오던 검고 뜨거운 손. 여자애의 손이 바르르 떨리며 주전자가 바닥으로 떨어진다. 꿈이었을 거야. 여자애는 마른 입술을 벌리고 중얼거린다. 그런데 내가 부엌문을 잠갔었나. 그 기억이 떠오른다면 꿈이었는지 아니었는지 알 수 있을 텐데. 설사 그것이 꿈이었다 해도 너무나 선명하다. 검고 뜨거운 손이 아직도 다리 사이에 화상 자국처럼 남아 있는 것만 같다. 여자애가 어른이 된 뒤에도 검고 뜨거운 손은 좀처럼 지워지지 않을 것 같다. 여자애는 쪼그리고 앉아 수돗물을 튼다. 손에 물을 적셔 다리 사이로 가져간다.

　여자애는 깊게 잠들고 싶다. 잠을 자는 동안 간밤 꿈속에서처럼 하얀 차도르를 두르고 유리눈물을 흘릴 것이다. 몸 속의 수분이 다 증발되어 마른 나뭇잎처럼 부셔져버린다고 해도, 사막의 한 가운데 쓸쓸히 앉아 유리눈물을 흘리고 싶다.

　수면제는 모두 열두 알이다. 여자애는 수면제 한 알을 입 안에 넣고 물도 없이 삼킨다. 또 한 알을 입 안에 넣고 삼킨다. 깊은 잠을 자려면 수면제 두 알로는 모자라지 않을까. 나머지 열 알의 수면제도 한 알씩 삼킨 후 여자애는 방으로 들어가 눕는다.

　생선을 팔러 다니는 늙은 여자의 쉬고 비릿한 음성, 굽 높은 구두의 조급한 발소리, 고양이 울음소리 같기도 한 아기 울음소리가 들려온다. 귀에 익은 그 모든 소리들이 여자애는 비현실적으로 느껴진다. 꿈속에서 들려오는 듯 낯설고 아득하기만 하다.

죽은 금붕어가 떠오른다. 금붕어는 배를 뒤집고 지느러미를 늘어뜨린 채 여자애의 머리 위에 떠 있다. 금붕어가 왜 저기 떠 있는 것일까. 아무도 날 찾지 않겠지. 내 자리가 텅 비어 있다는 것도 모를지 몰라. 금붕어가 사라진 것을 아무도 눈치채지 못했듯, 아무도……

수면제를 먹어서일까. 따뜻한 모래 알갱이 속으로 몸이 잠기는 듯하다. 팔과 다리가 지워지듯 나른하게 풀리며 저절로 눈이 감긴다. 귀가 멍하다. 여자애는 고개를 돌려 잠든 인영을 바라본다. 꼭 감긴 눈가가 축축하게 젖어 있다.

네…… 곁을…… 절…… 대로…… 떠나지…… 않……을 거……야……

인영의 머리께로 향하던 여자애의 손이 허공에서 바르르 떨다가 바닥으로 힘없이 떨어진다. 인영의 모습이 점점 희미해져간다.

흐린 강물 속처럼 깊은 잠을 자게 될 거야. 어쩌면 다시는 깨어나지 못할지도 모르는 깊은 잠을. 꿈속에서 여자애는 하얀 차도르를 두르고 사막의 한가운데 앉아 유리눈물을 흘릴 것이다. 유리눈물을 흘리는 순간, 견디기 힘든 슬픔이 목을 조여와도 여자애는 유리눈물을 흘릴 것이다. 뜨겁게 달궈진 모래 위로 얼음 알갱이처럼 뚝뚝 떨어져내릴 유리눈물들……

한순간 칠흑 같은 어둠이 까마귀의 날개처럼 여자애를 뒤덮는다. 어둠 속으로 아랍의 소녀가 희미하게 나타난다. 소녀는 먼 곳을 바라보듯 여자애를 바라보고 있다. 소녀의 눈에서 유리눈물이 반짝, 떨어져내린다.

여자애는 소녀를 향해 희미하게 웃어 보인다.

연세고시원 전말기

신승철

1965년 충북 청주 출생.

서울예대 문예창작과 졸업.

1996년 세계일보 신춘문예로 등단.

단편소설 「낙서, 음화, 그리고 비총(鼻塚)」 「회색동화」 「해거리」

「집으로 가는 길」 「바다 입구」 「밀레니엄 버그」 등 발표.

나는 지금 글을 쓰고 있는 것이 아니라 생각하고 있다. 시간이 많지 않기 때문에 나의 생각은 빨리 진행될 필요가 있다. 그러니까 나의 생각은 글로 옮겨졌을 경우 현재 시점을 묘사하지 못하고 과거의 생각만 떠올린 내용이 될 것이다. 다시 말해서 설명적 문장으로 가득한, 솔직히 말해서 내가 가장 싫어하는, 소설이 될지도 모른다. 사정이 좀 그렇다. 내가 연세고시원의 모퉁이 끝 방 '시마론'을 선택한 것은 순전히 담배 때문이었다. 아내와 네 군데의 고시원을 들러 방문을 열어보고 이것저것 살펴보았지만 딱히 이 방이다 싶은 것은 없었다. 그나마 첫번째와 두번째 고시원이 규모가 있고, 한적했다. 첫번째 고시원은 50대 후반이나 60대 초반으로 보이는 부부가 운영하고 있었는데 삼층은 여자, 사층은 남자들의 공부방이었다. 그러나 지하에 자리잡고 있는 단무지공장에서 코를 파고드는 역한 냄새가 끊임없이 올라왔고, 상대적으로 방 대여비가 쌌다. 두번째 고시원은 일층 음식점들을 제외하면 이층부터 오층까지 건물 전체를 공부방으로 활용하고 있었다. 심지어 사방이 유리로 된 널따란 옥탑방은 휴게실로 활용되고 있었는데 이곳에서는 음식을 만들어 먹거나 세탁을 할 수 있었고 고급 사양의 컴퓨터와 인터넷 시설까지 갖추고 있었다. 아내와 두번째 고시원의 이층 사무실에 들어섰을 때 30대 후반이나 40대 초반으로 보이는 여주인은 마침 붓글씨에 빠져 있었다. 한지 위에 쓴 여주인의 글씨는 제법 모양새가 좋았고, 커다란 벼루 위에는 걸쭉한 먹물이 고여 있었다. 벼루 위에 통이 굵은 털붓을 비스듬히 세우며 우리에게 시선을 주던 여주인의 얼굴에도 어느 정도는 교양미가 있어 보였다. 어떻게 오셨죠? 나는 서예작품을 내려다보며 좀 불뚝거리는 마음을 다스리고 있는데 아내가 말을 받았다. 방을 좀 보려구요. 있나요? 창가의 방은 얼마나 할까요? 창가의 방을 원했던 것은 당연히 담배 때문이었다. 나는 우리나라 문단계를 뒤집어놓을 장편소설에 대한 구성을 이미 마친 상태였고, 아내와 아이와 전화와 텔레비전과 소음과 그리고 나를 따라붙는 관심으로부터 멀어지기 위해 한적한 절과 우울한 본가와 부담스런 처가와 잘난 척하는 친구의 별장과 집 근처에 있는 독서실을 생각해보았으나 결국, 아내와 고시원을 선택하기로 결론을 내렸던 것이다. 아내와 나는 서서히 지쳐가기 시작했다. 네 군데의 고시원들은 방의 크기나 책상이나 의자나 간이용 침대나 세면시설이나 휴게실, 그리고 난방상태는 크게 다를 것이 없었다. 문제는 담배를 피면서 소설을 쓸 수 있는 환기시설을 갖춘 방이었다. 사실 첫번째와 두번째의 고시원을 마음에 두고 있었는데, 첫번째 고시원은 주인 노부부의 인심은 후덕해 보였으나 환기시설이 좋지 않았고 두번째 고시원은 환기시설은 좋아 보였으나 교양미가 너무 넘쳐 보이는 젊은 여주인이 인색해 보였다. 아내는 두 곳에서 내가 전업작가라고 거침없이 말했고, 실업작가에 불과했던 나는 두 곳에서 담배를 피우면서 작업을 해야 한다고 거침없이 말했다. 그러나 두 곳의 주인들은 모두 흡연에 대해서 난색을 표했다. 다시 강조하거니와 시간이 많지 않기 때문에 나의 생각은 좀더 빨리 진행될 필요가 있다. 사정이 좀 있다. 서서히 지쳐갔던 아내와 나는 늦은 점심식사를 해결할 요량으로 지하철 주변의 상가로 진출했다. 편의점과 술집과 피시방과 노래방과 각종 음식점들이 가득 들어찬 그곳에는 대낮인데도 사람들이 제법 많았다. 시디와 테이프를 파는 가게에서는 빠른 박자의 음악이 흘러나왔고 짜증이 일기 시작한 나는 아내에게 아무 데나 들어가서 밥을 먹자고 졸랐다. 어, 저런 곳에 고시원이 있네? 아내가 손가락으로 가리킨 곳은 스포츠센터가 들어서 있는 건물이었다. 밥이나 먹자니까! 나는 소리를 질렀고 아내는 들은 척도 하지 않고 앞장서서 걸었다. 짜증이 발칵 일어났으나 나는 아내를 따라 건물의 끝에서 엘리베이터를 타고 삼층으로 올라갔다. 이상하다? 간판에는 분명 삼층이었는데? 아내는 고개를 갸웃거렸다. 그곳에는 대형 노래방과 음식점이 있을 뿐 고시원은 없었다. 고시원이 노래방으로 바뀐 모양이었다. 아내와 나는 다시 엘리베이터를 타고 아래층으로 내려왔다. 아내는 그 건물 일층에 자리를 잡고 있는 은행으로 들어가 점심값 만원과 두번째 고시원에서 요구한 방값 이십사만원을 찾았다. 아내와 나는 특별히 대화를 나누지 않았어도 첫번째 고시원보다 사만원이 더 비싼 두번째 고시원을 마음에 두고 있던 셈이었다. 은행문을 열고 나오자 맞은편에 일식집이 보였다. 유리창에 음식값을 적어놓았는데 '알탕 6,000원' 이라고 적힌 글자에 나의 눈길이 머물렀다. 알탕 먹자! 나는 힘주어 말했고 아내의 시선도 나와 동일했던지 대답은 즉각적이었다. 안 돼, 이천원이 모자라. 아내는 다른 곳으로 시선을 옮겼고 나는 주머니 속에 담뱃값 오천원이 들어 있는 것이 생각나 일식집을 향해 걸음을 옮겼다. 그런데 아내의 말이 불쑥 튀었다. 오빠, 고시원 출입구가 이쪽이야! 근친상간이 아님에도 불구하고 아내는 나를 여전히 오빠라고 불렀고 뒤도 돌아보지 않은 채 은행 옆에 서 있는 고시원 출입구를 향해 걸어갔다. 뚜껑이 열리듯 머리끝까지 화가 치민 나는 담배를 피워 물었다. 사실 나는 예민한 사람이다. 사소한 일에 화를 잘 내고 유머도 없으며, 술을 먹으면 뿌리가 보일 때까지 끝장을 보아야 하며, 집착이 심하고 너그럽지 못하고 따라서 성격이 지랄이다. 특히, 나는 거짓말을 잘하는데 아내와 결혼한 지 육 년 만에 승모판 폐쇄 부전증, 즉 심장판막증 환자라는 것을 고백한 것은 대표적인 사례다. 글을 쓰고 있는 것도 아니고 진술을 하고 있는 것도 아닌 지금의 상태에서, 그저 생각만 하고 있는 지금으로부터 삼 개월 전, 숨겨왔던 사실을 말하자 아내는 울었다. 아내는 한참 울더니 갑자기 생각이 났다는 듯 벌떡 일어나 내게서 담배와 라이터와 재떨이를 빼앗고는 내다버렸다. 나는 만 이틀 동안 담배를 굶었고 아내와는 대화도 할 수 없었으며, 괴로워서 미칠 지경에 이르렀다. 물론 담배 때문에. 그러나 아내는 이틀 만에 담배와 라이터와 재떨이를 고스란히 내 앞에 내밀었다. 하루에 담배 열 개비 이상은 절대로 안 돼. 내가 매일매일 열 개비씩 배급을 할 거니까 오빠 손으로 담배를 사면 죽여버릴 거야, 알겠어? 그렇게 아내는 악다구니를 쓰고는 다시 울었다. 이것말고도 담배에 얽힌 일화는 또 있다. 이 얘기도 아내에게는 말한 적이 없다. 대학에 다닐 때였는데 어느 날 나는 술에 취해 강당에 들어가 강연을 듣고 있었다. 자연히 담배를 피고 싶었다. 마침 강사가 담배를 피워물었고, 나 또한 용기를 내어 담배를 피워물었다. 이윽고 누군가가 다가와 나의 어깨를 몇 번 치며 잠깐 밖으로 나와달라고 속삭였고 머쓱해진 나는 따라나갈 수밖에 없었다. 나중에 알고 보니 나를 바깥으로 불러낸 사람은 총학생회 체육부장이었고, 그는 출입문이 닫히자마자 나의 가슴으로 주먹을 날렸다. 나는 단 한 방에 널브러졌다. 그는 또 널브러진 나를 어깨에 들쳐메고 화장실로 가더니 바닥에 팽개쳤다. 이런 씨바알노미 담배를 피지 말라고 몇 번이나 주의를 주었는데도 보란 듯이 세 대나 꼬실러. 나는 결단코 담배를 한 대만 피다가 걸렸고, 그것을 설명하기 위해, 무릎을 꿇은 채 오른손으로는 가슴을 부여잡고 왼손으로는 집게손가락 하나를 치켜세웠다. 말이 입 밖으로 나오지 않아 그런 행동을 한 것이었지만 생각해보면 한 번만 봐달라고 부탁하는 꼴로 보였을 것 같다, 적어도 그 새끼한테는. 어쨌거나 그런 행동이 효과를 보았는지 당장 죽일 것처럼 으르렁대던 그는 잠잠해졌다. 친절하게 몸을 일으켜세워주기까지 했다. 나의 왼쪽 귀가 너덜거리면서 피가 쏟아지고 있다는 것은 더 나중에야 알았다. 때문에 담배를 피는 나를 말릴 사람은 아무도 없다. 아내도 자식도 부모님도 장인 장모님도 스승도 선후배도 친구도 그 누구도, 그리고 그 어느 날의 그 새끼까지도. 그후로 한 달 만에 나는 담배를 하루에 한 갑 필 수 있게 되었다. 원래 두 갑 정도는 피웠지만 서로 양보를 해야 세상은 원만해지는 것이다. 신문에서 담뱃값 올려서 금연을 유도해야 한다고 주장하는 사람을 본 적이 있는데 내게는 정말 터무니없는 말로 들린다. 가격이 싼 담배로 기호를 바꿀 수는 있어도 끊을 수는 없다고 본다, 적어도 애연가는. 담뱃값을 올려서 금연을 유도한다는 것에는 다른 흉계가 숨어 있다고 믿는 쪽이다, 적어도 나는. 손가락으로 담뱃불의 끄트머리를 퉁기고 필터를 주머니에 넣은 다음 나는 고시원 출입구를 향해 걸음을 옮겼다. 계단을 따라서 삼층까지 올라간 나는 고시원의 출입문을 열려다가 유리문에 붙어 있는 게시물을 보았다. '**연**세고시원은 **세**월이 멈춘 곳에서 **고**생은 하지만 **시**간을 탓하지 않고 **원**대한 꿈을 키우는 공간입니다.' 순간 나는 유치하다는 생각이 들어 실소를 금할 수 없었다. 웃는 낯으로 출입문을 열자 아내와 인터폰 송수화기를 들고 있던 30대 중반이나 30대 후반으로 보이는 여자는 내가 이 고시원에 만족한다는 뜻으로 이해한 모양이었다. 두 여자의 시선이 그렇게 보였다. 원래 오해가 오해를 불러오는 법이다. 나는 중학교 때 수업시간에 실없이 웃다가 선생에게 뺨을 맞은 적이 있다. 생물시간이었는데 거구의 남자 선생이 설명을 하면서 칠판에 글을 쓰다가 공교롭게도 분필이 부러졌는데 그 모양이 웃겨 나는 가만히 미소를 지었다. 단지 미소만. 그런데 정말 공교롭게도 그 선생과 나는 시선이 마주쳤다. 선생은 소리를 질렀다. 거기 웃고 떠드는 놈 나와! 나는 가만히 앉아 있었고, 선생은 달려와 나의 뺨을 날리며 말했다. 이 새끼가 어디 선생 앞에서 거짓말이야. 생각해보면 나는 소설에서 뺨을 맞거나 때리는 장면을 자주 묘사하는 편인데 모르긴 해도 그때 받은 상처 때문인 듯하다. 지상에서 남의 뺨을 때리면서 모욕을 주는 동물이 과연 있을까. 뺨을 때리거나 맞는 것, 그것은 어느 정도 교양이 있으면서도 가장 치욕스런 물리적 행위라고 생각한다, 적어도 나는. 아내가 실장님이라고 부르는 것으로 보아 실장인 듯한 30대 중반에서 30대 후반으로 보이는 여자는 송수화기를 내려놓고 앞장서서 실내 쪽으로 아내와 나를 안내했다. 실내는 전체적으로 직사각형 모양을 하고 있었는데 출입문을 열고 들어서면 사무실이고, 사무실을 따라 공부방이 죽 늘어서 있고, 벽면을 따라 공부방이 붙어 있는 셈인데 실내의 정중앙은 휴게실이 차지하고 있었다. 다시 말해서 직사각형을 가로로 뉘어놓았을 때 오른쪽의 아래는 출입문이고 위는 사무실이며, 벽면을 따라 위쪽은 창문이 있는 방들이고 아래는 창문이 없는 공부방들이었다. 창문이 있는 방들은 남자들이 차지하고 있었고, 창문이 없는 방들은 여자들이 차지하고 있었는데 모르긴 해도 담배와 관련이 있는 듯이 보였다. 그리고 가로로 누운 직사각형의 왼쪽 아래는 샤워실과 화장실, 그리고 노래방으로 연결된 비상구가 있으며, 뉘어놓은 직사각형의 왼쪽 끝 중앙에는 보일러실이고, 그 위쪽으로 결국 내가 차지하게 된 모퉁이 끝 방이 '시마론'이었다. 실장이 처음부터 나에게 모퉁이 끝 방을 소개한 것은 아니었다. 열쇠 뭉치를 들고 앞장서던 실장은 실내의 중간지점에 멈추더니 문을 열었고, 초등학생 혹은 중학교 일학년으로 보이는 소년 하나가 마침 밖으로 나오려다가 움찔거렸다. 소년이 밖으로 나온 뒤 실장은 실내등을 켠 다음 책상 위에 놓인 스탠드의 불을 켰고, 나는 간이 침대에 걸터앉았으며, 아내는 이중으로 된 창문을 열어보았다. 겨울 날씨였지만 반팔 셔츠나 반바지를 입어도 될 만큼 실내는 따뜻했다. 방을 나와 실장이 휴게실의 문을 열었을 때는 초등학생, 혹은 중학교 일학년생으로 보이는 그 소년이 식탁에 엎드려 있다가 허리를 곧추세웠다. 냉온음료수기가 한 대, 속이 보이는 미닫이 문으로 된 냉장고가 두 대, 냉장고 위에는 텔레비전이 한 대, 한쪽 식탁에는 중형 전자밥통이 두 대, 그리고 요리를 해먹을 수 있는 가스레인지와 각종 식기들이 갖춰져 있었다. 잠시 주저하는 듯한 표정을 짓더니 실장은 소프라노 톤으로 말했다. 저쪽 방도 보실래요? 재삼 강조하거니와 시간이 많지 않기 때문에 나의 생각은 더더욱 빨리 진행될 필요가 있다. 죄송하다. 아내와 내가 안내된 방은 생각보다 추웠다. 나중에 안 사실이지만 연세고시원에서 가장 추운 방이었다. 나는 더운 것보다는 추운 것이 오히려 낫다는 주의여서 크게 문제될 것은 없었다. 아내와 나, 그리고 실장은 사무실로 자리를 옮겼는데, 실장은 웬일인지 문을 닫으면서 손잡이의 배꼽을 꾹 눌렀다. 아내는 어떤 느낌을 받았는지 모르겠으나 나는 몸이 경직되기 시작했다. 방에서 담배를 피워도 괜찮을까요? 아내는 조심스레 물었고 실장은 미소를 지으며 접수카드를 내밀었다. 글이 잘 안 써질 때는 술, 담배, 커피만이 해결책이에요, 끝 방을 쓰시죠. 실장은 다 안다는 듯이 고개를 주억거렸다. 맞는 말이었다. 글이 잘 안 써질 때 커피 대신 녹차를 즐겼지만 술과 담배 외에 위로를 주는 기호식품을 나는 알지 못했다. 얼만데요? 이십칠만원이요. 어머나! 동의를 구하듯 아내는 내게 눈길을 보내왔고 나는 인상을 구김으로써 동감을 표시했다. 얼마를 예상하셨는데요? 이십사만원이요. 해결을 보겠다는 것인지 아내는 정확히 이십사만원이 든 봉투를 꺼내어 접수카드가 놓인 책상 위에 나란히 놓았다. 잠깐만요. 실장은 난처하다는 표정을 짓더니 전화기의 송수화기를 들었다. 원장님, 전데요. 시마론 아시죠? 아니 제가…… 전에 작업실로 쓰겠다고 했던 방이요. 네네. 그 방을 이십사만원에 쓰시겠다는데…… 네, 이십사…… 네, 알겠습니다. 통화를 끝낸 실장은 봉투를 냉큼 집어들더니 돈을 세기 시작했다. 스물네 장을 확인한 실장은 볼펜을 내밀면서 덧붙였다. 그럼, 오천원만 더 주시지요. 원래 성질 급한 놈이 술값을 치르는 법이다. 아내는 더 버텨볼 요량으로 미동도 하지 않았는데 나는 뒤질세라 주머니 속에서 만지작거리던 담뱃값 오천원을 얼른 내밀었다. 아내보다는 내가 성질이 더 급한 셈이었다. 접수카드의 직업란에 '실업작가' 라고 적은 후 나는 일어섰다. 그리고 돌아서는 아내와 내게 실장은 위협하듯 또 한마디를 덧붙였다. 아시겠지만 환불은 안 됩니다. 연세고시원을 빠져나오면서 아내와 나는 곧 후회하기 시작했다. 뭔가속은 기분을 떨쳐버릴 수가 없었던 것이다. 유흥가의 한복판에 고시원이 자리잡고 있다는 것도 어울리지 않았고, 좀더 신중하지 못했다는 자책이 따라붙었다. 오빠, 그러고 보니 영수증도 못 받았잖아. 저쪽에서 오리발을 내밀면 어떻게 해. 사람을 그렇게 못 믿어서세상을 어떻게 사나, 저쪽에서 오리발을 내밀면 내가 가만히 있을놈으로 보여? 응. 이게 까불고 있어. 식사도 거르고 이십오 분을 걸어서 집 근처에 왔을 때 아내는 살 게 있다며 슈퍼로 쏙 들어갔다. 나는 아들이 좋아하는 1.5리터짜리 코카콜라 병을 집어들었고, 아내는 내게서 병을 빼앗아 제자리에 놓은 후 다섯 봉지를 테이프로묶어놓은 라면 세트 하나를 집어들고 계산대로 향했다. 눈만 깜박이던 나는 은근히 부아가 치밀었고 코카콜라 병을 집어들고 계산을하거나 말거나 계산대를 통과해버렸다. 라면으로 늦은 점심을 먹고서도 아내와 나는 불안을 떨칠 수가 없었다. 실장이라는 사람이 왠지 이상해 보이던데, 방이 너무 추워 보이던데, 좀더 깎아보는 건데, 두번째 혹은 첫번째 고시원으로 가는 건데, 그런 생각들이 꼬리에 꼬리를 물었다. 유흥가 한복판에 고시원이 있다는 게 말이 되냐, 영수증을 안 받았다는 게 말이 되냐, 환불해달라고 싸워야 하는 거아니냐, 세상을 너무 어리숙하게 사는 거 아니냐, 인생을 너무 양보만 하면서 사는 거 아니냐, 그런 자책들이 꼬리에 꼬리를 물었다. 다음날 오전 열한시쯤 아침과 점심을 겸한 '아점'을 먹고 있는데 고시원 실장으로부터 전화가 왔다. 오후 한시에 오시기로 하셨죠? 네, 그런데요? 총무가 서랍을 잠그고 퇴근해버리는 바람에 열쇠가 없거든요, 세시에 오시면 어떨까요? 그러죠. 가끔 가다가 사람들은 내게 왜 소설을 쓰느냐고 묻는다. 내년이면 내 나이가 사십이다. 흔히 사십은 불혹(不惑)이라고 한다. 그런데 이 말은 새빨간 거짓말이다. 나이 사십은 불혹이 아니라 유혹(誘惑)이다. 유혹의 나이에 뭘 해야 할지, 다시 직장을 다닐 수 있을지 왜 걱정이 없었겠는가. 고정적인 수입은 아내의 마지막 희망이요, 실직은 내 가족의 안정과 생존을 위협하는 문제였다. 그걸 포기하자니 얼마나 기분이 더러웠겠는가. 그러다가 문득 내가 소설가라는 사실을 깨달았다. 소설 쓰는 일말고는 다른 대안이 없구만, 그런 생각이 들었던 것이다. 그렇다. 나는 다행히 소설가였다. 내가 소설을 쓰는 이유는 인생에 대한 보상심리 때문이다. 난 사실 직장생활을 오래한 편이다. 가장 최근에 다녔던 직장은 편집대행 회사였다. 우리는 등을 토닥이며 칭찬 몇 마디만 해주면 열심히 일한다. 실제로 나도 그랬다. 어느 날 직원들과의 술자리에서 제작팀의 대리와 편집팀장인 내가 월급이 같다는 사실을 알게 되었다. 나는 전문대학 문예창작과를 나왔고 그 대리는 4년제 대학교 기계공학과를 나왔지만 나는 그 대리보다 나이가 다섯 살이나 많았으며, 경력도 훨씬 많았다. 열이 받았던 나는 다음날 대한민국에서 제일 좋은 대학교 심리학과를 나온 젊은 사장에게 따졌다. 사장은 미안하다고 말했고 조정을 하려고 했는데 시기를 놓쳤다며 양해를 구했다. 나는 참았고 다음 월급날을 기다렸다. 월급은 그대로였고 나는 다시 사장에게 달려가 따졌다. 대한민국에서 가장 좋은 대학교를 나온 젊은 사장은 내가 언제 월급을 조정해주겠다고 말했느냐고 언성을 높였고, 기다려달라고만 했다. 나는 다시 기다렸다. 그 다음 달에 수당을 올려 월급이 십만원이 올랐는데 직원들의 기본급이 전체적으로 오만원 깎였으며, 결국 나만 월급이 오만원 오른 셈이었다. 다시 말해서 다른 직원들은 수당이 오르긴 했는데 기본급이 오만원씩 일률적으로 깎여 실제 월급은 그대로였다. 조삼모사라고 판단한 나는 그후로 사장과 언쟁을 벌이는 것을 마다하지 않았다. 거래처에 가서 나는 사장에 대한 평가를 깎아내리기 시작했고, 거래처 여직원이 우리 사장에게 일러바친 줄도 모르고 내게 감정적으로 대하는 사장을 미워했다. 관계가 악화되어 석 달 후 퇴직을 한 나는 최근 삼 개월 기본급으로만 정산한 퇴직금을 받아들고 대한민국에서 가장 좋은 대학교를 나온 젊은 사장에게 혀를 내두를 수밖에 없었다. 그렇다고 대한민국에서 가장 좋은 대학교를 나온 젊은 사장을 원망하자는 것이 아니다. 사적인 감정을 가지고 소설을 쓰겠다는 생각 자체가 유치하지 않은가. 되레 대한민국에서 가장 좋은 대학교를 나온 그 젊은 사장이 고맙다는 생각이 든다. 오기를 발동시켜주고 그 동안 가슴에 맺혔던 허다한 일에 다시 눈을 돌리게 해준 것이다. 짐을 바리바리 싸들고 연세고시원에 입주한 후 우려는 현실로 드러나고 말았다. 내가 차지한 방의 이름은 생각(결코 나는 지금 진술하고 있는 것이 아니다)한 바 있듯이 시마론이었다. 무슨 뜻인지 나는 아직 모른다. 1931년 웨슬리 러글스 감독이 연출한 서부영화 〈시마론〉을 말하는 것인지, 유러피안 캐주얼 시마론을 말하는 것인지, 태풍 시마론을 말하는 것인지 잘 모르겠다. 짐작으로는 서부영화 〈시마론〉을 의미하는 것 같은데 방이 추운 것으로 봐서는 태풍 시마론이 맞는 것 같다. 어쨌거나 우려는 현실로 드러나고 말았는데, 시마론에 대한 장점과 단점을 생각하겠다. 먼저 단점을 간략하게 정리하면 춥다는 것과 시끄럽다는 것이다. 그리고 장점은 방에서 담배를 필 수 있다는 것이 전부였다. 추운 것은 그런대로 참을 수 있었지만 소음은 참을성의 한계로 치달았다. 같은 건물, 같은 층에서 입구만 다를 뿐 벽을 사이에 두고 노래방과 고시원이 동시에 존재한다는 것 자체가 난센스였다. 여러 개의 밀폐된 공간으로 구성되어 있다는 점에서는 같았지만 사람들이 밀폐된 공간으로 들어가 소음을 일으키며 노래를 부르려는 욕망과 소음을 피해 집중하고 싶다는 희망 속에서 서로 아귀가 맞지 않았다. 더욱이 내가 차지한 시마론은 소음이 특히 심했다. 노래방과 맞붙어 있는 유일한 방이기도 했지만 제대로 방음이 되질 않아 초저녁에는 미칠 지경이었다. 더군다나, 희한하게도, 노래방의 반주는 들리지도 않고 노랫소리만 들려와 신경을 들쑤셨다. 어때, 견딜 만 해? 그렇게 사흘을 버티다가 후회가 절망으로 변했을 무렵 아내는 내게 물었다. 글쎄…… 매사에 그게 뭐야. 기면 기다, 아니면 아니다로 확실히 말해야지. 모르겠다니까. 어떻게든 고시원을 빠져나왔으면 좋겠다는 생각과 어떻게든 버텨봐야겠다는 생각이 서로 싸웠다. 오빠, 우리 아파트에 싸움을 잘하는 아줌마가 있는데 데리고 가서 한판 붙고 환불해달라고 할까? 웃기지 좀 마, 붙으면 내가 붙지 왜 다른 사람을 끌어들이냐? 심하게 흥분할 때도 있지만 마음이 약하다는 점에서 아내와 나는 한가지였다. 오빠, 우리가 너무 손해보고 사는 거 아닐까? 가만히 좀 있어봐, 이게 내 운명인가보지. 소설만 잘 쓰면 되는 거 아냐. 나는 일 주일이 지나서야 마음의 안정을 되찾고 소설을 쓰기 시작했다. 내 방과 맞붙은 노래방에 손님이 들지 않으면 소음도 심하지 않았고, 초저녁에는 두고 볼 것도 없이 잠을 잤다. 때문에 소음이 전혀 없는 새벽 한시에서 아침 여덟시까지 집중적으로 소설을 썼고 오후에는 독서로 일관했다. 사실, 연세 고시원에 장점이 없는 것도 아니었다. 세끼 식사는 무료였고, 매주 일요일마다 삼계탕을 비롯한 특식을 마련해줬으며, 신분에 대한 비밀보장이 믿을 만했다. 특히, 방의 명칭은 익명성을 띠면서 사람들의 관심을 효과적으로 차단했다. 신발장의 수를 세어본 결과 방은 총 서른네 개였는데 내 방의 명칭인 시마론을 비롯하여 비빈카, 할롱, 필립, 마르시아스 등 의미를 쉽게 알 수 없는 것들이 많았고 리츨, 하르낙, 바르트, 불트만 등의 명칭도 있었다. 다시 말해서 숫자를 버리고 방의 명칭을 외우기 어렵게 고유명사화함으로써 사람들의 기억을 분산시킨 셈이었다. 내 방이 1호실이라면 '1호실 아저씨'로 누군가의 기억에 쉽게 남을 수 있었지만, 내 방이 시마론이었기 때문에 '시마론 아저씨'로 남들에게 쉽게 기억될 수 없었다. 이 점은 나를 단번에 매료시켰다. 그리고 복도에 두 개, 휴게실에 한 개, 그리고 샤워실 및 화장실 입구에 한 개 설치되어 있는 감시카메라는 사무실의 모니터에 연결되어 있어 각기 도난방지에 힘이 되고 있었다. 방에서 노트북을 사용하고 있던 나로서는 안심이 되었다. 그러나 불편은 상존했다. 화장실만 해도 그랬다. 화장실은 보일러실과 연결되어 있었는데 문을 열면 왼쪽 벽을 따라 여자 샤워실, 남자 샤워실, 남자 화장실, 여자 화장실의 순서로 붙어 있었으며, 막다른 곳에는 노래방으로 난 비상구가 있었다. 때문에 남자든 여자든 누군가 한 사람이 그곳에 들어서면 세 군데는 누구도 사용할 수 없었다. 휴게실도 마찬가지였다. 남자들과 여자들이 사용하는 문이 따로 있었고, 나는 남자가 들어가든 여자가 들어가든 누군가가 휴게실에 들어가기만 하면 볼일이 있다가도 돌아섰다. 인기척이 사라진 후에야 휴게실로 들어가 밥을 먹거나 라면을 끓여 먹거나, 그리고 뜨겁거나 차가운 물을 떠다 마시곤 했다. 나와 생각이 비슷했던지 다른 사람들도 화장실이나 휴게실에 한 사람이라도 들면 출입을 꺼렸다. 복도에서 우연히 마주치면 서로 깜짝 놀라기 일쑤였고, 동성이든 이성이든 서로 시선을 피했다. 첫번째 맞이한 일요일에는 하는 수 없이 휴게실에서 남자 넷이 모여, 그들의 방 이름을 알 수 없었기 때문에 털보, 하관이 빤 사람, 맨다리 등으로 기억할 수밖에 없는데, 여자 원장이 직접 끓여준 삼계탕을 먹은 적이 있었다. 이때도 서로 시선을 피하기에 급급했다. 닭 한 마리씩 해치우고 일어나 각자의 방으로 돌아갈 때까지 그 누구도 말을 하지 않았다. 나는 서서히 연세고시원이 마음에 들기 시작했다. 누구와도 대화할 수 없었지만 누구와도 대화하고 싶지 않았다. 방에서 끊임없이 담배를 필 수 있었고, 더러 술을 먹고 들어와 잠을 청했다. 그리고 술을 마시는 빈도수가 늘기 시작했는데 인근 식당에서 저녁을 겸해 소주 한 병을 비웠다. 특히, 알탕보다 저렴한 안줏감을 찾아냈는데 그게 바로 뼈해장국이었다. 두 덩어리의 뼈에 붙어 있는 고기를 발라먹으면서 소주 다섯 잔을 들이켠 후 국물에 밥을 말아먹으면서 나머지 술을 삼키는 것이 정해진 순서였다. 유흥가의 중심에 있어서 그랬는지 뼈해장국집은 24시간 영업을 했다. 주변의 상황이 나쁘게만 느껴지지 않았고, 건물 지하에 있는 수영장도 이용해볼까 하고 심각하게 고려했었다. 더러 새벽에 나가 혼자 술을 마시기도 했지만 주로 초저녁에 반주 삼아 술을 마신 다음 방에 들어가 잠을 잤다. 잠을 자고 새벽 한시에 일어나 아침까지 소설을 썼는데 속도가 빨라지기 시작했다. 가끔 사람들은 내게 무슨 소설을 쓰느냐고 묻는다. 그러면 대학 동기이자 유명 시인인 J에 대한 일화를 슬쩍 늘어놓는다. 내가 직접 본 것은 아니고 현장에 있었던 동기들의 말에 의하면 사건의 전모는 이렇다. 술에 취한 J는 오줌을 누다가 삼층 건물에서 몸이 앞으로 기울었다는데 결국 건물 위에서 떨어지기 시작했다는 것이다. 그는 건물에서 떨어지면서 생각하기를 바닥으로 떨어져 몸이 흐트러져 있을 때 중요한 부분이 노출된다면 낭패다 싶어 걱정을 했다고 한다. 그는 바지의 지퍼가 반쯤 열려 있었는데 마저 잠그려면 손을 뻗어 지퍼의 손잡이를 잡고 바닥 쪽으로 걸어 올렸어야 했는데 하늘 쪽으로 내렸다는 것이다. 결국, 자신의 몸이 거꾸로 떨어지고 있다는 것을 간과한 나머지 지퍼를 밑으로 내려버려 나쁜 결과를 초래했다는 것이다. 남의 아픔과 고통을 무시하고 희화적인 태도로 얘기하는 것이 미안하지만 그후 나는 이 일화를 떠올릴 때마다 막연하게나마 진실과 거짓말 사이에 놓인 허구에 대해 생각해보았다. 그리고 어떤 소설을 쓸 것인가에 대한 화두로 삼고 있다. J가 건물에서 떨어져 병원에서 뇌수술을 받고 이후로 고통의 나날을 보낸 것은 진실이지만 술을 마신 사람이 바닥으로 떨어지면서 바지의 지퍼를 올리느냐 마느냐로 고민했다는 것은 아무리 생각해도 거짓말이다. 문제는 그 사이에 놓여 있는 허구를 누가 만들었냐는 것이다. J? 아니면 사건 현장에 있었던 동기들? 그것도 아니면 그 사건을 나중에 전해들은 그 누군가? 난 사실 그것을 확인해보지도 않았고 확인할 생각도 하지 않았다. 그저 나는 허구의 세계를 꿈꾸며 하늘을 향해 지퍼를 올리겠다고 다짐할 뿐이었다. 하늘을 향해 지퍼를 올린다고 하니까 이상하게 생각할지 모르겠는데 내가 생각한 의미는 이렇다. 세상을 거꾸로 보고 행동하면 모든 것이 달라 보일 수 있다는 것이다. 서 있는 세상에서 거꾸로 떨어질 때 반쯤 열린 지퍼를 하늘을 향해 올리는 행위는 결과적으로 하나의 파격이 아니겠는가. 이러한 파격은 술을 마시고 바닥에 떨어져 있는 사람의 현실을 극명하게 보여줄 거라는 게 나의 신념이다. 결론적으로 말해서 실험적, 혹은 전위적 소설을 보여주겠다는 심사인데, 소설가가 무슨 말이 필요하겠는가, 어쨌든 새로 완성될 나의 장편소설을 보면 알게 된다. 아아, 그러나…… 나는 지금 소설을 쓰고 있는 것도 아니며, 더더구나 진술을 하고 있는 것도 아니다. 그저 생각을 하고 있을 따름이다. 때문에 나의 생각은 좀더 빨리 진행될 필요가 있다. 내가 소설이 잘 풀리고 있다는 말을 하니까 아내는 무척 기뻐했다. 아내는 동네 아이들을 집에다 불러놓고 종이 접기를 가르치면서 생활비를 벌고 있었는데 소문이 좋게 났는지 며칠 전에는 한꺼번에 세 명이나 늘었다며 좋아했다. 직장을 그만두겠다고 했을때 보인 히스테리에 비하면 놀라운 변화였다. 일이 힘들어서가 아니라 사람이 싫어서 그런다니까. 언젠가 나는 아내에게 직장을 그만두겠다며 그렇게 말했다. 따로따로 만나서 대화를 해봐, 사장이든, 김 대리든, 장 대리든. 대화를 하려고 시도를 안 해봤겠냐, 그들은 대화 자체를 싫어한다구. 오빠를 싫어하는 이유가 있을 거 아냐, 오빠도 그들이 싫은 이유가 있을 거고. 서로 싫어하는 데는 이유가 있는 게 아니라 이해가 안 되거나 오해가 있는 거야. 우린 서로를 오해도 하고 있고 이해도 할 수 없어서 내가 직장을 그만두어야 한다니까. 그런 어려운 소리는 집어치워. 아무튼 오빠가 직장을 그만두면 내가 죽거나 오빠가 이혼을 당하거나 둘 중의 하나야, 알겠어? 혀라도 깨물 것처럼 기세가 등등했던 아내는 막상 내가 직장을 그만두자 침묵으로 일관했다. 하여 나는 몇 달 남지 않은 문학상 공모 스크랩과 그 동안 직장을 다니면서 구상한 신작소설 리스트 스물한 편을 보여주었다. 아내는 냉랭한 태도를 버리고 문화센터에서 강좌를 듣는가 싶더니 이내 아이들을 가르치겠다고 나섰던 것이다. 마음의 안정을 찾은 나는 연세고시원의 시마론에 틀어박혀 태풍의 위력에 견줄 만한 장편소설 쓰기에 빠질 수 있었다. 내게 감정적이었던 사장을 용서할 수 있었고, 지적 허영과 지나친 이기심에 빠진 김 대리도 이해할 수 있었으며, 모난 성격이라고 터부시했던 장 대리에 대한 오해도 풀 수 있었는데, 그들과 대화를 해보지 않고도 대화를 한 것처럼 편해졌다. 또한 늘 내게 후의를 베풀었던 선배 소설가의 출판기념회에도 빠졌고, 절친했던 동기와의 술자리도 거절했으며, 맏사위이면서도 장인어른의 생일잔치에도 과감하게 빠졌는데, 그들과의 교류를 고의적으로 차단했으면서도 아무런 거리낌이 없었다. 더군다나 반주 삼아 마시던 술도 끊었고, 식사를 하거나 물을 마시거나 화장실을 가는 횟수도 줄였으며, 그러면서도 담배만은 하루에 두 갑씩 작살을 내고 있었는데, 장편소설은 예정된 시간에 끝낼 수 있을 것 같았다. 나는 지금 글을 쓰고 있는 것이 아니라 생각하고 있다. 시간이 많지 않기 때문에 나의 생각은 더욱 빨리 진행될 필요가 있다. 그러니까 나의 생각은 지금까지, 여기까지, 오는 동안 글로 옮겨졌을 경우 현재 시점을 묘사하지 못하고 과거의 생각만 옮겨놓은 내용이었을 것이다. 다시 말해서 구성도 치밀하지 못하고 문장도 엉망인, 솔직히 말해서 내가 가장 싫어하는, 소설이 될지도 모른다. 사정이 좀 그렇다. 그러면…… 이제…… 오늘 새벽에 있었던 일을 생각할 차례가 온 것 같다. 나는 연세고시원의 시마론에 처박혀 하루 해가 어떻게 지나가고 있는지도 모르고 있었다. 한 시간인가, 두 시간인가, 혹은 삼십 분인가를 잠자고 있다가 눈을 떴다. 시계는 어디에 박혀 있는지 알 수도 없었다. 간이 침대에서 일어나 가만히 생각해보니 거의 일 주일을 아내와 전화통화도 하지 못했다. 집이 궁금하다는 생각이 삐쭉거렸지만 나는 담배를 피워물었다. 전화를 걸어볼까? 그러고 보니 지금은 새벽이라는 데 생각이 미쳤다. 그 동안 아내는 왜 한 번도 전화를 안 한 걸까? 그러고 보니 무소식은 희소식이라고 서로 다짐했었다. 밀폐된 공간에서

서서히 떠다니는 담배연기를 보자 어이없게도 시장기가 한꺼번에 몰려왔다. 책장에 꽂힌 비닐봉지에 눈길이 갔다. 나는 담배를 재떨이에 비벼 끄고 일어서서 봉지를 열어보았다. 라면이 두 개나 있었다. 라면 하나를 들고 나는 방을 나왔다. 휴게실 앞에 이르자 인기척이 있었다. 나는 돌아섰다. 두 걸음을 옮겼다가 다시 돌아섰다. 휴게실의 문을 열고 들어서자 털보가 식탁 앞에 앉아 텔레비전을 보고 있었다. 뒷모습이었기 때문에 다행히 시선은 피할 수 있었다. 벽에 걸린 시계를 보니 네시 오분이었다. 멈칫거리다가 나는 그를 지나쳐서 가스레인지 앞으로 다가갔다. 문득 술 냄새가 풍겼다. 그리운 술 냄새. 나는 냄비를 찾아들고 물을 담은 후 가스레인지 위에 올리고서 불을 켰다. 그러는 동안에도 털보는 밖으로 나갈 생각을 하지 않고 베실베실 웃음을 흘리며 텔레비전에서 흘러나오는 오락 프로그램에 시선을 박고 있었다. 새벽이지만 집에 가볼까? 한 달에 한 번 하는 거 있잖아? 목욕? 집에 무슨 일이 생긴 것은 아닐까? 아니, 아니, 너는 한 달에 한 번 목욕하니? 그럼 뭐? 아이가 아픈 것일까? 다섯 글자! 아, 민방위훈련? 딩동! 나는 냉장고에서 김치가 든 반찬통을 꺼내서 식탁 위에 올려놓았다. 이렇게…… 생긴 것을 뭐라고 그래, 세 글자? 냉장고 위에 놓인 대접도 집어서 식탁 위에 놓았다. 원숭이? 딩동! 라면이 다 끓자 나는 가스레인지의 불을 끄고 냄비를 들고서 탁자 위에 놓인 대접에 내용물을 모두 쏟아부었다. 그때 갑자기 털보가 일어섰다. 그리고 텔레비전을 켜둔 채 남자들의 출입문을 향해 걸어가기 시작했다. 의자에 앉아 젓가락을 집어든 나는 대접 속의 면발에 깊숙이 찔러 넣었다. 아저씨! 그때 손잡이를 잡고 문을 반쯤 연 채 등을 보이고 서 있던 털보의 말이 엄습했다. 놀란 눈으로 나는 털보를 바라보았다. 수고하쇼! 털보의 말에 히죽 웃으며 나는 시선을 얼른 거둬들였다. 젓가락으로 면발을 들어올려 한 입 베어물었는데도 털보는 그 자리에 그대로 있었다. 그제서야 나는 털보의 눈과 정면으로 마주했다. 나는 다시 히죽 웃었는데 놀랍게도 털보의 눈가에는 노여움이 번지고 있었다. 그 다음부터는 모든 것이 순간적이었다. 털보가 느닷없이 달려와 나의 어깨를 붙잡고 뱃속에 무엇인가를 집어넣었다가 빼고는 다시 집어넣었다. 그리고 그 무엇인가는 지금 내 등에 꽂혀 있다. 때문에 지금 나는 아무 소리도 지르지 못한 채 어둠 속에서 휴게실 바닥에 엎드려 있다. 털보는 휴게실의 불까지 꺼버리고 사라졌던 것이다. 여러 번 강조했지만 나는 지금 글을 쓰고 있는 것이 아니라 생각하고 있다. 시간이 많지 않고 나의 생각은 점점 힘을 잃어가고 있다. 그러니까 나의 생각은 지금까지, 여기까지, 오는 동안 글로 옮겨졌을 경우 현재 시점을 묘사하지 못하고 과거의 생각만 옮겨놓은 내용이었을 것이다. 다시 말해서 구성도 치밀하지 못하고 문장도 엉망인, 솔직히 말해서 내가 가장 싫어하는, 소설이 될지도 모른다. 사정이 이렇다. 그런데 정말 너무하다. 왜 아무도 나타나지 않는 걸까?

어드벤처 그린반점

양선미

1967년 대전 출생.
목원대 국어교육과 졸업.
1998년 문화일보 신춘문예로 등단.
장편소설 『문주』 출간.

1

제일 먼저 실내 분위기부터 바꿔야 한다고 주장한 사람은 여자였
다. 바야흐로 인테리어 시대였다. 어쩌면 맛은 아무래도 좋았다. 사
실 따지고 보면 자장면 맛이라는 게 거기서 거기 아닌가. 돼지 비계
와 쇼트닝의 적당한 혼합만으로도 맛은 충분히 우러났다.

그러나 인테리어는 달랐다. 누런 기름때가 탁자마다 코팅된 것처
럼 둘러싸여 있고 한번도 열려본 적이 없는 것 같은 낡고 둔탁한 창
문이며 회색 먼지를 뒤집어쓰고 있는 인조 꽃 따위는 정말이지 손
님들로 하여금 그것을 보는 순간 더이상 그린반점에 발을 들여놓고
싶지 않다는 자각을 불러일으키기에 충분하다고 여자는 생각했다.

남자는 여자의 말에 그다지 관심을 보이지 않은 채, 말을 듣고 있
다기보다는 그저 졸린 듯한 다소는 심드렁하기까지 한 표정으로 눈

앞에 보이는 벽을 응시하고 있었다. 벽에 들러붙은, 여자가 그토록 몸서리치는 외설적인 낙서나 파리 똥 자국을 보는 남자의 생각은 달랐다. 그린반점에서 나오는 수입은 대부분 배달에 의해 발생하는 것이었다. 네 동의 아파트를 끼고 있는 가게의 위치로 보아 이변이 없는 한 갑자기 배달 주문이 줄어드는 일은 없을 것이라고 그는 확신하고 있었다. 갓 모양의 전등에 먼지가 앉고 왁스처럼 기름때가 덮여 날카로운 도구나 손톱으로 긁어내기 전에는 도저히 원래의 색깔을 찾아볼 수 없다 해도 사람들은 여전히 자장면을 배달시켜 먹을 것이었다. 때문에 그다지 필요하지도 않은 일에 돈을 투자하느니 배달을 하는 아이들이 자장면을 배달할 때 깔끔하고 선량한 인상을 주도록 좀더 웃는 연습을 시키는 게 낫다고 남자는 생각했다.

남자의 실눈이 점점 더 뜨악하게 길어지는 것을 못 본 체한 채, 여자는 실내를 새롭게 정비하는 것이 가져올 효과에 대해 참을성 있게 설명했다. 갈수록 늘어가는 외식파들을 잡는 게 훨씬 실속 있는 일이라고 여자는 말했다. 그러기 위해서는 기껏해야 얼마 남지도 않는 자장면 배달에 목을 매느니 손님들이 가게로 와 요리를 먹을 수 있는 안락한 분위기를 만드는 것에 신경을 써야 한다고 강조했다.

그러나 말을 하면서도, 자신의 말이 가게 안을 분주하게 날아다니는 구릿빛 파리만큼의 존재감도 나타내지 못할 거라는 것을 여자는 알고 있었다. 가게의 분위기를 바꿔보자고 말을 한 게 어디 이번뿐이던가. 기회가 날 때마다 여자는 벽지나 페인트 비용 따위의 견적을 뽑아 남자에게 보여주었다. 하다못해 빛을 차단하고 있는 칙칙한 선탠지라도 바꿔보자고 했지만 여자의 제의가 받아들여진 적은 한 번도 없었다. 그린반점이라는 상호는 모음자와 받침 하나를 나란히 빼먹은 채 이제까지 그래왔던 것처럼 꿋꿋하게 반원 모양으로 창문에 붙어 있을 뿐이었다.

쓸데없는 데 돈 들일 궁리는 그만하고 이놈의 파리나 좀 잡아. 자신의 주위를 빙빙 돌면서 신경을 거스르게 하는 파리를 사납게 몰아내며 남자는 짜증스럽게 말했다. 깊은 권태가 남자의 입 안에서 무방비 상태로 풍기는 자장 냄새와 함께 토해져 나왔다. 누군가의 손에서 떨어져 바닥에 뒹굴고 있는 나무 젓가락을 신경질적으로 차댄 뒤 남자는 총총히 가게를 빠져나갔다.

창가에 서서 여자는 상가 건물을 나선 남자가 그다지 서두를 것도 없고 조급해할 것도 없는, 한없이 느리고 권태로운 걸음걸이로 아파트 광장을 가로질러 가는 것을 지켜보았다. 느린 걸음에 비해 머뭇거림이 전혀 없는 것으로 보아 그가 광장 저편에 있는, 아파트와 동네의 경계에 있는 점방에서 코흘리개 아이들에게 불량식품을 파는 곱슬머리 남자와 점 백원짜리 화투를 치며 지루하고 할 일 없는 시간이 지나가길 기다릴 거라는 것을 여자는 충분히 짐작할 수 있었다.

난데없는 가려움을 느끼고 여자는 새끼손가락으로 정수리를 긁었다. 집중을 하느라 여자의 입술 끝이 사납게 말려올라가자 밀가루 같은 비듬들이 여자의 손톱 끝에서 먼지처럼 퍼져나갔다. 흡사 코바늘로 쥐어뜯기라도 한 것처럼 반원 모양으로 점점이 뜯겨진 선탠지 사이로 노란 햇빛이 국수 가락처럼 꽂혀들어왔다. 정수리에서 손을 떼지 않은 채 여자는 창에 바싹 얼굴을 댔다. 차갑고 딱딱한 느낌을 먼저 감지한 것은 짙은 음영이 가늘게 그어진 눈 밑 부분이었다. 흠칫 인상을 찡그렸지만 여자는 유리창에서 얼굴을 떼지는 않았다. 대책 없이 쏟아지는 햇빛을 차단하기 위해 붙여놓은 코발트빛 선탠지 때문에 밖은 매우 우울해 보였다. 그러나 받침이 떨어져나간 부분에 가 닿았던 한쪽 눈은 사납게 들끓고 있는 햇빛에 그대로 노출되었고 어느 순간 우드득 소리를 내며 눈앞에 와 부서지는 빛의 파편에 여자는 질끈 눈을 감아버렸다.

2

늘 그랬지만 곱슬머리와의 화투치기는 약간의 불쾌감을 동반했다. 곱슬머리는 조금 야비했다. 상황이 불리하게 될 때마다 계산이 헛갈린다는 이유로, 손님이 왔다는 이유로, 곱슬머리는 걸핏하면 판을 뒤엎고 처음부터 다시 시작하자고 막무가내로 떼를 썼다. 심지어는 다 끝난 판에서도 계산에 약간의 의혹이 있다는, 말도 되지 않는 시비를 걸며 내주어야 할 돈을 틀어쥐곤 모르는 체했다. 분명 같이 먹었건만 더위를 잊기 위해 내왔던 맥주 몇 병과 땅콩 값도 여지없이 남자 쪽에 계산을 물렸고 고맙다는 인사조차 하지 않았다. 마음 같아서는 곱슬머리에게 한바탕 침이라도 뱉고 당장 자리를 뜨고 싶었다. 그러나 남자는 그렇게 하지 못했다. 권태 때문이었다.

곱슬머리는 상황에 따라 표정을 변화시킬 수 있는 묘한 재주를 가지고 있었다. 그와 함께 있으면 유쾌하지는 않았지만 권태롭지도 않았다. 말도 제대로 하지 못하는 코흘리개들의 손에 불량식품을 쥐어주는 그는 장난꾸러기 같았다. 게으른 저녁 준비를 하러 나온 중년의 여자에게 조악한 중국산 콩으로 제조된 두부가 든 비닐봉지를 건네줄 때는 선량한 이웃 아저씨 같았다. 그리고 남자와 점 백원짜리 화투를 칠 때의 그는 악의적인 건달이었다.

곱슬머리는 남자에게 함부로 굴었다. 가끔은 벌컥 짜증을 내기도 했다. 그런데도 남자는 진심으로 그가 밉지 않았다. 오히려 핏대를 높이며 곱슬머리와 서로 삿대질을 할 때, 정신없이 뒤섞인 화투를 서로 빼앗으려 할 때 남자는 야릇한 흥분과 함께 살아 있다는 것을 느꼈다.

언제부터였는지는 몰랐다. 그린반점이 비로소 정상적인 영업을 할 수 있게 되었을 때부터였는지, 그리하여 큰 고민 없이 생활에 필요한 돈을 그곳에서 충당할 수 있게 되었을 때부터였는지. 정확한 날짜를 알 수 없는 언제인가부터 남자는 이유를 알 수 없는 무기력증에 시달렸다. 모든 것이 시시하게만 느껴졌다. 실내 분위기를 고치자는, 그래서 좀더 안락한 분위기로 손님을 끌어모으자는 여자의 말에 시큰둥하게 반응한 것도 실은 그 때문이었다. 도대체 무언가에 열의를 갖고 일을 한다는 것이 남자에게는 자신과는 무관한 낯선 일로만 여겨졌던 것이었다.

그러나 실은 지독한 무기력증과 권태를 앓는 것은 남자뿐만이 아니었다. 도저히 끝이 없을 것 같은 이 지루하고 답답한 일상에 대해 진작부터 멀미를 느끼고 있던 것은 오히려 여자였다. 틈만 나면 수리비 견적을 뽑아보는 것도, 가게 벽에 붙어 있는 메뉴판의 글씨를 수시로 바꾸어보는 것도, 좀처럼 요리가 나가지 않는다는 이유로 공연히 주방장의 심사를 뒤틀리게 하는 것도 다 그런 이유에서였다. 늪처럼 한없이 까무룩해지는 이 지루한 일상에서 벗어날 수만 있다면 정말이지 여자는 그린반점을 걸고 한바탕 도박이라도 하고 싶은 심정이었던 것이다.

그러나 모든 것은 끔찍할 정도로 잔잔했다. 배달 주문은 늘 일정한 숫자로 들어왔고, 이제 막 초등학교에 들어간 딸은 쉴 틈도 없이 빡빡하게 짜여진 학원 일정에 불만을 품지 않았다. 연초가 되어도 가게 세는 오르지 않았고, 하다못해 쓰레기 봉투에 음료수 캔이나 우유 곽을 함부로 구겨넣어도 미화원에게 들켜 벌금을 무는 일도 없었다. 그랬다. 사실 얼마 전까지만 해도 여자는 쓰레기 봉투를 내다버릴 때 가장 눈에 잘 띄는 부분에 음료수 캔이나 소주 병, 플라스틱 접시 따위를 하나씩 집어넣어보곤 했지만 그린반점 앞으로는 단 한 장의 벌금 고지서도 날아오지 않았던 것이다.

그래서 생각한 것이 바로 남의 쓰레기 봉투에 재활용품을 하나씩 집어넣는 것이었다. 물론 처음엔 그럴 생각이 아니었다. 여자는 선한 사람은 못 되었지만 그렇다고 해서 남에게 일부로 해를 가할 만한 악의적인 사람도 못 되었다. 그러나 무료한 하루를 마친 뒤 쓰레기 봉투를 버리러 갔던 어느 날 여자는 문득 떠오른 생각에 제 것에 넣으려고 남편 몰래 가져왔던 콜라 캔 하나를 다른 봉투 속에 쓱 밀어넣었고 전혀 예상치 못했던 희열을 맛보고 말았다. 뜻하지 않은 봉변을 당한 쓰레기 봉투의 주인이 경비로부터 면박을 당하거나 벌금 고지서를 받고 범인을 잡겠다며 씩씩대고 다닐 때 여자는 두려움보다는 죄책감을 느꼈다. 여자는 그런 사람이었다. 그런데도 아직까지 그 짓을 그만두지 못하는 것을 여자 자신조차도 이해하지 못했다. 가책을 느끼고 다시 그러지 않겠다고 다짐을 했지만 여자는 번번이 다른 쓰레기 봉투에 손을 댔다. 그리고 괴로워했다.

3

사방은 어두웠고 조용했다. 그다지 늦은 시간이 아니었는데도 아파트 주변은 거짓말처럼 텅 비어 있었다. 가끔 귀가를 서두르는, 후

줄근한 양복을 빨래처럼 걸친 남자들이 지나갔지만 아무도 쓰레기
장에서 분리수거를 하고 있는 여자를 눈여겨보지는 않았다. 고량주
병과 콜라 병과 옥수수 캔과 쇼트닝 통을 분리수거용으로 걸어놓은
마대 자루에 담던 여자는 잊고 있던 일이 생각난 것처럼 눈에 띄는
쓰레기 봉투에 불쑥 캔 뚜껑 하나를 집어넣었다. 그때였다. 어디선
가 여자를 지켜보고 있었던 것처럼 손전등을 든 경비원이 불쑥 상
가 쪽에서 몸을 드러냈다. 여자는 깜짝 놀랐고 막 넣으려 하던 캔
뚜껑을 다시 집어들며 자리에서 일어나려 했다. 그러나 잘 되지 않
았다. 날카롭게 홈이 파여 있던 뚜껑에 걸려 잔뜩 부풀어 있던 쓰레
기 봉투가 마치 꽃이라도 벌어지듯 소리도 없이 활짝 열려버렸던
것이다. 비닐과 함부로 구겨진 종이 조각과 일회용 컵이 꽃잎처럼
바닥에 떨어졌고 쓰레기 틈에 감추어져 있던 포도 껍질이 달콤한
쉰내를 풍기며 모습을 드러냈다. 낭패감에 여자는 그만 온몸의 땀
샘이 일제히 벌어지는 같았다.

　걱정스러운 눈빛으로, 그러나 다소는 의심쩍어하는 의아한 표정
을 지으며 경비원이 손전등을 비추며 말했다. 아이구 저런. 봉투가
찢어졌네. 도와드릴게요. 손전등의 불빛에 비친 그 쓰레기들은 언
뜻 보기에 상가의 일층에 위치한 일빛은행 출장소에서 나온 것이
틀림없어 보였다. 그런 사실을 보이는 것은 요즘 들어 남의 쓰레기
봉투에 이물질을 집어넣는 불한당이 있다는 민원을 귀가 따갑도록
들어온 경비원에게 피할 수 없는 물증을 보여주는 꼴이 될 것이었
다. 때문에 여자는 함부로 떨어진 쓰레기들을 와락 감싸안을 듯한
자세로 서둘러 말했다. 아뇨. 제가 할게요. 봉투를 너무 허술하게
묶었나봐요.

　여자는 새 봉투를 가져오기 위해 이층 계단을 단거리 육상선수처

럼 뛰어올라갔다. 심장이 움직이는 소리가 목젖까지 차올랐지만 갑작스럽게 달렸기 때문인지 그간의 행적이 들통날 것을 염려했기 때문인지는 분명치 않았다. 경비원은 하릴없이 손전등을 흔들며 쓰레기장을 서성대고 있었다. 그러다 여자가 다시 나타나는 것을 보곤 천천히 어둠 속으로 사라졌다. 두어 번 헛기침을 했던 것은 여자를 의심했던 것에 대한 민망함의 표시일 것이었다.

땅바닥에 쪼그리고 앉은 채 여자는 천천히 쓰레기를 주워 봉투에 담았다. 돈을 찾거나 입금시킬 때 쓰이는 전표가 대부분이었다. 도장을 찍었을 것이 분명한 종이 조각이 인주를 묻힌 채로 구겨 있었고, 누군가 감기에 걸렸던지 둥글게 말린 휴지가 뻣뻣하게 굳은 채로 바람에 휩쓸려갔다. 그러다 어둠 속에서도 확연하게 드러나는, 단정하게 묶여 있는 종이 뭉치 하나를 발견하였을 때 여자는 그만 그 자리에서 심장이 멎어버리고 말 것 같은 위기감을 느꼈다.

어떻게 해야 할지 아무런 판단이 서지 않았다. 밑도 끝도 없는 상상들이 수선스럽게 머릿속을 굴러다녔고 감당할 수 없는 불경스러운 생각들이 여자를 충동질하기 시작했다. 아직까지 바닥에 그대로 놓여 있는 수표 뭉치는 그런 여자의 갈등을 비웃기라도 하듯 더욱 더 선명하게 모습을 드러내고 있었다. 때문에 그때까지 곱슬머리의 가게에 앉아 점 백원짜리 화투를 치던 남자가 갑자기 모습을 드러냈을 때 여자는 지난여름 내내 텔레비전의 납량 특집에서 숱하게 나오던 귀신들이 일제히 나타나기라도 한 것처럼 기겁을 하며 뒤로 물러나 앉았다.

그러나 놀란 건 여자뿐만이 아니었다. 얼큰하게 취한 채, 제목은 기억할 수 없는 낯익은 노래를 흥얼거리며 아파트 입구로 들어서던 남자 역시 낮게 웅크리고 있던 여자를 발견하는 순간 소스라치게 놀라 비틀거렸던 것이다. 놀란 탓에 딸꾹질까지 해대며 남자는 다시 경계를 늦추지 않은 채 검게 웅크린 그것을 바라보았고, 그것이 다름아닌 자신의 아내라는 것을 알았을 때는 더욱더 놀라 소리를 질렀다. 아니, 지금 여기서 뭐 하는 거여. 어찌나 화가 나던지 남자는 여자를 그대로 한 대 걷어차버리고 싶은 심정이었다. 그러나 넋이 나간 채 주저앉아 있는 여자의 핏기 없는 얼굴을 들여다보는 순간 남자는 뭔가 심상치 않은 일이 일어났음을 눈치챘고 입도 벌리지 못한 채 슬금슬금 곁눈질을 하는 여자의 시선을 따라간 뒤에는 그런 자신의 직감이 주효했음을 알았다.

남자는 서둘러 수표 뭉치를 주웠다. 틀림없는 십만원권이었다. 딸꾹질은 점점 더 빠른 간격으로 튀어나왔다. 그 바람에 남자는 킥킥 웃어대는 것처럼 심하게 어깨를 들썩여야 했다. 가슴을 진정시키기 위해 남자는 숨을 멈추었다. 두서없이 섞인 딸꾹질과 이 갑작스러운 사태에 놀라 날뛰기 시작한 심장이 움직임을 멈추고 남자가 호흡하기만을 기다렸다. 그때 쓰레기 봉투를 단단하게 묶은 뒤 여자가 자리에서 일어났다. 누가 말을 꺼낸 것도 아닌데 남자와 여자는 동시에 주위를 살폈다. 그런 뒤 내기 달리기를 하는 사람들처럼 그린반점을 향해 뛰기 시작했다.

4

수표 뭉치를 가운데 둔 채 여자와 남자는 서로 마주보았다. 양반다리를 하고 직각으로 팔을 구부린 남자와 여자는 거액의 판돈을 두고 내기를 하는 사람들처럼 비장했다. 적어도 이 순간 서로를 바라보는 여자와 남자는 이란성 쌍둥이처럼 닮아 있었다.

곤혹스러움과 난감함이 두 사람 사이를 가파르게 떠다녔다. 그러나 부인하고 싶었지만 권태로운 일상에 툭 내던져진, 일련번호와는 전혀 상관없이 잡다하게 묶여진 수표 뭉치가 가져다준 전율감 또한 만만히 볼 것은 아니었다.

수만 가지 생각들이 남자와 여자의 머릿속에 잔가지를 뻗치기 시작했다. 여행을 하는 상상을 여자는 했다. 그린란드엘 가고 싶다고 여자는 생각했다. 벌써부터 여자는 그린반점 따위는 기약도 없이 문을 닫고 이 구질구질하고 지겨운 일상에서 벗어나 집시처럼 혼자 떠돌아다니는 상상을 하는 것만으로도 온몸의 털들이 일제히 일어나 촉수를 벼리는 것 같았다.

그에 비해 남자의 꿈은 소박했다. 엉뚱하게도 남자는 첫사랑을 만나고 싶었다. 결혼을 한 이후로는 그리워한 적도, 한번 떠올려본 적도 없는 첫사랑이었다. 그런데도 아직 독신이었을 때, 늘 배고픔에 허덕이고 가난에 주눅들어 결국은 멀리하게 된 그 첫사랑을 만나 남자는 호텔의 스카이라운지에서 종업원이 젓가락까지 손에 들려주는 시중을 받으며 그녀와 함께 요리를 먹고 싶었다. 그러나 실은 떠오르는 요리도 없었다. 이때까지 남자가 먹어보았던 요리란 기껏해야 재료비가 적게 들어가는, 이제는 요리라고도 말할 수 없는 그린반점에서나 만든 탕수육 따위였다. 그런데도 남자는 꿈을 꿨다. 반원 모양의 은식기가 봉긋이 솟아올라간, 영화에서나 보았던 촛대가 부드럽게 빛을 발하는 식탁에서, 짐작도 할 수 없는 요리와 수프를 먹는 상상을 하며 남자는 해죽해죽 웃었다.

여자도 말을 하지 않았고 남자도 말을 하지 않았다. 어찌 하다 출장소의 은행원들이 이렇듯 돌이킬 수 없는 실수를 한 것인가에 대해서도, 뒤늦게 사실을 안 그들이 부랴부랴 일련번호를 조회해 수표의 행방을 추적할지 모른다는 불안감에 대해서도 그들은 침묵했다. 불경스럽게 입을 여는 순간 이제껏 꿈꿔왔던 모든 것들이 허망하게 사라지고 말 것이라는 위기감에 남자와 여자는 더욱 말을 아꼈다.

그날 밤 남자와 여자는 실로 오랜만에 서로를 탐닉했다. 경망스럽게 뛰는 심장에 맞춰 남자는 메뚜기처럼 끊임없이 팔과 다리를 움직였다. 널브러진, 숨 죽인 풀빵 같은 여자의 가슴에 정성스럽게 입을 맞추었다. 입을 맞추며 남자는 첫사랑을 찾을 방법을 궁리했다. 인터넷을 헤매거나 동사무소를 전전하며 주소지를 찾아야 할지도 몰랐다. 것도 아니면 용역회사에 의뢰를 해야겠다고 생각하며, 남자는 자신의 영민함에 탄복을 금치 못했다.

남자에게서 나는 적당한 알코올 냄새에 취한 듯, 여자는 꼼짝도 하지 않고 남자의 손길을 기다렸다. 남자의 손가락이 몸에 와닿을 때마다 여자는 불에 데인 듯 몸을 움찔거렸다. 가물었던 논처럼 푸석한 아랫도리에서는 단 샘물 같은 분비물이 생리 때처럼 흘러내렸다. 꿈을 꾸고 있다고 여자는 생각했다.

5

다음날 여자는 매우 피로했다. 누구에게 호되게 맞기라도 한 것처럼 가슴과 허리와 허벅지가 욱신거렸다. 밤새 악몽에 시달린 머리는 흔들면 달가닥 소리라도 날 만큼 완전히 해체되어 있는 느낌이었다.

여자의 가슴은 어젯밤 수표 뭉치를 주웠을 때만큼이나 불안하게 뛰었다. 아파트 뒤로 새로 난 외곽도로로 낯익은 사이렌 소리가 지나갈 때마다 여자는 만성 변비에 걸린 사람처럼 안절부절하며 홀안을 서성거렸다. 그리고 무슨 중요한 일이 일어날 때면 으레 그러는 것처럼, 그린반점을 개업할 때 친목회로부터 받은 괘종시계가 정확히 열두 번을 울렸을 때 여자는 잊고 있던 일이 갑자기 생각난 것처럼 분연히 일어나 그린반점을 빠져나왔다.

일빛은행 출장소가 눈에 들어오자 여자는 문득 제자리에 섰다. 상가 앞 도로는 평온해 보였다. 해바라기를 나온 노인 둘이 화단에 앉아 한가롭게 이야기를 나누고 있었고 가끔씩 이제야 잠에서 깨어난 듯 부스스한 얼굴의 여자들이 그닥 바쁠 것도 없다는 걸음걸이로 슈퍼를 들락거렸다.

한쪽 벽에 몸을 붙인 채 초조한 표정으로 출장소의 출입구를 주시하는 여자의 표정은 영락없이 바람기 많은 남편의 물증을 잡으려고 눈에 핏발을 세운 중년여자의 그것과 같았다. 늘 그렇듯 출장소는 한가해 보였다. 남자 직원 하나와 여자 직원 하나가 무슨 이야긴가를 하며 시시덕거리고 있었고 출장소 한켠에 놓여 있는 현금 지급기 앞에 낯익은 남자가 고개를 숙인 채 서 있었다. 예견되는 불안에 대한 징후 같은 것은 전혀 느껴지지 않았다.

남자는 곱슬머리에게로 달려갔다. 아침부터 달려온 것에 대해 곱슬머리가 끊임없이 빈정댔지만 남자는 조금도 기분이 상하지 않았다. 오히려 곱슬머리의 야유에 가까운 빈정거림을 들을 때마다 남자는 모든 것이 변함없이 계속되고 있다는 것에 대해 안도감을 느꼈다. 가게에 있는 술 중에서 가장 비싼 것을 꺼내놓으라고 남자는 호기롭게 외쳤다. 수표 뭉치의 한 귀퉁이가 가장 먼저 곱슬머리의 수중으로 들어가게 되는 것이 아깝지 않은 것은 아니었지만 첫사랑을 만나기 전에 남자는 좀더 이 여유를 만끽하고 싶었다. 곱슬머리는 선반의 맨 위쪽에 위치한, 가게를 정리할 것이 아니라면 전혀 들여다볼 이유가 없어 보이는 곳에서 오랜 세월 먼지에 둘러싸여 상표조차 알아볼 수 없게 된 양주 하나를 꺼냈다. 그러나 안타깝게도 곱슬머리가 꺼낸 양주는 남자의 안주머니에 두둑하게 들어 있는 수표 뭉치를 꺼낼 필요성을 전혀 느끼지 못할 만큼 값싼 것이었다.

다행스러운 일이라고 안도하며 남자는 일회용 음료수 잔에 술을 부은 뒤 잔을 높이 들고 외쳤다. 살 맛 나는 세상을 위해 건배.

6

여자가 여행사에 전화를 걸어 상품에 관한 문의를 하는 동안 남자는 실로 오랜만에 옷장에서 양복을 꺼내 입었다. 깃이 조금 넓고 스트라이프 무늬가 짙게 들어간 남자의 남색 옷은 이미 오래 전에 유행에서 벗어난 것이어서 많이 촌스럽고 어색했다. 게다가 알뜰한 여자가 그런 양복이 있었다는 것조차 잊을 정도의 오랜 시간 동안 왼쪽 주머니에는 밤알만한 크기의 좀약을 오른쪽 주머니에는 습기 방지제를 넣어둔 터였다. 때문에 남자가 그린반점을 빠져나와 택시를 타기 위해 기다리는 동안에도 끊임없이 코끝으로 차고 올라오는 암모니아 냄새가 어찌나 지독한지 마치 재래식 공동변소 앞에 줄을 서고 있다는 착각을 일으킬 정도였다. 택시에 올라타며 남자는 첫사랑을 찾기 전에 우선 양복을 한 벌 사 입어야겠다고 생각했다. 행선지를 묻는 기사에게 남자는 일단 압구정동으로 가자고 말했다.

남자가 양복을 사기 위해 모범택시를 타고 압구정동으로 가는 동안에도 여자는 벌써 삼십 분째 여행사 직원과 계속해서 통화를 하고 있었다. 상냥한 여행사 직원은 지치지도 않고 프랑스와 스위스, 뉴질랜드와 피지섬까지의 여행상품을 차근차근 설명해주었다. 그린란드로 가는 건 없나요. 그러다 툭 내뱉는 여자의 질문에도 직원은 침착함을 잃지 않았다. 굉장히 세련된 여행을 즐기시는 분이군요. 그린란드로 가는 상품이 없는 게 자신의 탓이라도 되는 듯 미안해하며 그녀는 여자에게 상품과 상품을 연결시켜 아예 유럽이나 남태평양 전역을 돌아보는 것이 어떻겠냐고 은밀하게 물었다. 그러나 그녀로부터 구체적인 여행 경비를 듣는 순간 여자의 입은 턱이라도 빠진 것처럼 절망적으로 일그러졌다.

전화를 끊은 뒤 여자는 어젯밤 남편 몰래 꺼내놓은 수표의 액수를 어림해보았지만 여행사 직원의 권유대로 유럽이나 남태평양 전역을 돌기에는 턱없이 모자라는 것이었다. 순간 딱히 누구를 향한 것인지 모를 노여움이 여자를 부추겼다. 불쑥 찾아온 그것을 어찌 감당해야 할지 몰라 당혹스러워하던 여자는 방금 나간 여섯 명의 음식값으로 받은 이만천원을 불쑥 찢어버렸다. 저리리한, 극소량의 전류가 온몸을 관통하는 듯한 쾌감을 여자는 느꼈다.

그때였다. 오줌을 싸고 난 것처럼 진저리를 치는 여자의 머리 위로 문득 떠오르는 생각이 하나 있었다. 여자는 찢어진 돈을 비닐 팩에 넣은 뒤 서둘러 살림방으로 들어가 삼 단 서랍장 왼쪽에 있는 장판을 들어올렸다. 오래된 곰팡이 냄새가 기다렸다는 듯이 피어올랐고 통통하게 살이 오른 바퀴벌레가 어찌해볼 새도 없이 여자의 손등을 지나 홀 쪽으로 빠르게 도망갔다.

여자는 장판 밑에 납작하게 엎드린 비닐 봉투를 거꾸로 들고 흔들었다. 그러자 지난 오 년간 납세의 의무를 다한 여자의 성실성을 증명이라도 하듯 주민세나 소득세 따위의 각종 영수증들이 서로 눌러붙은 채로 뭉텅뭉텅 떨어졌다. 여자는 빠르게 영수증들을 뒤적였다. 오래 전에 호프집 여자한테 받은 이박 삼일 무료 제주도 여행 쿠폰을 분명 그곳에 놓아둔 기억이 났던 것이다.

한참이나 영수증을 뒤적인 다음에야 여자는 쿠폰을 찾을 수 있었다. 틀림없이 쿠폰을 발행한 여행사에서 비행기표만 사면 숙식과 관광이 무료로 되었다. 제 값을 다 주고 사는 왕복 비행기 값이면 어느 여행사에서든지 숙식이 제공되는 제주도 여행을 갈 수도 있다는 것을 전혀 모르는 여자로서는 쿠폰의 유통기한이 다음날까지인 게 여간 다행스럽게 여겨지지 않았다. 여자는 쿠폰에 적힌 여행사로 전화를 걸었고 오늘 당장 떠날 수 있는 비행기 표를 예약했다.

여자는 남자에게 전화를 걸었다. 그러나 압구정동에 있는 갤로그 백화점에서 부지런히 양복을 고르고 있는 남자는 조금 전까지 좀약이 들어 있던 왼쪽 주머니에서 끊임없이 울리고 있는 핸드폰 소리를 전혀 듣지 못했다. 그도 그럴 것이 남자의 귀로는 백화점의 음질 좋은 스피커에서 끊임없이 울리는, 그로서는 전혀 들어보지 못했던 음악들이 속삭이듯 밀려들고 있었고, 양복의 안주머니에 있는 수표가 정확히 가리고 있는 심장에서는 첫사랑을 만날 희망이 북처럼 울려퍼지고 있었던 것이다.

메모를 남길까 생각했지만 여자는 그렇게 하지 않았다. 딱히 할 말이 없다는 생각이 문득 들었기 때문이었다. 갑자기 여행을 떠나겠다고 메모를 남기면 남자는 당장 전화를 걸어 씩씩댈 것이 분명했다. 거짓말을 할 수도 있겠지만 무엇보다 여자는 자신의 여행을 위해 구차하게 변명을 해야 하는 일이 싫었다. 영화 속의 주인공처럼 여자는 그저 불쑥 떠나보고 싶기만 했고 할 수만 있다면 시큼한 단무지와 춘장 냄새가 습기처럼 배여 있는 그린반점으론 다시 돌아오고 싶지 않았다.

그러나 염려는 하지 않아도 좋았다. 남자가 전화를 걸어 이박 삼일 동안 집에 오지 못하겠다는 말을 했던 것이다. 그때까지도 양복을 고르지 못한 남자는 화장실 앞에 있는 간이 의자에 앉아 백화점에서 무료로 나누어주는 녹차를 아무 맛도 모르는 채 마시고 있다가 여자에게 전화를 걸어, 절친한 친구가 갑자기 죽었다는 슬픈 소식을 전했다. 전화를 하는 남자의 목소리는 비장했다. 그러나 조금만 유심히 듣는다면 비장한 목소리 뒤로 살짝 물러서 있는, 자꾸만 삐져나오려 하는 웃음을 억지로 참고 있는 남자의 흥분을 느낄 수도 있었지만 막 공항을 향해 떠나던 여자의 귀에 그것이 들릴 리 만무했다. 우울해하는 남자를 진심으로 위로하며 여자는 전화를 끊었다.

7

휘파람을 불며 남자는 핸드폰을 집어넣었다. 모든 것이 순조롭게 진행되고 있었다. 이제 몇 벌의 양복을 입어보고 그중 하나를 골라 첫사랑을 만나기로 한 장소로 나가기만 하면 되는 것이다. 생애 최고의 행복이 찾아왔다는 기쁨에 남자는 마음 같아서는 그 자리에서 한바탕 춤이라도 추고 싶은 심정이었다.

수표를 주운 어젯밤 이후로는 모든 일들이 자신을 위해 돌아가는 것 같았다. 결국은 늘 지기만 하던 곱슬머리와의 화투에서 연 세 판을 이긴 것도 그렇고 무엇보다 아무런 복잡함도 없이 단 한 번에 첫사랑의 목소리를 들을 수 있었던 것도 그랬다. 게다가 남자란 것을 확인했을 때 첫사랑이 들려준 그 끈끈한 음성이라니. 이혼을 한 지 삼 년이 되었고 아이도 없어 무료하고 답답한 시간을 보내고 있다고 첫사랑은 남자에게 말했다. 당장이라도 달려올 듯한 그녀의 기세로 보아서는 굳이 새 양복을 사 입지 않아도 좋을 것 같을 정도였다.

남자는 느긋한 심정으로 매장 안을 둘러보았다. 걸음을 옮길 때마다 남자를 세우기 위해 판매원들이 앞다투어 절을 했다. 한결같이 늦게 배달되어 불어터진 자장면은 결코 먹을 것 같지 않게 세련되고 단정한 판매원들은 남자와 눈이 마주칠 때마다 비굴하게 웃으며 자신의 공간 안으로 남자를 끌어들이기 위해 애썼다. 짐짓 그들을 외면한 채 마네킹에 입혀 있는 옷들을 유심히 살펴보던 남자는 마침내 결단을 내리고 구멍가게처럼 닥지닥지 붙어 있는 곳과 달리 유난히 넓은 공간에 옷이라고는 고작 두 벌밖에 걸어놓지 않은, 그로서는 전혀 들어보지 못했던 상표를 걸고 있는 매장 안으로 들어갔다.

세계 최고의 상표를 지향하는 그 매장의 직원들은 여느 판매원들과 같이 남자를 향해 절을 하지도 비굴하게 웃지도 않았다. 그도 그럴 것이 그곳에서 취급하고 있는 양복은 남자가 한 달 동안 그린반점에서 버는 돈으로도 모자랄 만큼 가격이 비쌌기 때문에, 그곳을 드나드는 고객들은 대부분 멤버십 제도로 운영되고 있었던 것이다. 가끔 남자처럼 엉겁결에 들어와 기웃대는 사람들이 없는 것은 아니었지만 대부분 가격에 놀라 꽁무니를 뺐기 때문에 직원들은 남자의 허름한 행색을 보고 오히려 몰래 인상을 찌푸리기까지 했다. 무시당하고 있다는 느낌이 들자 남자에게 묘한 오기가 작동하기 시작했다.

남자는 아주 천천히 매장 안을 둘러보았다. 진열되어 있는 옷들은 남자가 보기에는 앞서 지나온 곳에 걸려 있던 옷들과 별 차이가 없어 보였고 오히려 못하다 싶은 것까지 있었다. 그런데도 가격은 족히 예닐곱 배가 넘는 것이 대부분이어서 너무 놀라 딸꾹질이 다 나올 지경이었다.

직원들은 공손한 자세로 남자를 주시했다. 그러면서도 남자가 들어오기 전까지 나누고 있던 이야기에 대한 미련을 버리지 못하고 낮은 목소리로 계속 말을 이어나갔다. 그것은 다름아닌 점심시간에 텔레비전에서 보았던 뉴스에 관한 것이었다. 은행이 서로 통폐합되는 과정에서 그 대상자였던 일빛은행의 한 지점이 이제는 은행 명이 바뀜에 따라 더이상 필요 없게 된 수표를 처리하면서 천공을 하지 않고 종이 박스에 담아 그대로 버렸다는 내용의 뉴스였다. 그것을 한 재활용업자가 발견했고 그 수표 중 일부를 쓰다가 오늘 구속되었는데 경찰은 은행 직원들로부터 수표를 더 유출시켰다는 자백을 받고 수사를 계속하고 있다는 것이었다.

사정을 알 리 없는 남자는 직원들이 조심스럽게 하는 말들이 틀림없이 자기에 관한 수군거림일 거라고 지레 짐작했다. 그러자 생각했던 것 이상으로 자신의 행색이 초라하다는 자각을 했고 급한 마음에 남자는 바로 그때 자신이 보고 있던 양복을 꺼내들어 직원들에게 다가갔다.

갑자기 다가와 불쑥 옷을 내미는 남자를 직원들은 유심히 살펴보았다. 행색은 초라했지만 표정이 유순하고 순박해서 허세를 부리기 위해 이런 종류의 옷을 살 사람으로는 보이지 않았다. 그랬기 때문에 남자가 경직된 표정으로 가슴에서 꺼내놓은 수표를 유심히 보지 않을 수가 없었다.

수표를 받아 든 직원은 묘하게 표정을 비틀었다. 무언가에 놀란 것 같기도 하고 웃는 것 같기도 했다. 그러더니 이제까지와는 전혀 대조적으로 비굴하게 웃으며 남자에게 말을 걸기 시작했다. 친절하지 못했던 직원을 순식간에 바꾸는 돈의 위력에 남자는 매우 놀랐지만 겉으로 드러내지는 않았다. 남자는 그제야 직원이 권해주는 의자에 앉으며 거만하게 말했다. 시원한 물 좀 마실 수 있겠소. 기다렸다는 듯이 아니 오히려 말을 꺼내기도 전에 직원 중의 하나가 허둥지둥 매장을 빠져나가는 것을 보며 남자는 흐뭇하게 웃었다.

8

택시에서 내린 여자는 공항을 둘러보았다. 한번도 올 기회가 없었던 곳이었다. 막 청사를 빠져나오는, 카트를 밀거나 여행용 가방을 든 사람들 틈에 자신이 서 있다는 것이 여자는 믿어지지 않았다.

딱 한 번, 결혼식을 하던 날만이라도 여자는 비행기를 타보고 싶었지만 기회를 갖지 못했다. 제주도로 신혼여행을 가자는 여자의 말에 남자는 낯선 외계의 동물이라도 보듯이 뜨악하게 눈을 떴다. 그도 그럴 것이 고아였던 남자와 여자는 결혼식마저도 빚을 내서 한 형편이었던 것이다. 그런 판이니 신혼여행은 꿈도 꾸지 못했고, 그날 남자와 여자는 가평에 있는 한 모텔에서 하룻밤을 자는 것으로 첫날밤을 치렀었다.

생각해보면 그린란드에 가고 싶다는 여자의 꿈은 비행기를 타고 싶다는 것에 다름아니었다. 실은 그린란드가 나라 이름인지 작은 섬 이름인지조차 여자는 알지 못했다. 그린란드라는 말은 배달하는 아이가 말도 없이 출근을 하지 않던 날, 새벽에 빈 그릇을 수거하며 돌아다니다 우연히 보게 된 이름이었다. 자장면 그릇을 덮고 있는 신문지에 씌어 있던 그 이름을 보는 순간부터 여자는 늘 그곳으로 떠나는 상상을 했던 것이다. 여자에게 비행기를 타는 것은 그린란드로 떠나는 것과 같다는 말이다. 여자는 첫 면접시험을 보러 나온 상고 졸업생처럼 걸음걸이에 신경을 쓰며 청사 안으로 들어갔다.

예약했던 여행사의 직원은 아직 나오지 않은 것 같았다. 여자는 만나기로 한 약국이 정면으로 바라다 보이는 의자에 느긋하게 앉았다. 발 밑에 놓여 있는 가방을 바라보며 급하게 나오느라 혹시 빠뜨린 것은 없는지를 생각해보았다. 그러다 여자는 풋, 실소를 터뜨렸다. 대체 혼자 그린란드로 가는 이 길에 준비해야 할 것이 무엇이란 말인가. 화장도 하지 않는 여자로서는 기껏해야 갈아입을 속옷만 몇 벌 있으면 될 것이었다.

여행사 직원은 좀처럼 나타나지 않았다. 기다리는 시간은 길고 지루했다. 의자를 가득 메우던 사람들이 어디론가로 사라질 때 여자는 문득 두렵기까지 했다. 때문에 가만히 앉아만 있어야 하는 것이 답답하기도 했지만 여자는 결코 자리를 뜨지 않았다. 여행사 직원과 엇갈려 결국은 아무 곳으로도 떠나지 못할지도 모른다는 위기감이 그렇게 만들었다.

그러므로 급하게 달려온 기색이 역력한 모습으로 팻말을 든 직원이 나타났을 때, 여자는 한번도 본 적이 없는 부모를 만나기라도 한 것처럼 기뻤다. 여자는 기립박수를 치는 사람처럼 자리에서 벌떡 일어났다. 그리고 자리에서 일어선 채로 보게 되었다. 여자의 정면으로 바라보이는 텔레비전에 나오는, 고개를 숙인 채 조사를 받고 있는 낯익은 일빛은행 출장소의 직원들을.

여자는 그 자리에 섰다. 갑작스러운 요의 때문인지 두려움 때문인지는 분명치 않았다. 여행사의 직원은 주위를 두리번거리며 계속해서 여자의 이름을 부르고 있었다. 막 셈을 배우기 시작한 아이처럼 손가락을 꼼지락거리며 여자는 가지고 있는 돈의 액수를 어림해보았다. 그러나 주머니 속에 들어 있는 것이라고는 퍼즐 조각처럼 잘게 찢어진 이만천원과 여행을 위해 가지고 온 수표뿐이었다. 짧은 망설임이 여자를 붙잡으려 했다. 아주 잠깐 모든 것이 잘못될지도 모른다는 위기감이 여자를 부추겼다. 하마터면 여자는 들고 있는 가방을 놓칠 뻔했다.

그러나 타려고 하는 비행기의 개표를 알리는 숫자가 전광판에 들어오자 여자는 문득 북극해의 어디쯤에 떠 있다는 그린란드를 떠올렸다. 그곳을 향해 날아가는 자신의 모습을 떠올렸다. 여자는 천천히 걸음을 옮겼다. 가장 세련된 표정으로 티켓을 받아드는 자신을 상상했다.

미호(美虎)

오현종

1973년 서울 출생.
이화여대 사회복지학과 졸업. 명지대 대학원 문예창작학과 재학중.
1999년 『문학사상』으로 등단.
단편소설 「살의(殺意)」 「중독」 「집짓기」 「라벨 2013년의 기억」
「나는 서른아홉 개의 얼굴을 가졌다」 「질투는 나의 힘」 등 발표.

1

    그녀의 이름은 미호(美虎). 국경으로 들어서는 길목에 자리한 여관의 주인이다.

    여관의 이름은 없다. 그러나 이곳으로 찾아드는 사람은 끊이지 않는다. 물론, 감당하기에 벅찰 만큼 손님이 많았던 적도 없지만 말이다.

    그녀는 국경을 넘어가기 위해 들어서는 떠돌이, 장사꾼, 여행객들에게 밥과 잠자리를 팔고, 때로는 그들이 청하는 부탁을 들어준다. 다리가 튼튼한 말을 구해달라면 길이 끝나는 곳까지 한달음에 달려갈 수 있는 말을 빌려주고, 국경 너머까지 함께 가줄 칼잡이를 원하면 손이 빠른 칼잡이를 구해주며, 뜨거운 국물을 마시고 싶다고 하면 따끈하게 데운 맑은 술과 함께 국물을 끓여준다. 여자가 필

요하다고 말하는 자에게는 검은 머리카락 위로 달빛 같은 윤기가 흐
르는 아랫마을 여자를 데려다주기도 한다. 누구든 돈만 충분히 내놓
는다면 무슨 일이든 해줄 수 있다. 이 여관에서는 불가능한 일이 없다.
다만, 자신의 몸을 파는 일과 사람을 죽이는 일에만 관여하지 않을 뿐
이다.

다음달 열닷새면 여관의 문을 연 지 만 십 년이 된다. 집의 주인이
었던 허리가 굽은 노인은 노환으로 세상을 떠나면서 오갈 데 없이
머무르고 있던 그녀에게 집을 물려주었다. 그 이듬해, 아직 소녀였
던 그녀는 집 가장자리에 별 모양 잎이 무성한 키 작은 나무들을 심
어 울타리를 만든 뒤 여관 문을 열었다.

사람들은 그녀가 어떻게 이곳까지 흘러들어오게 되었는지 알지
못한다. 미호라는 이름 역시 허리가 굽은 노인이 지어준 것이다. 노
인은 이 이름을 지어주면서 "이젠 너도 호랑이처럼 강하게 살아라"
하고 말했다. 그래서인지 여관에 드나드는 사람들은 그녀에 대해
이러쿵저러쿵 지껄이기를 좋아했다. 누군가는 주름 하나 없는 얼굴
을 보고 스물이 갓 넘은 처녀라 여기기도 했고, 어떤 이는 입가에
어린 한숨을 엿보고 가파른 바람에 닳을 대로 닳아빠진 늙은 여주
인이라 일컫기도 했다. 그중에는 몇 년 전부터 여관에서 일을 거들
고 있는 어린 소녀를 두고 그녀가 낳은 사생아라고 말하는 사람들
도 있었지만, 실상 붉은 머리 소녀와는 부모에게 버림받은 뒤 이웃
나라 도적에 의해 팔려온 것을 그녀가 거둬들인 인연밖에 없었다.
그러나 그 모두가 그녀에겐 아무 상관없는 일이었다. 스무 살 앳된
처녀여도 좋고, 남편을 다섯이나 저 세상으로 보낸 뒤 외진 곳으로
숨어든 팔자 기박한 과부여도 좋다고 중얼거리곤 했으니까. 그녀는
미호라는 이름을 얻게 된 순간부터 자신의 과거는 잊어버리고 호랑

이처럼 강하게 살라는 말만 기억했다.

2

   그를 죽여줄 사람이 필요하오.

   남자는 그 말을 던져놓은 뒤 자신의 약지와 중지로 탁자 위에 올려져 있던 그녀의 넓은 소맷자락을 지그시 눌렀다.

   성 안에 사는, 검은 수염이라 불리는 장수(將帥) 말이오.

   그를 왜?

   그녀는 남자의 시선을 놓치지 않은 채 그의 손가락 밑에서 소맷자락을 잡아 빼며 물었다. 그때서야 그의 눈동자 안쪽에서 연한 푸른빛이 빛살처럼 맴돈다는 사실을 깨달을 수 있었다.

   검은 수염은, 내 아버지의 원수요. 난 그 때문에 오 년을 떠돌았소.

   갑자기 울타리를 어지럽게 흔들어놓는 회오리바람 소리에 묻혀 남자의 음성이 띄엄띄엄 들려왔다. 그의 말을 듣고 보니 그의 눈가에 모래 바람에 긁혀온 시간이 오롯이 자국으로 남아 있었다. 그는 대체 얼마나 많은 마을과 도시를 떠돌았을까. 얼마나 많은 길 위를 걸어왔을까. 또 떠나온 마을마다 얼마나 많은 사연을 남겨두고 왔을까. 그녀는 섣불리 물어보지 않았다. 그저, 남자가 비운 술잔에 다시 술을 채워넣으며 목숨을 구해줄 칼잡이라면 몰라도 목숨을 끊어놓을 칼잡이는 구해줄 수 없다고, 그건 여기서 하지 않는 일이라는 것을 애초에 알고 있지 않았느냐고 물었다.

   그는 아무 말 하지 않고 받아든 술잔을 탁자 위에 살며시 내려놓았다. 순간 그 작은 흔들림에도 술잔 안쪽 바닥에 새겨진 붉은 단풍

잎은 바르르 몸을 떨었다.

미호, 제발 도와주시오. 검은 수염의 목숨을 끊어놓지 못한다면 나는 평생 떠돌 수밖에 없소.

남자의 선량해 보이는 입매와 달리 그의 입에서 튀어나온 말들이 하도 맹랑해서 그녀는 웃음을 터뜨리고 말았다. 낮게 드리운 밤공기를 타고 그녀의 쟁강거리는 웃음소리가 여관 안을 한바탕 휘돌았다. 하지만 정작 그녀를 당황하게 만든 것은 미호, 라고 그의 입에서 새어나온 자신의 이름이었다. 그가 그녀의 이름을 내뱉는 순간, 미호, 라는 말이 마치 물이 많은 사과를 깨물 때 나는 소리처럼 사각, 하고 귓바퀴 안을 맴돌았다. 오늘이 열닷새. 여관의 문을 연 지 십 년째 되는 날이지만 그녀의 이름을 그렇게 불러준 이는 없었다. 집 가장자리에 울타리를 치고 이름 모를 사람들과 부대끼기 시작한 뒤로 그녀 역시 자신의 이름을 잊어버렸던 것이다. 아니, 어쩌면 허리 굽은 노인이 세상을 뜬 뒤로는 그녀의 이름을 불러준 사람이 없었는지도 모르겠다. 오로지 호랑이처럼 강하게 살라는 노인의 말만 수없이 되뇌며 살아온 세월이었다.

그건 그렇고 손님이 어떻게 내 이름을 알았지요?

은연중에 거리를 두려고 그녀는 짐짓 손님이란 말을 강조하여 물었다. 남자는 조용히 술잔 안의 술을 입에 털어넣었다. 이윽고 엄지와 집게손가락만으로 술잔을 뒤집어 그녀 앞으로 내밀며 말했다. 술잔 바닥에 조그맣게 새겨 있는 글자를 보았다고, 왠지 그녀에게 어울리는 이름이란 생각이 들었다고.

술잔을 뒤집어보다니 묘한 버릇이군요.

그녀는 그렇게만 대답을 했다. 뒤이어 이야기를 다른 쪽으로 돌리려 했지만 말을 채 꺼내기도 전에 그의 목소리가 가로질러왔다.

차분하고 정갈한 음성이었지만 그 역시 그녀만큼이나 집요한 성격을 갖고 있는 사람임에 틀림없었다.

　도와주시오. 당신이 할 수 없는 일이 아니지 않소.

　다른 사람을 찾아보시죠.

　이 근방에 이 여관의 주인만큼 믿을 만한 사람이 또 어디 있단 말이오.

　……

　그런 칼잡이는 구할 수 없다고 차라리 거짓말을 할 것을, 하고 후회하기도 했지만 그 순간 그녀는 그러지 못했다. 남자가 진실을 말하고 있다고 느꼈기 때문이었다. 진실을 토해놓는 사람과 마주한 채 거짓을 던지는 것은 쉽지 않은 일이다. 오가는 장사치들을 상대하면서 거짓 웃음도 짓고 거짓말도 흘렸지만, 가끔은 거짓말을 하고 싶지 않을 때도 있었다. 그날이 바로 그런 날이었다.

　남자는 그녀의 눈을 물끄러미 바라보다가 품안에 깊이 손을 넣어 무언가 끄집어냈다. 그녀는 남자가 내민 엄지손가락만한 광물과 그것에 물들어 역시 노랗게 빛나는 그의 손바닥을 들여다보았다. 또한 손바닥 위에서 손목을 향해 길게 뻗어내려온 그의 생명선까지도. 생명선이 이렇게 긴 사람이라면 사람을 해치려다 자신이 먼저 비명횡사당하는 일은 없겠군, 하는 생각이 잠시 머릿속을 스쳐갔다. 더불어, 태어나 처음으로 마주한 눈빛을 바라보며 살기(殺氣) 띤 눈동자란 게 이런 것이구나, 이렇게 사람을 짓누르는 힘을 갖는 거구나, 라는 생각도 했다. 그러나 순간 그녀의 빠른 눈은 남자의 손바닥 위에 새겨진 생명선이 중간쯤에서 위태롭게 끊겨져 있는 것을 놓치지 않았다.

　검은 수염을 쥐도 새도 모르게 죽여주시오. 부탁이오. 그를 죽여만 준다면 평생 나를 당신의 종으로 부려도 좋소. 개처럼 부려도 좋소. 약속하오.

안됐지만 아시다시피 나는 동정 때문에 위험한 거래를 할 수 있는 사람이 아닙니다. 사람의 약속 같은 것 역시 믿지 않구요. 당신이 평생 거리를 떠돈다 해도 나로서는 어쩔 수 없는 일이지요.

그녀는 그의 술잔 옆에 금 덩어리를 내려놓으며 이렇게 덧붙였다.

검은 수염은 아무나 해칠 수 있는 자가 아닙니다. 위험을 무릅쓰기에 이것으론 부족하군요.

그녀가 살며시 자리에서 일어나 좁은 복도 입구 쪽으로 천천히 걸음을 옮길 때에 남자의 음성이 그녀의 가느다란 발목을 스치고 지나갔다.

기다리겠소. 당신의 마음이 움직일 때까지.

3

그녀는 유난히 붉은 입술을 꼭 앙다문 채 술상이 차려진 탁자의 모서리를 거듭 문지르고 있었다. 들창 안쪽으로 숨어 들어온 달빛은 매끌매끌하게 윤이 나는 탁자에 부딪쳐 남자의 손목 아래로 깊은 그늘을 지어냈다.

한 달하고도 보름이 지났어요.

알고 있소.

그녀의 말에, 탁자 위에 놓인 등잔 심지를 세워 불을 붙이던 남자가 대답했다.

집착이 강하시군요.

그럼 당신은 왜 나를 쫓아내지 않는 거요?

남자가 처음 이 여관으로 찾아든 날은 남쪽에서 습한 바람이 세차게 몰려오던 날이었다. 마당에서는 빨래줄에 널어놓은 흰 무명천이 우우 소리를 내며 부대꼈다. 그 펄럭이는 흰 물결 사이에 서서 그녀는 한 남자가 등에 지고 있던 짐을 힘들여 부려놓는 모양을 지켜보고 있었다.

남자는, 방이 있습니까? 라고 소리쳐 묻지 않았다. 느린 걸음으로 다가오며, 국경으로 들어서려면 여기를 지나쳐야만 한다죠? 라고 물었을 뿐이다. 그와 동시에 그녀 옆에 서서 빨래를 널던 붉은 머리 소녀가 종종걸음을 치며 달려나갔다. 남자의 목소리는 그와 그녀 사이의 짧지 않은 거리 때문에 바다 건너편에서 미끌어져오는 바람 소리처럼 아득하게 울려왔다.

그날, 뜨내기들 사이에서 부대끼며 예리해진 그녀의 예감은 그가 금방 떠나갈 사람이 아니라는 사실을 나지막이 알려주었다. 그렇다고는 해도 한 달이 넘도록 머무르리라는 건 미처 생각지 못한 일이었다. 여관이 생긴 뒤로 누구도 이토록 오랫동안 머무른 적이 없었으니까. 이곳에서는 모두들 하룻밤이나 이틀 밤이면 족하다는 듯 서둘러 짐을 꾸려 떠나갔다.

남자의 말마따나 그녀는 빨리 그를 쫓아내던지, 그렇지 않으면 한시 바삐 그가 원하는 솜씨 좋은 칼잡이를 구해주어야 했을 것이다. 그러나 그럼에도 불구하고 그러지 못했다. 무슨 까닭으로 한 달하고도 보름이라는 날 동안 그가 머물고 있는 것을 지켜만 보고 있었냐고 누군가 물어온다면 설명할 도리는 없다. 그저 결정을 내리기가 어려웠다고 말할 수도 있겠지만 매사에 분명하고 판단이 빠른 그녀의 성격에 비추어본다면 이해할 수 없는 일이리라. 하지만 그

녀처럼 핏줄 하나 없이 혼자 몸으로 살아간다는 남자에게 술상을
차려주고, 배갯잇을 빨아 잠자리를 꾸미고, 또 그가 잘 먹는 만두를
하루에 꼬박 열 개씩 빚고 있을 때에는 한 사람의 아내가 된 것 같은
착각에 빠져드는 것을 어쩔 수가 없었다.

4

　그녀는 푸른 용이 물을 가르며 뒤척인다는 녹색 바다를 꿈꾼다.
길과 길이 만나는 낡은 여관에서. 바다에서는 길이 없어도 될 것이
다. 길이 없어도 얼마든지 떠돌 수 있을 것이다. 영원히 이 여관을
떠나지 못한다면 이 다음에 자신의 죽은 몸이라도 짙푸른 바다 위
에 던져주었으면 좋겠다. 바다 밑바닥으로 하염없이 가라앉으면 모
래 바람이 귓전을 때리지 못할 것이다. 어느새 그녀의 등을 때리는
바람 소리는 녹색 물거품이 되어 부서져내린다.
　이곳을 벗어나고 싶지 않소?
　술독 안에 청솔가지를 넣고 있던 그녀에게 남자가 물었다.
　……
　여기서 십 년을 지냈다면서요.
　술 빚기 좋은 날이에요. 정묘(丁卯)일이니.
　여자 혼자 지내기에 수월한 곳이 아닐 텐데……
　술독을 저쪽 끓는 물솥 위에 얹어야 하는데, 도와주시겠어요?
　내내 딴청 부리는 그녀를 물끄러미 바라보던 남자는 묵묵히 술독
을 들고 부엌으로 다녀왔다.
　아이가 부엌에 서서 닭고기를 먹고 있더군. 나와 눈이 마주치자

고기를 들고 있던 손을 감추었소.

남자는 덧붙여 어째서 붉은 머리 소녀가 음식을 감춰두고 먹는지 의아하게 물어왔다. 밖으로 나와서 먹으면 안 될 까닭이라도 있느냐고.

나도 모르겠어요. 그러지 않아도 된다고 말했지만 소용이 없었죠. 그애는 유난히 음식에 대한 집착이 강해요. 언제나 허기져 있는 것처럼 보이죠. 특히 고기를 먹는 모습을 보면 기이할 정도예요. 양고기든 낙타고기든 가리지 않아요. 그렇다고 누가 먹는 걸 말리는 것도 아닌데, 매번 남이 안 보는 데서 그렇게 허겁지겁 먹는답니다.

무엇엔가 몹시 굶주린 모양이로군요.

그럴까요? 모르겠어요. 그애가 처음부터 그랬던 건 아니었어요. 처음 이곳에 왔을 땐 고기를 전혀 먹지 못했거든요. 무엇이 아이를 저렇게 만들었는지는 모를 일이죠.

그때, 들창 밖으로 이리떼처럼 몰려와 우우 울부짖는 바람 소리가 들려왔다. 그녀는 잠시 시선을 먼 곳에 두며 입을 다물었다가 차곡차곡 접었던 종이를 펼치듯 천천히 말을 이었다.

이곳은 바람이 너무 거세요. 바람에 긁히고 거칠어지는 건 살갗만이 아니니까요. 그래요, 이곳만큼 살기 힘든 곳도 없겠지요. 어느 날은 산적처럼 생긴 주정꾼들이 허리를 잡아당기기도 하고, 돈을 떼어먹고 달아나는 사람들도 있어요. 남이 먹을 밥을 짓는 일도 지겹기 짝이 없구요. 하지만 난 이곳에 너무 익숙해져버렸나봐요.

다른 사람들은 모두들 쉽게 떠나지 않소.

떠나고 싶지만 쉽게 떠나지 못하는 사람들도 있는 법이죠.

바닥에 흘려져 있던 청솔가지를 주워올리며 그녀는 대답했다. 모래 위에 지어진 집은 쉽게 허물어질 것처럼 위태로워 보였지만 울타리만은 견고하기 짝이 없었다. 그러나 그녀는 울타리를 치고 여관문을 연 그날부터 이 모래언덕 위에 갇히고 말았다는 말은 차마 하지 못했다. 또한 자리에 누워 푸른 용의 지느러미가 꿈틀대는 바다를 꿈꾸곤 한다는 말도.

5

북풍이 몰아치는 밤이면 울타리를 이루는 별 모양 잎들이 서로 몸을 때리는 소리가 유난히 귀에 거슬리곤 했다. 그 서걱대는 소리를 들으며 그녀는 그가 미호, 하고 부르던 것을 떠올렸다. 그녀는 그를 흉내내어 미호, 하고 소리내어보았다. 남자의 음성처럼 사각거리는 소리가 나지는 않았지만 붉은 입술을 달싹이는 순간 입 안에 과즙같이 새큼한 침이 고였다.

그녀는 남자로 인해 십 년간 지켜왔던 무언의 규칙을 깨버리고 말았다. 사흘 전 반나절 남짓 말을 달려 도시의 객주에 다녀온 것이다. 그녀는 그가 건네준 금붙이에 자신이 간직하고 있던 금 거북이를 얹어주고 애꾸눈 칼잡이를 샀다. 그 검객은 눈이 하나밖에 없었지만 과거에는 다른 사람보다 두 배나 넓게 보고, 두 배나 빨리 달리며, 두 배나 빨리 칼을 놀리는 것으로 유명한 살수(殺手)였다. 백 사람의 목을 훔친 죄로 끓는 기름통에 던져졌다는 닌자의 후예라거나 사막 건너 푸른 눈의 사내들과도 전쟁을 치른 바 있는 장수였다는 소문이야 거짓이라 치더라도 그의 무공을 가벼이 여기는 자는 어디에도 없었다. 게다가 그는, 몇 푼짜리 일일지언정 맡은 일에 대해서는 결코 발설하지 않는 과묵함 때문에 더 많은 사람들이 찾는 자이기도 했다. 벌써 불혹을 넘긴 나이였으나, 그라면 충분히 그믐달이 뜨는 밤 아흔아홉 간 너른 집을 뚫고 들어가 검은 수염의 숨을 끊어놓을 것이다. 베개 위에 피 한 방울 튀기지 않고서. 어쨌든 이로써 그녀는 살인을 사주한 셈이 되었다.

드물게 찾아오는 그녀를 십 년 동안 지켜봐왔던 객주의 늙은 주인은 눈빛으로 그녀에게 묻고 있었다. 대체 어찌된 일이냐고. 그녀 역시 붉은 입술을 꼭 다무는 것으로 대답을 대신할 수밖에 없었다.

그리고 그 밖에 그녀가 이미 범해버린 규칙은 여관에 머무르는 이에게는 절대 몸을 내어주지 않는다는 것이었다.

6

그믐달이 뜨던 밤, 그녀는 베개를 몇 번이나 고쳐 베며 뒤척이느라 줄곧 잠을 이루지 못했다. 붉은 입술을 베어물듯 입맞추던 남자의 입술을 떠올리느라 잠을 이루지 못했고, 그믐달이 뜨는 밤 검은 수염을 베어버리겠다고 장담했던 애꾸눈 칼잡이의 은밀한 약속 때문에 잠을 이루지 못했으며, 검은 수염의 죽음을 확인하고서 돌아오겠다며 성 안으로 떠나던 남자의 뒷모습이 어른거려 잠을 이루지 못했다. 밤새 그녀는 얼굴밖에 본 일이 없는 검은 수염의 죽음을 간절히 빌었다.

여관을 떠나기 전날 밤에도 남자는 그녀의 검은 머리카락 사이로 깊숙이 손가락을 집어넣으며 몸을 비집고 들어왔다. 그렇게 그가 몸 안으로 파고 들 때마다 무명천이 터지는 것처럼 투두둑 몸이 갈라지는 느낌에 그녀는 아랫니를 마주 물어야 했다.

그녀는 머리를 들어올려 남자의 귓불을 살짝 깨물었다. 남자의 오른쪽 귀는 아무것도 들을 수 없다고 했었다. 바닷바람이 세게 부는 마을에서 난봉꾼들과 싸우다 다친 뒤로는 왼쪽 귀에 의지해 살아왔다며, 당신의 목소리를 잘 듣고 싶다고, 조금만 음성을 높여달라고 부탁을 했었다. 어쩌면 그 부탁 때문에 그녀의 마음이 움직였는지도 모르겠다. 술에 얼근하게 달아오른 얼굴로 당신 정말 미인이로군, 하고 때에 전 칭찬을 지껄여대거나 응큼하게도 은근슬쩍 손을 뻗쳐오는 치들하고는 다른 남자라 여겨졌던 것이다. 아무 소리도 통과시킬 수 없는 귀였지만, 그녀는 정성들여 그의 귓바퀴를 핥고, 귓구멍 안으로 깊숙이 혀를 밀어넣었다.

흡—

그의 입에서 새어나오는 바람 소리와 함께 잘 익은 술 냄새가 그녀의 긴 머리카락 사이로 촘촘히 스며들었다. 남자와 통정을 하고 난 다음날이면 그와 같이 잘 발효된 살 냄새가 온종일 그녀의 콧속을 간질였다.

그렇듯 두 사람의 다리가 엉클어지고 그녀의 치아가 남자의 검은 어깨를 깨무는 순간이었던가. 그도 아니라면 두 사람이 마주 앉아 가슴과 등을 더듬으며 서로의 몸 깊은 곳을 탐하던 순간이었던가. 남자의 살 냄새에 취해 꼭 감겼던 그녀의 눈동자 위로, 섬광과도 같이 검은 수염의 붉은 핏방울이 후드득 스쳐지났다. 어느 날 오수(午睡) 속에서 보았던 광경인지, 쉽게 이해할 수 없는 기시감(既視感)과 같은 것인지 그녀로서는 짐작할 수 없었다. 오싹하는 느낌과 함께 한기(寒氣)가 팔 위를 훑어내렸다. 그러나 그럴수록 그녀는 더욱더 팔에 힘을 주어 남자의 허리를 안았다. 그의 몸 위에 올라앉아 가쁜 숨을 몰아쉬었으며, 희고 투명한 그녀의 허벅지를 불투명한 체액으로 더럽힌 뒤에도 쉽게 그를 놓아주지 않았다. 그녀는 남자의 단단한 팔을 쓰다듬으면서 그와 함께라면 국경을 넘어갈 수도 있을 거라고, 배를 타고 노를 저어 바다 건너 섬으로 갈 수도 있을 거라고, 분명 그곳은 이곳처럼 바람이 많이 부는 곳이 아닐 거라고 생각했다. 또한 언젠가 바닷물을 맛볼 수 있다면 분명 그의 몸에서 나는 짠맛과 같은 맛일 거라고도 생각했다.

그러나 그믐밤이 지나고 성 안에서 빠져나오는 짐꾼들을 통해 검은 수염의 장례식 소식을 들은 지 오래였지만 남자는 돌아오지 않았다.

아저씨는 대체 어딜 가신 거죠? 이곳을 떠나신 건가요?

유난히 남자를 따르던 붉은 머리 소녀가 더 애닳아 물어볼 때에도 그녀는 묵묵히 술을 담그고 햇볕에 이불을 말렸다. 꼭 다문 입술의 오른쪽 꼬리가 조금 치켜올라갈 뿐이었다. 그럴수록 붉은 머리 소녀는 부추며 파를 다듬던 손을 내려놓고 그녀를 채근했다. 소녀가 그토록 잔망스럽게 구는 까닭은 버림받은 경험이 있는 사람이 버림받는 일에 남보다 예민하기 때문인지도 몰랐다.

결국, 대답 없는 그녀에게 남자의 행방을 묻고 또 물어오던 붉은 머리 소녀는 그녀의 침묵을 흉내내기라도 하듯 입을 꼭 다문 채 온종일 부엌에 틀어박혀 잘근잘근 고기를 씹어먹었다. 만두속으로 쓰려고 잘게 다져놓았던 고기를 몽땅 먹어치운 것은 물론, 반나절이 넘도록 소간으로 전을 부쳐먹는 통에 여관 안에는 누린내가 진동을 했다. 새끼를 밴 호랑이처럼 바싹 말려놓은 육포까지 삼켜대는 소녀 탓에 아랫마을 시장에서 사온 고기가 모두 바닥이 났던 저녁, 그녀는 편지 한 통을 소녀에게 건넸다. 매끌매끌한 종이 위에는 그녀의 잔글씨가 정갈하게 적혀 있었다. 오늘밤 자시(子時)에 성문 옆

연못가에서 기다리겠다고. 오늘밤 만나지 못한다면 내일 밤도, 또 그 다음날 밤도 계속 기다리겠다고. 당신이 해야 할 말이 있다는 걸 안다고.

이것을 가지고 성 안 검은 수염의 집으로 가거라. 그곳에 가면 아저씨를 만날 수 있다는구나.

무서운 무사들이 많다는 검은 대문의 집 말인가요?

그래. 거기야. 아저씨에게 꼭 전해야 해. 다른 사람은 안 돼. 아무도 모르게 전하고 와야 한다.

붉은 머리 소녀는 기다렸다는 듯 그녀의 손아귀에서 종이 봉투를 빼앗아 들었다. 그리고 여관 문을 나서자마자 잰걸음으로 어두운 비탈을 내쳐 달려내려갔다.

그믐, 또다시 그믐밤이었다.

7

남자가 검푸른 어둠 사이로 몸을 드러내기 전, 그녀는 그가 왔다는 것을 미리 알고 있었다. 풀잎을 밟고 오는 익숙한 발소리. 어느 밤, 그가 소리 죽여 그녀의 방으로 숨어들어올 때에도 그처럼 가볍고 성긴 발소리가 들렸었다. 그 밤, 그녀는 왜 방문을 잠그지 않은 채 자리에 누웠던가. 베개에 머리를 올려놓기 전 몇 번이고 잠긴 문을 확인하던 그녀였는데. 들창 안으로 숨어들어 그녀의 벗은 몸 위를 비추던 만월(滿月) 때문이었을까, 아님 전날 꿈결에 긴 지느러미를 휘날리며 그녀에게로 달려들던 푸른 용 때문이었을까. 그렇듯 그에게 몸을 허락하였기 때문에 마음을 허락하게 된 것인지, 그렇지 않다면 마음을 허락하였기 때문에 몸을 허락하게 된 것인지, 지금에 와서도 분명히 알 수가 없었다.

연못가에 몸을 쪼그리고 앉아 있던 그녀는 뒤돌아보지 않고 물었다.

어찌된 일이지요?

이윽고 그녀가 물위에 뜬 연잎을 손바닥으로 건져 올릴 때에 예의 낮고 차분한 음성이 들려왔다.

알고 있지 않소.

그녀는 아랫입술을 앞니로 지긋이 깨물었다. 그녀가 듣고자 했던 말은 그런 것이 아니었다. 몸을 돌려 남자를 바라보았다. 여관에 묵고 있을 때와는 사뭇 다른 옷차림새였다. 그믐밤의 어둠 탓에 그의 얼굴이 또렷하게 보이지 않았다. 그녀는 이내 목소리를 가다듬어 물었다. 검은 수염의 하나밖에 없는 딸과 혼례를 치른다는 말이 사실이냐고, 검은 수염은 아버지의 원수라 하지 않았었냐고.

남자는 미동조차 하지 않고 말라죽은 나무 옆에 우뚝 선 그대로 그녀를 바라보았다. 그의 차가운 말투가 귀에 설어 잠시 말문이 막혔지만 그녀는 초록 물이 손바닥을 물들이도록 연잎을 움켜쥐고는 남자의 대답을 기다렸다.

검은 수염의 고집만 아니었더라면 나와 검은 수염의 딸은 오 년 전에 혼례를 치렀을 사이요.

한참 동안 뜸을 들이다가 그녀 앞으로 다가와 남자가 건넨 말이었다. 그렇다면, 그렇다면 모두가 거짓이었냐고 그녀는 묻고 싶었다. 그러나 남자의 대답을 듣지 않았어도 이미 들은 것이나 진배없었다. 그는 아마 이렇게 대답했을 것이다. 검은 수염을 죽여야 했던 건 사실이었다고, 그 때문에 오 년을 떠돌았다는 말도 거짓이 아니었다고. 다만 그가 세상을 떠나면 그의 딸을 얻을 수 있다는 말만 하지 못했을 뿐이라고.

그녀는 그믐달처럼 가는 숨을 내쉬었다. 갑자기 호랑이처럼 강하게 살아라, 하고 어린 그녀의 머리를 쓰다듬던 허리 굽은 노인의 기침 소리와 함께 미호, 하고 부르던 남자의 새큼한 음성이 떠올라 눈가가 시큰해졌다.

그럼, 자신이 죽인 자의 딸과 평생을 마주한 채 살 수 있단 말인가요?

살 수…… 있소. 그녀만 얻을 수 있다면. 다른 것은 아무래도 상관없으니.

결국, 나를 이용하려 했던 거군요.

……그렇다면, 그렇게 내게 모든 것을 허락한 까닭이 무엇이었소.

느닷없는 남자의 말에 그녀는 멈칫 숨을 멈추었다. 무언가 대답을 하려 했지만 조바심을 내면 낼수록 다급한 마음은 말문을 더욱 걸어 잠그게 했다. 순간적인 혼란스러움에 질끈 눈을 감았다 떴다. 그럼에도 불구하고 어디론가 간절히 떠나고 싶었기 때문에 그를 사랑하기 시작한 것인지, 그도 아니라면 그를 사랑했기 때문에 그와 함께 어디론가 떠나고 싶었던 것인지 알 수가 없었다. 그러나 어느 것이 먼저였든 그것이 대체 어떻단 말인가. 한 가지 분명한 것은, 단 한 번도 어디로 데려가달라고 말한 적이 없음에도 그라면 능히 자신을 이곳이 아닌 다른 곳으로 데려가줄 것이라 믿어 의심치 않았다는 것뿐이었다. 그는 믿음을 저버리지 말았어야 했다.

누구도 나를 단죄할 순 없소. 내가 겪은 고통은 아무도 모르니까. 경멸당해보지 않은 사람은 그것이 어떤 것인지 알지 못하지. 얻을 수 없는 것을 얻기 위해 모든 것을 건 사람의 고통도.

남자는 아무것도 듣고 싶지 않다는 듯 고개를 사선으로 돌리며 말했다. 그가 서 있는 뒤편으로 갓난아기의 울부짖음 같은 올빼미 울음소리가 소나무숲을 헤치며 길게, 또 짧게 이어졌다.

어쨌든, 난, 이렇게 물러날 수 없어요. 당신은 아직 값을 치르지 않았으니까요.

한마디 한마디, 도장 찍듯 내뱉는 그녀를 바라보며 남자의 입가가 비틀어졌다. 연못가에 함부로 자라난 풀들이 사무치게 몸을 흔들며 서걱대는 울음을 지어냈다.

값은 치르겠소.

당신은 이미 떠났는데, 대체 무엇으로 치른단 말이죠?

어느 해였던가. 성 안으로 다기(茶器)를 사러 갔던 날, 그녀는 검은 수염의 딸과 마주친 적이 있었다. 찻잎처럼 새초롬한 얼굴의 처녀가 길쭉한 눈매로 그녀를 천한 여관의 여주인이라 비웃고 있었고, 그 얼굴을 바라보던 그녀 역시 너는 세상을 모르겠지, 하지만 나는 알아, 하고 속으로 중얼거렸었다. 그러나 지금에 와서 보니 세상을 안다고 자부했던 자신이야말로 가장 어리석은 여자가 아니었던가.

그녀는 손에 쥐고 있던 연잎을 버리고 연못가에 쪼그려 앉아 손가락 끝으로 수면을 더듬었다. 유독 그의 얼굴에는 거친 바람이 지나간 결이 남아 있다고 느꼈었다. 때문에 연민과도 같은 것을 느끼기도 했었다. 그러나 이제 와 보니 그 그늘은 다른 여인을 얻지 못하는 고통에서 온 흔적이었던가. 차가운 물의 기운이 머릿속을 말갛게 씻어내리는 것 같았다.

칼잡이를 산 값의 두 배를 치르겠소.

안 돼요. 그녀의 낮은 목소리가 담방담방 물수제비를 뜨며 연못 위로 퍼져나갔다. 동시에 희미한 물비린내가 콧속을 부비며 들어왔다.

그건 내가 원하는 답이 아니에요. 기억하기론, 내 종이 되겠다고 약속하지 않았던가요? 개처럼 부려도 좋다던 말을 잊지는 않았을 텐데⋯⋯

그녀는 오른손으로 연잎을 건져올리며 남자에게 내뱉었다. 성 안으로 가서 당신의 정혼녀를 만나겠다고, 자신의 아버지를 죽인 자와 혼인할 여자는 없을 거라고. 그녀의 독기 어린 말에 한동안 말을 잇지 못했던 남자가 어렵게 입을 떼어놓았다.

허나, 여관에 핀 꽃은 시들어버린 지 오래요. 시들어버린 꽃은 무엇으로도 되살리지 못하지.

남자의 말에 그녀는 주먹을 꽉 움켜쥐었다. 뾰족한 손톱이 손바닥을 파고들었지만 아무 느낌이 없었다. 내가 원한 것은 이런 것이 아니었다고, 그녀는 소리 없이 고개를 저었다. 그가 돌아오지 않으리란 것을 짐작하지 못한 것은 아니었으나 이런 것을 확인하길 원했던 것은 아니었다. 자신에게 거짓을 속삭이는 남자에게 안겨서 고양이처럼 가르릉거리는 소리를 냈던 자신을 용서할 수가 없었다. 그의 살갗에 지어진 주름을 하나하나 혀끝으로 훑어내리던 밤이 불투명한 수면 위에서 흔들거리며 그녀의 눈동자를 찔러왔다.

그 순간, 양 손바닥으로 얼굴을 감싸안는 그녀를 향해 남자가 다가왔다. 그믐밤이 내려 드리운 어둡고 촘촘한 발을 걷어올리며 성큼성큼 다가오는 그의 걸음에 마른 풀잎들이 소음을 토해내며 드러눕고 있었다.

잠시⋯⋯ 당신 여관에 머물며 평생을 보낼 수도 있을 것 같다는, 그런 생각을 하기도 했소. 그러나 내가 걸어온 과거를 부정할 수는 없는 거요. 이제 와 그녀를 포기할 수는 없다는 말밖에⋯⋯ 지금에 와서는 이것이 그녀를 얻기 위해서인지, 그게 아니라 다른 무엇 때문인지 모르겠소. 그녀를 지금도 내 목숨처럼 간절히 원하는지 나 역시 모르겠소. 그러나 너무 오랜 시간을 떠돌아왔으니 어떻게든 멈춰설 수밖에. 다시 먼 길을 떠날 힘도, 되돌아갈 힘도 내겐 없는 거요. 내 귀는…… 당신이 어떤 말을 해도…… 들을 수가 없는 거요.

마른 대나무결 같은 그의 목소리는 다른 사람의 것처럼 생경했지만 가슴만큼은 여전히 그녀가 얼굴을 기대기에 딱 좋을 만큼 평평하고 따듯했다.

당신을……

그녀에게는 그에게 해야 할 말이 더 있었다. 하지만 말을 마저 이을 수가 없었다. 그의 팔에 안긴 채 무언가 말하려 애썼지만 붉은 입술 사이에선 가느다란 신음 소리만이 새어나왔다.

아…… 아……

그날 그와 한 몸이 되었을 때, 꼭 감은 눈동자 위로 후드득 스쳐갔던 붉은 자국의 정체를 그녀는 이제야 알 수 있었다. 그것은 검은 수염의 목에서 솟구친 핏방울이 아니라 바로 자신의 가슴에서 튀어오른 핏자국이었음을. 그래, 어쩌면 처음부터 모든 것을 예감하고 있었는지도 모르겠다고, 그러면서도 그를 믿을 수밖에 없었는지도 모르겠다고, 그녀는 흐려져가는 눈으로 자신의 입술처럼 선연한 붉은 방울을 바라보며 생각했다.

아주 오래 전의 어느 날, 허리 굽은 노인이 말했던가. 물 속에 빠진 사람은 생사의 사이를 헤엄치는 찰나, 그때까지 자신의 생애를 눈앞의 섬광처럼 볼 수 있다고. 정말 그 말이 이렇게 들어맞을 줄은 몰랐었다고 그녀는 되뇐다. 또한, 내일 아침 탁자 위에 올려져 있는 편지를 읽고 소스라치게 놀랄 붉은 머리 소녀의 얼굴을 상상하고,

또 그애가 편지에 씌어져 있는 대로 저 멀리 외눈박이 검객을 찾아갈 수 있을지에 대해서도 생각한다. 그애라면, 그애라면, 총명한 아이니까 해낼 수 있겠지. 객주를 찾아가 내 간곡한 부탁과 함께 붉은 보석을 전하겠지. 애꾸눈 살수는 검은 수염의 목을 벤 것처럼 남자의 목을 꽃대 자르듯 베어내겠지. 붉은 머리 소녀는 남자의 저민 살로 정성껏 만두를 빚고, 그녀가 남자의 몸을 탐하던 것처럼 잘게 다져진 남자의 몸을 꼭꼭 씹어삼킬 것이다. 마지막으로, 바람과 모래의 비밀 아래 남자의 몸은 낡은 여관 안에 영원히 머무르리란 생각이 그녀를 위로한다. 하지만 그런 생각들마저도 그녀의 몸과 함께 푸른 연잎 아래로 가라앉아 결국엔 물방울 사이로 자취도 없이 사라지고 말뿐이었다.

마로니에 공원에
이구아나가 산다

태기수

1968년 전북 임실 출생.
추계예대 문예창작과 졸업.
1998년 『현대문학』으로 등단.
중편소설 「소와 양」 「The game world」, 단편소설 「그림자가 달아난다」
「사생활 설계사, 루피」 「정지된 시간 속에서」 등 발표.

저게 뭐야?

나는 흠칫 놀라 상체를 곧추세웠다. 반사적으로 고개가 쏙 내밀어졌고, 잔뜩 힘이 들어간 눈동자에서 통증이 느껴졌다. 나는 주인의 손아귀에서 막 풀려난 사냥개처럼 어느 한 지점을 매섭게 노려보았다. 그것은 야외공연을 위한 간이무대가 설치되어 있는 콘크리트 계단 주변 벤치 밑에서 황록색으로 번들거리고 있었다. 어림짐작으로 보아 손바닥만한 크기였고, 듬성듬성 돋아난 잔디 사이로 한 뼘 정도 되어 보이는 꼬리를 슬쩍 내비치고 있었다. 언뜻 보기에 도마뱀인가 싶었다. 케이에프시나 피자헛에서 사은품으로 제공하는 공룡인형인지도 몰랐다.

그렇겠지 하고는, 앞을 스쳐가는 여자에게로 시선을 옮겼다. 순간 놈이 꿈틀 움직이는 게 아닌가? 놈은 어느새 목재 벤치의 한쪽 다리를 타고 스물스물 기어오르고 있었다. 가슴이 두근거리기 시작했고, 호흡의 자연스러운 리듬이 일순 흐트러지고 말았다. 공원에는 여전히 많은 사람들이 숨쉬고 움직이고 노래하고 소리지르고 부둥켜안고 키스하고…… 그러고들 있었다. 그들 중 아무도 이 황록색의 생물체를 발견하지 못하고 있었다. 그 사실—이 수많은 사람들 중에 오직 나만이 저 괴이쩍은 놈과 마주하고 있다는—이 나를 더욱 흥분시키는 것인지도 몰랐다.

놈은 벤치 다리의 중간쯤에서 동작을 멈추었다. 그리고는 슬며시 고개를 돌려 여기저기 두리번거렸다. 무언가를 찾는 눈치였다. 머리 위에서부터 등골을 타고 삐죽삐죽 갈기가 솟아 있었고, 여느 파충류처럼 딱딱한 껍질을 갑옷처럼 두르고 있었다. 황갈색 판자를 머리에 가지런하게 이고 있는 철제 다리를 단단하게 움킨 놈의 발가락에 발톱이 예리하게 서 있었다. 죽 늘어선 갈기로 보아 도마뱀은 아닌 모양이었다. 이구아나, 그래 놈은 정말 살아 있는 이구아나였다. 그런데 저놈이 어떻게 공원에 들어오게 된 걸까? 누군가가 애완용으로 기르던 걸 풀어놓은 걸까?

놈의 시선이 어느 순간 딱 멈추었다. 맙소사! 나는 순간 온몸이 으스스하게 얼어붙는 듯한 느낌에 오싹 소름이 돋았다. 놈이 나를 똑바로 바라보고 있었다. 그때였다. 누군가의 목소리가 귓속으로 스르르 흘러들었다.

나 여깄어. 넌 왜 나를 보지 못하는 거지?

아! 왔구나. 그녀의 목소리였다. 나는 그제야 지나를 기다리고 있었다는 걸 인식하고 히뜩 고개를 돌렸다. 그런데 그녀가 보이지 않았다. 아무리 휘둘러봐도 지나는 어디에도 없었다. 기이한 일이었다. 그렇담 방금 전 그 목소리는 뭐란 말인가? 순간 지나가 어딘가에 숨어 장난을 치고 있다는 생각이 스쳐갔다.

지나, 얼른 나와. 이렇게 늦는 법이 어딨냐? 괜히 미안하니까 그러지, 너?

내 목소리가 제법 크게 울렸던 듯싶었다. 주위에 있던 몇 사람이 별놈 다 보겠다는 듯 나를 쳐다보았다.

바보! 난 여기 있다니까.

지나가 어딘가에서 또 외쳤다. 굳이 나를 놀리려고 하는 것 같지는 않았다. 자기를 발견하지 못하고 있는 내가 안타깝다는 투였다. 하지만 나는 여전히 그녀가 장난을 치고 있다고 생각할 수밖에 없었다.

하나도 재미없어. 얼른 나오라니까. 도대체 핸드폰은 왜 안 받는거니?

내 목소리에 날이 곤두서 있었다. 그러고 보니 그녀는 한 시간 가까이 늦은 처지였다. 지나는 분명 문예회관 대극장 입구에서 세시에 만나자고 했다. 예정대로라면 우리는 카페 모차르트에서 차를 마시고 네시쯤에 거기서 나와, 십여 분 동안 마로니에 공원 벤치에 앉아 노닥거리다가, 샘터 파랑새극장에서 네시 반에 공연하는 연극을 보기로 되어 있었다. 좋은공연만들기협의회에서 발행하는 사랑티켓신문에 '한 남자의 엉뚱한 거짓말로 인해 벌어지는 하루 동안의 해프닝을 다룬 소극' 이라고 소개되어 있는 레이쿠니 작 이현규 연출의 〈라이어〉. 그러니까 지금은 지나와 내가 이구아나가 지키고 있는 저 벤치나 다른 빈 공간에 앉아 시시덕거리고 있어야 할 시각이었다.

지나의 장난질이 지나치게 길어지고 있었다. 슬슬 부아가 치밀어오르기 시작했다. 이거 정말 장난이 아닌데 그래? 나는 극장 입구 계단에서 벌떡 몸을 일으켜세웠다. 그러면서 언뜻 이구아나와 시선이 마주쳤다. 이상하게도 놈이 나를 똑바로 바라보고 있다는 느낌이 들었다. 놈이 무언가를 말하고 싶어했다. 게다가 진한 슬픔 같은 게 배어 있는 눈길이었다. 상당히 먼 거리임에도 나는 그걸 분명하게 감지할 수 있었다.

성큼성큼 이구아나가 있는 쪽으로 걸음을 옮겨갔다. 막 그곳을 지나치던 청년이 어깨를 툭 치고 지나갔다. 나는 앞으로 고꾸라질 듯 상체를 꺾었다가 간신히 자세를 수습했다. 황급히 뒤돌아선 청년이 고개를 꾸벅 숙이며 죄송하다고 말했다. 그러나 나는 청년의 사과 따위에는 관심이 없었다. 그 사이에 이구아나가 다른 곳으로 달아나버릴까 염려스러울 뿐이었다. 이구아나와 마주할 수 있다면, 놈이 왜 이런 곳에서 그렇듯 슬픈 눈을 하고 얼쩡거리게 되었는지 알게 된다면, 지나를 만나지 못한대도 그리 허탈하지 않을 것 같았다.

다행히 이구아나는 아직 그 자리에 납작하게 붙어 있었다. 부릅뜬 눈동자가 시큰해져왔고 시야가 뿌옇게 흐려지고 있었다. 눈을 감고 눈두덩을 마사지하듯 쓰다듬어보았다. 다시 열린 시야는 그러나, 여전히 뿌연 안개의 장막에 가려져 있었다. 이구아나도 꺼져가는 불빛처럼 가물거렸다. 망막에 얇고 투명한 비닐이 덮어씌워진 것 같았다. 나는 두 눈을 맹렬하게 깜박거리며 내처 앞으로 걸어나갔다. 차츰 시야가 환해지고 있었다. 모든 사물이 원래의 색감을 되찾아가기 시작했다. 그런데…… 이구아나……!? 놈은 여전히 이른 저녁의 그림자처럼 가물가물하게만 보였다.

이상하다. 왜 이렇지? 하고 중얼거리며 벤치 가까이 다가갔을 때 놈은 이미 모습을 감춘 뒤였다. 어쩌면 애초에 이구아나 따윈 없었던 건지도 몰랐다. 정말 내가 뭘 잘못 본 것일 수도 있었다. 요즘 들어 부쩍 시력이 약해진 것 같다. 아무래도 시설 좋은 안경점에 가서 시력 측정을 해봐야겠다는 생각이 들었다. 그러면서도 나는 여전히 벤치 주변을 탐색하며 이구아나를 찾고 있었다. 기이한 존재감이 느껴져서였다. 좀전에 본 이구아나, 놈은 아까부터 계속 내 주변을 맴돌며 무슨 말인가를 중얼거렸으며, 지금도 애타게 나를 부르고 있을 것만 같았다.

나는 결국 이구아나를 찾지 못하고 돌아서야 했다. 〈라이어〉 공연 시간이 훌쩍 지나갔는데도 지나는 나타나지 않고 있었다. 마지막으로 그녀에게 전화를 걸어보았다. 열다섯 번쯤 신호음이 울리고, 고객이 전화를 받을 수 없어 음성사서함으로 연결해드린다는 메시지가 흘러나왔다. 그녀와의 통화는 매번 그랬다. 음성사서함을 거치지 않고 통화에 성공한 적이 거의 없었다. 할 수 없이 이번에도, 세 시간 동안이나 널 기다리다 간다는 메시지를 지나의 음성사서함에 흘러넣었다. 지나를 기다리느라 허비해버린 두 시간을 한 시간쯤 늘려놓은 것이다.

터덜터덜 버스 정류장으로 걸어가면서 괜히 시간을 늘려놓았다는 생각이 들었다. 내가 늘려놓은 시간만큼 더 그녀를 기다려줘야 할 것 같았다. 이구아나가 다시 그 자리에 나타날 거라는 예감 때문이었다. 전철을 탈까 하다가 방송통신대 입구 쪽으로 걷기 시작했다. 이화동로터리까지 걸어가 361번 버스를 타고 가면 될 터였다. 아무튼 무작정이라도 좀 걷고 싶었다. 이구아나를 처음 발견했을 때의 가슴 떨림이 아직 진정되지 않고 있었다. 몸에 미세한 전류가 흐르는 전기뱀장어 한 마리가 가슴속에서 몸을 뒤채고 있었다.

버스를 기다리면서 어쩐지 처연한 기분이 들었다. 지나를 보지 못해 서운한 감은 들지 않았다. 그녀 때문에 두 시간이나 하릴없이 흘려보냈는데도 이상스레 화가 나지 않았다.

집에 돌아와 샤워를 하고 컴퓨터 앞에 앉았을 때 지나로부터 전화가 걸려왔다. 그녀는 대뜸 왜 나오지 않았느냐고 버럭 소리를 내질렀다. 기가 찰 노릇이었다.

무슨 소리야? 세 시간…… 두 두 시간 넘게 기다리다 이제야 들어왔다구.

뭐라구? 그게 정말이야? 거짓말이지?

나 원…… 핸드폰 갖고 있냐? 한번 확인해봐라. 세시부터 줄기차게 해댔는데도 받질 않더라. 메시지도 남겨놨는데……

아, 그 그래. 그래서였나? 널 기다리는 동안 몇 번이나 몸에서 지진이 일어났다.

지진이라구?

그래. 지진이라도 일어난 듯 복부가 부르르 부르르 맹렬하게 진동을 일으키는 거야. 무서워서 혼났다. 넌 나타나지도 않지, 정신은 자꾸만 어둑어둑해지지……

이해할 수 없는 일이군. 같은 장소에서 나도 널 기다렸고, 너도 날 기다렸는데 서로를 보지 못했다니 말야. 아, 니 목소리를 듣긴 들었다. 왜 날 찾지 못하냐고 나무라는 소리…… 아, 그리고 나 공원에서 이구아나를 봤다.

뭐 뭐라구? 방금 이구아나라고 했니?

그래 이구아나!

갑자기 핸드폰에서 쉭쉭거리는 소리가 들려왔다. 파충류가 긴 혀를 날름거리며 바람 소리를 뱉어내는 것처럼 들렸다. 거기에 가늘고 기다란 몸집을 한 동물이 바닥을 기어다니는 소리가 뒤섞여 들려왔다.

무슨 일이지? 갑자기 왜 이러냐?

답답함을 토로하는 내 물음에 지나는 아무런 응답이 없었다. 뭔지 모를 신음 소리가 쉭쉭거리는 소음에 휘감겨 흘러나왔다. 나는 그만 플립을 닫고, 다시 통화를 시도해보았다. 그러나 극장 입구에서 걸었을 때처럼 신호음만 뱅글뱅글 허공을 맴돌 뿐, 지나의 음성은 들려오지 않았다.

어찌된 일인지 지나의 얼굴이 잘 떠오르지 않는다. 다시 만나게 된들 알아볼 수나 있을까? 내가 그녀를 알게 된 것은 지난주까지 아르바이트로 일했던 어느 인터넷 콘텐츠 개발업체에서였다. 석사과정을 수료하고 조교로 일하는 선배의 소개로 들어간 곳이었는데, 내게 맡겨진 일은 전자의료기기 개발업체의 홍보용 시디 제작을 돕는 것이었다. 팀장이 요구하는 대로 회사의 홍보팀을 방문하여 필요한 사진자료를 받아오거나, 마땅한 사진이 없으면 직접 가서 캠코더와 디지털 카메라에 담아오면 되는 일들이었다.

일을 시작한 지 삼 일째 되는 날, 수업을 마치고 회사에 들렀을 때 내가 임시로 쓰고 있던 자리에 누군가가 앉아 있었다. 나는 순간, 내가 하던 일이 다른 사람의 손에 넘어간 게 아닐까, 하고 생각했다. 어제 부천에 있는 연구소의 이곳저곳을 담아온 자료화면이 맘에 안 든다고 팀장에게 한마디 얻어들었는데, 그 때문인가 싶었던 것이다.

나는 내 자리를 침범한 여자를 멍하니 바라보았다. 처음 보는 직원이었다. 신입사원인가도 싶었다. 하지만 정식직원으로 보기엔 너무 앳돼 보였다. 갓 고등학교에 들어갔겠다 싶을 정도였다. 첫날의 취재에 동행해주었던 기획지원팀 하 대리에게 물어보기로 했다.

아, 마지나씨? 오늘부터 같이 일하게 될 친구야. 서로 인사들이
나 나누지.

일본의 게임 사이트들을 검색하고 있던 하 대리가 여전히 시선을
모니터에 고정시킨 채 말했다. 무신경한 어조였다. 캠코더에 들어
가는 테이프나 취재관련 자료가 필요할 때 그의 도움을 받곤 해서
그래도 좀 친밀감을 갖고 있었는데, 괜히 그한테 물어본 것 같았다.
내가 어정쩡한 자세로 서 있을 때, 마지나라는 여자가 슬쩍 고개를
틀며 말을 건넸다.

안녕하세요? 같이 일하게 돼서 기뻐요.

아, 예, 저도…… 그런데 거긴 제 자린데……

내가 몇 마디 우물거리자, 모니터에 시선을 박아두고 있던 그녀
가 갑자기 깔깔거리며 웃어댔다. 방자하게 터져 나온 웃음소리. 하
대리가 입가에 능글맞은 미소를 띤 채 나와 그녀를 번갈아 바라보
았다. 흥미로운 사건을 예의 주시하는 관찰자의 자세였다.

어머! 그래요? 미안해요. 몰랐어요.

지나가 웃음소리만큼이나 호들갑스러운 어투로 말했다. 그제야
하 대리가 꺼들어 몇 마디 거들어주었다. 내일쯤 컴퓨터 한 대가 새
로 들어오는데, 우선 빈자리 찾아다니며 일하라고 자기가 직접 지
시했다는 것이었다. 나는 아, 예…… 하고 우물거렸고, 지나는 이
제 알았지? 하고 말하듯 나를 잠시 쳐다보았다. 다른 빈자리로 옮
겨갈 마음은 전혀 없는 듯했다. 나는 하 대리와 지나의 눈치를 슬슬
살피며 캠코더와 디지털 카메라를 챙겼다. 어제 촬영에 실패한 동
영상 자료를 찍기 위해 서둘러 전자의료기기 업체의 연구소로 가봐
야 했다. 준비를 마치고 회사를 나설 때까지도 지나는 태연하게 내
자리를 차지하고 있었다. 헤드셋에서 흘러나오는 음악에 머리를 가

녑게 흔들어대고 있는 걸로 보아 일을 하고 있는 것 같지도 않았다. 기획팀 직원들과 같이 식사를 하면서 흘려듣기로는 회사 사정이 어려워져서 오히려 감원해야 될 처지라고 했다. 그래서 앞으로 나 같은 임시 직원을 많이 쓰게 될 거라고도 했다. 어쩌면 지나도 그런 필요에 의해 고용되었을 터였다.

그런데 내 예상과 달리 지나는 디자인 팀의 정식직원으로 채용된 것이었다. 다음날부터 그녀에게도 최신 기종의 컴퓨터와 책꽂이가 나란히 놓인 자리 하나가 주어졌다. 지나가 건네준 명함에도 '디자인 팀 마지나'라는 문구가 회사 로고 바로 밑에 선명하게 찍혀 있었다.

지나로부터 받은 명함을 물끄러미 바라보면서 언뜻 의아한 기분이 들었다. 이런 때 신입사원이라니…… 더욱 이상한 것은 디자인 팀 소속이면서 자리가 엉뚱한 위치에 박혀 있다는 점이었다. 그녀의 책상은 제작이사 책상과 사장실의 중간쯤에 있었다. 어느 팀 소속인지 얼른 알아볼 수 없는 모호한 위치였다. 디자인팀장의 지시를 받는 것도 아니었고, 근무시간에 하는 일도 디자인 업무와는 전혀 무관한 것들이었다. 손톱만한 이미지 하나를 몇 시간 동안 이리저리 굴리고 색칠하고 주무르며 앉아 있는 걸 보기도 했지만, 대부분의 시간 동안 임시직원인 내가 하는 일보다 하찮고 사소한 일들에 묶여 있었다. 간단한 타이핑 작업을 하다가도 우체국에 갈 일이 생기면 맨 먼저 그녀가 호출되었다. 티타임이 끝난 뒤에 어지럽혀진 휴게실을 정리하는 것, 화장실 청소도 그녀에게 맡겨진 일이었다. 가끔 사장실을 들락거리기도 했고, 어쩌다 클라이언트가 방문하면 그를 위해 차를 준비하는 일도 지나의 몫이었다. 귀찮지만 누군가는 꼭 해야 될 일들이긴 했다. 그렇지만 저런 일을 시키려고 직원을 채용하진 않았을 텐데…… 대체 저 앤 뭐지? 멍청히 앉아 입술에 립글로스를 덧칠하거나 새끼손톱에 매니큐어를 바르고 있는 지나를 볼 때마다 이런 의문이 불쑥 치솟는 것도 당연했다.

문제는 지나 자신조차 그걸 모르고 있다는 것이었다. 그녀는 야, 너 이 회사 직원 맞냐? 하고 놀리듯 물으면, 아마 견습기간이라서 그런 것 같다고 힘없이 대답하곤 했다. 둘만 있을 때는 서로 말을 놓을 정도로 우리는 친해져 있었다. 서로의 모호한 위치가 편안함으로 다가왔기 때문일 것이다. 사무실 내에서는 담배를 피울 수 없도록 되어 있어서, 우리는 휴게실에서 자주 만나 커피를 마시고 담배를 나눠 피우며 짧은 대화를 나누었다. 그녀는 어느 지방대학의 목공예디자인과를 다니다 휴학하고, 오래 전부터 동경해왔던 이태리에 가기 위해 돈을 벌고 있다고 했다. 지나가 이태리를 동경해온 유일한 이유는 밀라노에 있다는 국제 디자인 대학원 도무스 아카데미 때문이었다. 이태리에 가면 한번쯤 둘러보고 싶어할 만한 피렌체와 베네치아 같은 도시들, 로마 교황청, 레오나르도 다 빈치 박물관, 유명 갤러리나 신전 등지에 가보고 싶어하는 게 아니라, 그녀의 관심은 오직 도무스에 가 닿아 있었다. 세계적인 디자이너들이 영어 또는 이태리어로 강의를 한다는 그곳에 가서 한 번만이라도 수업을 받아보는 게 그녀의 오랜 꿈이었다. 지나는 도무스 아카데미의 2년제 과정을 수료하고 돌아와, 대학로나 홍익대학교 근처 피카소거리에서 도무스라는 이름의 스커트 숍을 운영하며 살고 싶다고 꿈꾸듯 몽롱한 눈길로 말하곤 했다. 그녀의 동경은 매우 뿌리깊고 절실해 보여서 조금은 감동적이기까지 했다. 나는 꼭 그 꿈을 이루라고 말해주었고, 나도 한번쯤 그곳에 가보고 싶다고도 말해주었다. 내 말을 듣고 지나는 아우, 정말? 하고 소리지르며 기뻐했다.

그러다 왜 회사에서 지나를 채용했는지 어렴풋이 짐작할 수 있을

법한 일이 벌어졌다. 거액의 투자를 하면서 새로이 이사진에 합류했다는 이사가 회사를 방문한 것이다. 직접 회사를 한번 둘러보고 나서 앞으로 계속 투자를 할지 안 할지 결정하기 위해서라고 했다. 곧 사장이 이 새로운 투자자로 바뀔 거라는 소문도 나돌고 있던 터라, 그날 회사는 묘한 긴장감으로 팽만해 있었다. 다들 그 심리적 긴장에 붙들려 겁먹은 눈동자를 뒤룩거리느라 좀체 말들이 없었다. 시간이 흐를수록 눅눅하게 가라앉은 불안과 침묵의 무게만 더해가고 있었다. 이러다 사무실이 아래로 쑥 가라앉아버리지 않을까, 하는 염려마저 들었다.

마침내 이사가 회사에 모습을 드러냈다. 그러나 그는 예상과는 달리 너무도 평범한 인상을 하고 있었다. 이사의 겉모습에서 어딘가 좀 예리하면서도 비범해 보이는 무언가를 기대했던 직원들은 다들 실망한 눈치였다. 나 역시 마찬가지였다. 작은 키에 볼품없이 통통한 체형, 바보스러운 인상을 하고 있어서 하마터면, 애개! 겨우 저 정도야? 하며 손가락질을 할 뻔했던 것이다.

이사는 잠시 출입문 앞에서 멈칫거렸다. 그러면서 두 눈으로 사무실 전체를 한 번 빠르게 훑었다. 그리고 보니 눈매에서 제법 예리한 구석이 엿보였다. 먹이를 낚아채기 위해 공중에서 내리꽂히는 독수리의 발톱 같은 날카로움이 있었다. 게다가 이사가 들어서면서부터 사무실 전체에 비릿한 냄새가 감돌고 있었다. 나는 그 냄새가 풍기는 불온한 느낌을 견디지 못하고 하 대리에게 냉큼 물었다.

저기…… 있죠? 뭔가 비릿한 냄새가 나는 것 같지 않아요?

하 대리는 내 물음을 듣지 못한 모양이었다. 다시 물었다.

이상한 냄새가 난다구요.

하 대리는 오른손 검지를 곧추세워 입에 대고 쉿, 소리를 냈다.

그때까지도 출입문 앞에서 엉거주춤 서 있던 이사에게 누군가가 어떻게 오셨느냐고 물었다. 그러자 이사는 잠시 황당한 표정을 지어 보였다. 그러더니 언제 그랬냐 싶게 헤벌쭉이 웃었다. 그때 사장실 문이 벌컥 열렸다. 무척 당황하고 초조해 보이는 사장이 헐레벌떡 걸어나와 이사 바로 앞에서 고개를 푹 꺾었다. 이사는 그런 사장은 본체만체, 직원들에게 얼굴 가득 잔주름이 잡히도록 한 번 더 웃어주었다. 저런 분이 새로운 사장이라면 교체되어도 좋겠단 생각을 하게 될 만큼 사려 깊고 편안해 보이는 인상이었다. 그 앞에서 쩔쩔매는 사장이 오히려 이상해 보였다.

결국 이사는 사장에 의해 사장실로 안내되었고, 해오던 대로 지나가 녹차를 준비해 그 안으로 들어갔다.

그런데 그날은 이상하게도 지나가 좀체 사장실에서 나오지 못하고 있었다. 나로선 자꾸만 그쪽으로 눈길이 쏠릴 수밖에 없었다. 그러다 하 대리에게 걱정스러움을 슬쩍 내비쳤다. 하 대리는 아르바이트 주제에 그런 건 왜 물어보냐는 투로 나를 힐난했다. 순간 차갑게 굳어 있는 하 대리의 얼굴이 파르스름하고 두터운 껍질에 덮어씌워진 것처럼 보였다. 다른 직원에게 물어봐도 마찬가지였다. 프로그램팀에 소속된 그 여직원은 사장실 쪽을 한 번 흘끔거리더니, 그걸 왜 자기한테 묻느냐고 버럭 화를 내버렸다. 모두들 사장실에서 어떤 일이 벌어지든, 신입직원이 무슨 일을 당하든 상관없다는 투의 반응을 보였다. 그 때문인지 직원들 사이에서도 비릿한 음모의 냄새가 맡아졌다. 이사가 사무실에 몰고 들어온 것과 비슷한 냄새였다. 나는 사장실 문을 박차고 들어가고 싶은 충동을 느꼈다.

지나는 한 시간쯤 지나서야 밖으로 나왔다. 비틀거리며 걸어나오는 그녀가 아무래도 좀 이상해 보였다. 얼굴이 하얗게 질려 있었고,

무언가에 홀린 듯한 표정이었다. 일종의 정신적 공황상태에 빠져버린 듯했다. 나는 슬그머니 일어나 그녀에게로 다가갔다. 괜찮아? 하고 서너 번이나 물어봤는데도 아무런 대답이 없었다. 어깨를 거세게 흔들어봐도 별 반응을 보이지 않았다. 그녀는 열에 들뜬 표정으로 멍하니 허공을 바라보고만 있었다. 눈동자가 흐리멍덩하게 풀려 있었다.

그러다 어느 순간, 지나가 벌떡 자리를 떨치고 일어나 사장실로 들어갔다. 전혀 뜻밖으로 당찬 기세였다.

다시 십여 분의 시간이 흐르고, 사장실 문이 소리 없이 열렸다 닫혔다. 그런데 출입문 밖으로 나온 사람이 없었다. 흐릿한 그림자 하나가 출입문 밖으로 비어져 나와 사무실 바닥에 길게 드리워져 보였을 뿐이었다.

잠시 후, 구둣발 소리가 또각또각 울리기 시작했다. 하이힐을 자주 신었던 지나의 발소리처럼 들렸다. 기이한 일이었다. 발소리와 그림자의 흐물거리는 음영은 분명하게 감지되는데, 정작 그 실체가 전혀 보이지 않는 것이었다. 겁이 더럭 났다. 그러면서도 나는 그림자의 움직임을 멍하니 지켜볼 수밖에 없었다. 그림자의 주인이 지나일 거라는 확신 때문이었다.

그림자와 구둣발 소리는 내 쪽으로 성큼성큼 다가오고 있었다. 다른 직원들은 구둣발 소리를 내는 그림자의 존재를 알아차리지 못하고 있었다. 아니면 억지로 모른 체하고 있거나, 둘 중 하나였다.

그림자는 내 옆에 바짝 다가와서야 멈춰 섰다. 그림자가 말했다.

나 그만, 퇴근해야겠어. 나중에 봐.

그림자의 말은 일방적인 선언처럼 들렸다. 지나, 그녀의 목소리인 것만은 분명했다. 하지만 벌써 퇴근이라니…… 나는 입을 헤 벌린 채 손을 위쪽으로 길게 내뻗어보았다. 물컹한 감촉이 느껴졌다. 키가 작고 깡마른 체구에 비해 유방이 좀 커 보이는 지나의 젖가슴인 것 같았다. 그녀의 붉은 머리칼, 푸르스름한 눈두덩, 불그스름한 얼굴의 윤곽이 차례로 제 모습을 찾아가는가 싶더니, 어느새 내 앞에 지나가 우두커니 서 있었다. 거무스름한 목덜미에 피멍울이 잡혀 있었다. 무언가에 물린 자국 같았다. 시선을 내려뜨려보니 짧은 스커트 아래로 쭉 뻗어내린 두 다리에도 예리한 발톱에 긁힌 자국이 나 있었다. 그런데도 나는 그 상처들에 대해 물어볼 수가 없었다.

지나는 백을 챙겨들고 가볍게 눈웃음을 지어 보이며 말했다.

나, 곧 도무스에 갈 수 있게 됐어. 난 강해질 거야.

할 수 있어, 할 수 있어…… 연신 되뇌며 출입문 쪽으로 걸어가는 지나의 걸음걸이가 위험스레 흔들린다 싶었다. 아무도 그녀의 퇴근을 제지하지 못했다. 그리고 나는 보았다. 막 출입문을 밀고 나가는 지나의 꽁무니에서 도마뱀의 꼬리 같은 게 환영처럼 대롱거리는 것을……

다음 날, 두어 시간 일찍 회사에 나갔을 때 지나가 보이지 않았다. 하 대리에게 넌지시 물어보니 그녀가 출근하지 않았단다. 그러자 가슴속에서 맹렬한 소용돌이가 일었다. 그날 일을 대충 마무리 짓고 집에 도착했을 때까지도 소용돌이는 가라앉지 않았다. 지나의 모습을 확인하고 그녀의 목소리를 듣고 싶었다. 내일만 지나면 나는 영영 지나를 볼 수 없게 될지도 몰랐다. 내일이면 내게 맡겨진 일이 모두 완결되는 것이다.

할 수 없이 나는 지나의 명함에 인쇄된 핸드폰 번호로 전화를 걸어보았다. 그녀는 신호음이 길게 이어지도록 전화를 받지 않았다. 내게 전화를 좀 해달라는 음성 메시지를 흘려넣고 플립을 닫았다.

하지만 두 시간이 지나도록 내 핸드폰은 울리지 않았다. 지나의 전화를 기다리며 저녁을 먹고 MBC 뉴스데스크와 KBS 특별기획 드라마를 보다가 나는 잠이 들었고, 자정이 다 된 시각에 눈을 떴다. 그리고 레인보우 식스 게임중에 갑자기 생각이 나서 다시 통화를 시도해보았다. 열 번쯤 신호음이 울리고, 그냥 플립을 닫으려는 순간 지나의 음성이 가느다랗게 들려왔다.

누구?

나 나야. 아직 내 메시지 못 열어봤구나.

그래, 너로구나. 근데 웬일이지?

오늘 회사에 안 나왔길래, 어제 무슨 일이 있었나 해서…… 상처는 괜찮아?

무슨 상처? 그리고 일은 무슨 일?

정말 괜찮은 거냐?

그렇다니까?

그럼 오늘은 왜……?

그냥…… 기분이 별로 안 좋아서……

그래?

……

그 그럼 낼 보자.

저……

뭐?

나 있지? 몸이 좀 이상하다.

어떻게 이상한지 말 좀 해줄래?

어제가 생리일인데 그냥 지나갔고, 속이 더부룩한 게, 꼭 뱃속에 개구리 한 마리가 꿈틀거리고 있는 것 같아.

개구리? 대체 그 안에서 무슨 일이 있었던 거야? 그들이 대체 무슨 짓을 한 거지, 너한테?

나도 몰라. 두렵고도 끔찍한 악몽을 한바탕 꾸고 나온 기분이었어. 그 안에서의 일은 아무것도 떠오르는 게 없어.

니가 사장실에서 나올 때 모습이 전혀 보이지 않았어. 그리고 순간적으로 니 뒷모습이 도마뱀처럼 보였어.

정말? 그럴 리가……!

그자하고 단 둘이 있었니?

아, 이제야 생각난다. 첨에 들어갔을 때, 그들이 그랬어. 자기네들 부탁을 들어주면 내 소원 하날 이루게 해주겠다고 말야.

그래서 다시 사장실로 갔던 거구나. 무슨 부탁인데?

글쎄, 그게 잘 기억이 나질 않는다니까? 암튼 내일 만나서 얘기하자.

조금만이라도 말해줄 수 없니?

아니, 그만해. 내일 보자. 안녕!

지나는 황급히 전화를 끊어버렸다. 새파랗게 겁에 질린 채 온몸을 파드르르 떨고 있을 그녀가 보이는 듯했다. 그러자 팔뚝에 소름이 오소소 돋아나더니 이물감이 온몸을 휘감아왔다. 우툴두툴한 나무껍질이 피부 전체에 덮어씌워지는 느낌이었다.

하지만 나는 아르바이트 마지막 날인 다음날에도 지나를 만날 수 없었다. 그녀가 이틀 연속 결근했다는 말만 전해들었을 뿐이었다. 그 말을 듣고 나는 바로 회사 밖으로 나와 지나에게 전화를 걸었다. 역시 받지 않았다. 집에 돌아와 걸었을 때도 마찬가지였다. 나는 전날과 마찬가지로 전화해달라는 음성메시지를 지나의 핸드폰에 흘려넣고, 그녀의 전화를 기다리며 저녁을 먹고 뉴스데스크와 특별기획 드라마를 보다 잠이 들었다가, 자정이 넘어서야 핸드폰의 벨소리를 듣고 잠이 깨었다. 지나였다.

그녀는 내일도 회사에 나갈 수 없을 것 같다고 말했다. 그러니 다른 곳에서 만나자는 것이었다. 나는 대학로에서 만나 연극이나 한 편 보자고 제안했다. 그런 다음 저녁식사에 술까지 쏘겠다고 덧붙였다. 그 상투적인 수작에 지나는 뭘 보여줄 거냐고 물었고, 나는 언뜻 떠오르는 대로 〈라이어〉! 하고 외쳤다. 그녀도 장난스레 되받아쳤다.

너도, 라이어! 우리 모두 라이어!

유쾌하게 내던진 지나의 외침 속에 허무의 그림자가 흐릿하게 드리워져 있었다. 그래서인지 둘이서 거짓말을 사이좋게 나누고 있다는 생각마저 들었다. 그랬는데 역시나, 우리의 약속은 제 시간에 실행되지 못한 채 하루 연기되고 만 것이었다. 지나와의 약속은 어찌 된 게, 언제쯤 이루어지리라는 기약도 없이 시간의 꼬리만 속절없이 길어지고 있었다.

밤새 뒤숭숭한 꿈에 시달려서인지 나는 정오가 가까워서야 자리에서 일어날 수 있었다. 무사히 아르바이트 일을 끝냈다는 안도감이 주말 기분과 어울려 수면시간을 길게 잡아늘여놓은 탓도 있었다.

눈을 뜨자마자 핸드폰부터 확인했다. 지나로부터 날아온 문자 메시지가 나를 기다리고 있었다. 내 제안을 수락한다는 내용이었다.

약속시간에 맞춰 어제의 그 장소로 가는 동안 나는 줄곧 이구아나 생각에 사로잡혀 있었다. 오늘도 놈을 볼 수 있었으면 싶었다. 그러다 보니 꼭, 이구아나와 만날 약속을 한 것 같다는 엉뚱한 생각이 스쳐가기도 했다.

나는 어제 두 시간 가까이 앉아 있었던 문예회관 대극장의 돌계단에 자리를 잡았다. 어제의 바로 그 자리, 이구아나가 출현했던 목재 벤치가 정면으로 바라다 보이는 위치였다. 그리고 다시, 어제와 같은 기다림이 시작되었다. 어제와 다른 건 기다림의 대상이 하나 더 늘었고, 그 또다른 대상과의 조우를 더 고대하고 있다는 점이었다. 내 시선은 목재 벤치 주변을 계속 서성거리며 이구아나가 나타나기만을 갈망하고 있었다. 지나와의 약속은 까맣게 잊은 채……

　주말이라서 어제보다 많은 인파가 물결치듯 몰려다니고 있었다. 그 속에서 내 기다림의 시간도 느리게 흘러가고 있었다. 아무래도 이구아나는 나타나지 않을 모양이었다. 하긴 오늘 같은 날 공원에 들어섰다간 조심성 없는 행인의 발에 밟힐 위험이 크겠구나 싶었다. 지나도 오지 않고 있었다. 그러나 나는 어제처럼 안절부절하며 전화를 해대지는 않았다. 숫자 키를 누르는 동안에 이구아나가 나타날까봐 그럴 여유를 부릴 수도 없었다.

　나는 결국, 오늘도 지나를 만나지 못하고 돌아왔다. 지나의 핸드폰은 꺼져 있었다. 나는 어제처럼 두 시간 동안 기다리다 그냥 돌아왔다는 메시지를 흘려넣고 플립을 닫았다.

　그런데 어째 기분이 영 좋지 않았다. 가슴이 답답하고 불안해서 가만히 앉아 있을 수가 없었다. 꼭 무슨 불운의 조짐처럼 여겨졌다. 아니나 다를까. 불안감을 잊기 위해 레인보우 식스 게임에 몰입해 있는데 지나로부터 전화가 걸려왔다. 그녀의 목소리가 무섭게 떨리고 있었다. 누굴 죽였다고 말하는 것 같았다.

　그게 무슨 소리야? 좀 크게 말해봐. 잘 안 들린다.

　내가 그 새낄 죽였다구. 이사 말야. 아니, 사장인가? 깨어나보니까 그가 죽어 있었어. 내 손에 칼이 쥐어져 있고. 어떻게 된 거지?

거기 어딘데?

여기 지금 회사야. 빨리 이리로 좀 와줄래? 무서워 죽겠어.

회산 안 나간다고 했잖아?

그들이 날 불렀어. 나도 어쩔 수 없었어. 널 만나러 가다가 나도 모르게 그만 발길이…… 도무지 이해할 수가 없어. 이게 다 뱃속의 개구리 때문일 거야.

알았어. 곧 갈게. 기다려. 어?! 아니지…… 나는 키가 없는데 어떻게 들어가지?

난감해하는 내 질문에 지나는 단말마의 비명을 으아아아악! 내지르는 것으로 대답을 대신했다.

급히 밖으로 나와 택시를 잡아탔다. 회사는 천호역 현대백화점 뒤편에 있는 7층 건물의 꼭대기 층 전체를 임대해 쓰고 있었다. 건물 출구 옆에 있는 경비실의 수위는 폐쇄회로 텔레비전과 마주한 채 꾸벅꾸벅 졸고 있었다.

엘리베이터에서 내려 회사 출입문 앞에 섰다. 역시 문은 단단하게 잠겨 있었다. 안으로 들어가려면 회사에서 지급된 보안카드가 있어야 했다. 문을 탕탕 두드려보려고 한 발 앞으로 다가선 순간 오른발에 뭔가가 밟혔다. 명함 크기의 보안카드였다. 지나가 자기 걸 문틈으로 밀어내놓은 모양이었다.

사무실 전체가 눈부시게 환했다. 살인사건의 흔적은 어디에도 보이지 않았다. 무언가 불길한 기운이 감지되기는 했다. 사장실 쪽으로 눈길을 돌렸다. 문이 반 뼘 정도 열려 있었다. 쿵쾅대는 가슴을 진정시키려 애쓰며 그쪽으로 슬금슬금 다가갔다. 안에서 인기척이 느껴졌다. 문 옆에 바짝 붙어서서 슬쩍 안을 엿보았다.

탁자와 소파에 칵테일 잔과 과일조각들이 어지럽게 흩어져 있는 게 먼저 눈에 띄었다. 그리고 구석진 곳에 쪼그려 앉아 있는 이사의 뒷모습이 보였다. 이사는 두 손으로 무언가를 움키려는 동작을 취하고 있었다. 지나는 없었다. 사장의 시체도 시야에 들어오지 않았다. 이사가 벌써 치웠을지도 몰랐다. 이제 보니 이사는 구석에 웅크리고 있는 이구아나와 씨름하고 있는 중이었다. 이구아나는 이사가 손을 내뻗으면 온몸을 뒤채며 대항했다. 어디선가 본 듯한 이구아나였다. 아, 그리고 또 한 마리의 이구아나가 소파에 죽어 널브러져 있는 게 눈에 들어왔다. 머리 위로 삐죽삐죽 솟은 갈기, 날카로운 발톱, 딱딱해 보이는 비늘…… 언뜻 보아 공룡을 연상시키는 생김새였다. 언젠가 헌책방에 갔다가 지오 과월호를 뒤적이다 본 적이 있는 바다이구아나로 짐작되었다. 몸 전체가 선홍빛을 띠고 있는 걸로 보아 번식기에 이른 수컷 바다이구아나임에 분명했다. 놈의 복부에 과도가 깊숙이 박혀 있었고, 상처 부위에서 흘러나온 피가 검붉은 빛으로 엉겨붙어 있었다. 한데, 갈라파고스 제도에 서식하며 바닷속 해초를 뜯어먹고 산다는 이구아나가 왜 이런 곳에서 칼에 찔려 죽어 있는 걸까?

드디어 이사가 이구아나를 생포한 모양이었다. 이사는 잠시 이구아나를 멀거니 쳐다보았다. 땀으로 번들거리는 그의 얼굴 전면에 두려움과 쾌감이 뒤범벅되어 있었고, 눈동자는 유리조각처럼 예리하게 번뜩거렸다. 이구아나가 두려워하자 이사는 얼른 표정을 바꿔 달래는 어조로 말했다.

잘했다. 착하지? 저 잔 어차피 죽어야 될 놈이었어. 이제 즐거운 여행과 산책의 시간이 널 기다리고 있구나. 도무스에 들어가겠다고 했던가? 우선 나와 함께 밀라노로 날아가는 거야.

이구아나는 필사적으로 버둥거리고 있었다. 어느 순간 그 이구아나와 눈길이 마주쳤다. 동시에 나는 온 정신이 하얗게 표백되었다가 서서히 먹먹해져가는 느낌을 받았다. 어제 마로니에 공원에서 마주쳤던 그 눈동자, 바로 그놈이었다.

인기척을 느낀 이사가 흘낏 뒤돌아보았다. 하마터면 들킬 뻔했다. 이사는 서둘러 탁자에 올려둔 유리상자에 이구아나를 넣고 뚜껑을 닫았다. 계란형의 뚜껑이 달린 상자는 인큐베이터를 본뜬 것처럼 보였는데, 뚜껑 위쪽에 담뱃갑 크기의 링거 병이 대롱거리고 있었다. 안에 갇힌 이구아나는 맹렬하게 날뛰며 온몸으로 상자를 툭툭 쳐댔다. 이사는 바다이구아나의 복부에 꽂힌 칼을 쑥 뽑아들며 괴이쩍은 웃음을 실실 흘렸다. 일순 이사의 입가에 잔인한 미소가 스쳐갔다. 그의 얼굴이 서서히 바다이구아나의 그것으로 변하기 시작했다.

거기 그대로 서 있다간 나도 곧 이구아나가 되고 말 거라는 두려움이 거대한 기둥처럼 쿵 하면서 머릿속으로 박혀들었다. 공포에 짓눌려 있던 시간과 세상의 모든 움직이는 것들이 봉인되고 수장되어버린 듯 적막하기만 했다. 머릿속에서 벌겋게 점화된 경고등이 어서 달아나라고 소리소리 질러댔다. 나는 슬금슬금 뒷걸음질치다가 냅다 출입문 쪽으로 내달렸다. 사장실 문이 활짝 열리는 것과 동시에 나는 사무실 밖으로 튀어나왔다. 엘리베이터는 1층에서 대기 중이었다. 나는 급히 계단 쪽으로 몸을 돌려 서너 계단씩 뛰어내려 갔다. 그러면서도 네 발로 바닥을 박박 기고 있는 기분이 들었다. 어두컴컴한 계단을 쿵쾅거리며 내닫느라 폐쇄회로 카메라에 내 모습이 찍혔으리라는 건 생각지도 못했다. 이제 어떻게든 지나를 만나보는 수밖에 없다는 맹목적인 의지가 발갛게 깜박거리기 시작했다. 이사에게 붙들린 채 절망적인 시선을 쏘아대던 이구아나가 불현듯 떠올랐다. 지나를 만나게 되리라는 가능성은 희박해보였다. 그렇더라도 그녀를 기다려야 한다는 생각이 들었다.

건물 밖으로 나와 급히 택시를 잡아탔다. 하얗게 질린 내 얼굴을 확인한 기사가 불안한 눈길로 행선지를 물었다. 나는 한참 동안 백미러에 얼굴을 비춰보고 나서야 대·학·로·에·데·려·다·달·라고 띄엄띄엄 말할 수 있었다.

안전벨트를 채우고 가쁜 숨을 고르고 있는 사이에, 졸음이 신문지에 스며드는 기름처럼 몸뚱이를 적셔왔다. 가려운 느낌이 들어 손등으로 입가를 쓱 훔쳐보니 끈적거리는 액체가 비어져나와 있었다. 거품 같은 게 목 언저리를 적시고 셔츠 속으로 빠르게 스며들었다. 젤을 바른 듯 진득거리는 누군가의 기다란 혀가 얼굴과 목, 가슴팍을 차례로 훑고 내려가는 것도 같았다. 그런데 도무지 몸을 움직일 수가 없었고 눈조차 뜰 수 없었다. 몸뚱이는 자꾸만 무겁게 가라앉아가고, 가물거리는 의식이 수명 다한 전구처럼 끊겼다 이어지기를 반복하고 있었다.

언뜻 정신을 차렸을 때 나는 화산재로 뒤덮인 황량한 벌판에 팽개쳐져 있었다. 언제쯤 택시에서 내렸는지, 어떻게 그곳에 누워 있게 되었는지 도무지 기억이 나지 않았다. 눈에 보이는 건물들로 보아 분명 마로니에 공원 같긴 한데, 눈길을 조금만 돌리면 전혀 다른 곳에 와 있는 것만 같았다. 너무 멀리 와버린 느낌이 들었다. 검게 그을린 공원 벤치와 나무들, 화산재로 뒤덮인 문예진흥원과 문예회관 대극장 건물이 차례로 보였다. 수백, 수천 마리의 이구아나들이 건물 외벽에 거미처럼 나붙어 있었다. 공원 이곳저곳에서 끽끽거리는 소음이 한꺼번에 귓속을 파고들었다. 바다이구아나들이 화산재를 뚫고 나오며 뱉어내는 소리였다. 공원은 온통 서로 물고 뜯으며 사투를 벌이는 바다이구아나들 천지였다. 반쪽의 몸통만 남은 이구아나, 목이 잘리고 껍질이 벗겨진 이구아나들의 시체가 여기저기 즐비하게 널려 있었다. 카페 모차르트의 손님들, 문예회관 대극장 무대에 오른 배우들과 관객들 모두 바다이구아나로 대체되어 있을 것 같았다.

한 여자가 문예진흥원 건물 밖으로 뛰쳐나왔다. 건물 벽에 붙어 있던 선홍빛의 이구아나들이 바닥으로 툭툭 떨어져내렸다. 여자는 앞다리 하나와 목이 뎅겅 잘려나간 이구아나 한 마리를 가슴에 꼭 품은 채 온몸을 파들파들 떨어대고 있었다. 지나를 꼭 닮은 여자였다. 그녀를 본 순간 머리카락이 갈기처럼 쭈뼛 곤두서는 느낌이 들었다. 가슴 밑바닥에서 뜨거운 기운이 맹렬하게 솟구치며 몸뚱이가 터질 듯 팽창하는 것 같았다. 나는 연마용 줄처럼 생긴 이빨을 동족의 목에 깊숙이 찔러넣은 이구아나처럼 식식거리며 앞으로 마구 달려나갔다.

햇빛 밝은

한지혜

1972년 서울 출생.
명지대 문예창작과 졸업.
1998년 경향신문 신춘문예로 등단.
단편소설 「외출」 「이사」 「안녕, 레나」 등 발표.

사람은 죽는다. 누구나 죽는다. 죽음이야말로 모든 사람이 유일하고 공평하게 나눠 받은 신의 선물이다. 그걸 받지 못한 사람은 아무도 없다. 그런데도 사람들은 죽음을 두려워한다. 자기에게만 닥칠 일이 아님에도 그러하다. 죽음을 피할 수는 없겠지만 그래도 할 수만 있다면 되도록 그 순간을 늦추고 싶다고 말하는 사람들이 대부분이다. 나는 그들을 이해할 수가 없다.

　그렇지만 그런 사람들도 어느 순간에는 죽고 싶어한다. 죽음을 두려워하는 사람들이 한순간 자살에 대한 동경과 유혹에 사로잡히기도 한다는 건 다소 아이러니한 일이다. 하지만 그것이 사랑 때문이든, 가난 때문이든, 딱 한 번 떨어진 성적표 때문이든, 삶이란 것이 본시 저마다 선택한 것이 아니라 주어진 것이고 보면 그것이 짐스럽게 여겨지기도 하는 건 오히려 당연하다. 그들에게 그래서는 안 된다고 타이르거나 그들을 비난해서는 안 된다. 그럴 권리는 누구에게도 없다. 대신 살아줄 것도 아닌 다음에야 포기하든 말든 대체 누가 뭐랄 수 있을 것인가. 바로 그것이 이 모임이 생겨난 사상적인 배경이다. 마음대로 죽게 내버려둘 것. 그러므로 우리들의 모임을 일컬어 자살 동호회라고 비난하는 것은 잘못이다. 우리는 당장 죽으려고 작정했거나, 죽고 싶어 환장한 사람들이 아니다. 우리가 바라는 것은 죽든 말든 내 의지대로 하겠다는 것, 그것 한 가지이다. 그러니 우리들의 죽음에 대해 당신들이 간섭할 필요는 없다.

그 여자 N의 첫번째 자살시도는 아홉 살 때 일이라고 한다.

여자의 식구는 모두 일곱 명이었고, 단칸방에 살고 있었다. 나란히 누워서 자던 몸들이 성장기에 맞춰 제각각 자리 배치를 다시 하기 시작했고, 몸이 가장 작았던 여자는 어느 날부터 식구들의 발치에 혼자 누워 잠들게 되었다. 잠에서 깨어나면 나란히 얽힌 발들이 여자의 눈앞에 달처럼 하얗게 떠올랐고, 그걸 볼 때마다 여자는 외로웠다. 하루는 자다가 깼는데 문득 식구들이 자고 있는 모습이 궁금해졌다. 나를 혼자 발치에 두고 그들은 어떻게 어깨 맞대어 자고 있을까. 그렇게 일어나 앉아 잠든 식구들을 찬찬히 살펴보았다. 똑바로 누운 사람은 양쪽 벽을 차지한 부모와 고등학교에 들어간 후 키가 한참 웃자란 큰오빠였다. 그 사이에 언니와 동생들이 몸을 조금씩 웅크리거나 틀고 누워 있었다. 그렇게 식구들을 바라보고 있다가 오줌이 마려워져 여자는 조심스레 문을 열고 밖으로 나갔다. 마당에 쪼그리고 앉아 오줌을 누고 들어오니 그 사이에 조금씩 움직인 몸들 때문에 여자가 누워 있던 자리가 없어졌다. 새삼스러운 일은 아니었다. 그럴 때마다 여자는 일단 발을 넣고, 엉덩이를 비틀어 새로 자신의 자리를 마련하고 다시 잠을 청했다. 헌데 그날따라 자신의 자리가 없다는 것이 여자에게 아주 충격적으로 다가왔다. 지금 내가 이렇게 사라져도 아무도 모르겠구나. 자신이 아주 짧은 한순간에 쉽게 잊혀질 수 있는 존재임을 알게 된 여자는 괜히 눈물이 나려고 했다. 아홉 살, 어린 나이였지만, 가난은 여자를 조숙하게 했다. 그 틈을 비집고 들어갈 용기가 없어 여자는 자신이 덮고 자던 손바닥만한 이불을 들고 다시 마당 밖으로 나왔다. 그리고 한겨울이라 차갑게 얼어 있던 마당에 이불을 펴고 누웠다. 동사 직전에 여자는 어미에게 발견되었다. 이후 여자의 잠자리는 발끝에서 식구들 한가운데로 바뀌었다.

······몽유병이라고 생각했어요, 식구들은. 나도 그런 척했지요.

짧은 단발머리에 앳된 얼굴의 여자 N은 그날 모임에 처음 참가했다. N의 고백을 듣던 사람들이 수첩에 기록한다. 몽유병을 빙자한 죽음······ 모처럼 새로운 방법의 죽음이 나왔다는 사실에 다들 약간의 흥분을 감추지 못한다.

깨어났을 때, 비참하지 않던가요?

R이 다른 사람에게 이미 여러 번 했던 질문을 똑같이 반복한다. R은 실연을 당할 때마다 자살을 시도하는 여자이다. 첫번째 자살 시도에서 R은 수면제 칠십 알을 먹었다. 복통도 일으키지 않고 꼬박 이틀을 잔 후에 깨어났다고 한다. 머리가 많이 아팠던 것 외에는 별다른 신체적 이상을 일으키지 않았다. 실연의 아픔보다 깨어났을 때의 비참함을 더 잊을 수 없었다는 R은 사람들의 실패담을 들을 때마다 묻는다. 비참하지는 않았나요? 동의를 구함으로써 덜 비참하고 싶은 욕구 때문이다.

······그 일이 내게 가르쳐준 건 죽지 않을 만큼만 죽어보는 거였어요. 치사량에서 약간 모자라는, 죽음에 이르되 죽지는 않는, 뭐

그런 거였지요.

우리 모임이 활성화되기까지는 R의 역할이 컸다. R은 세상에 흔하게 알려진 자살 방법을 한 번쯤 다 시도해본 사람이다. 다양한 죽음의 방법을 찾는 우리에게 R의 경험담을 듣는 것은 아주 중요한 의미를 지닌다. 수면제와 양주를 섞어 먹기, 따뜻한 물에 불려서, 혹은 차가운 얼음으로 마사지한 후 동맥을 칼로 긋기, 스카프로 목 조르기, 백합꽃을 방 안 가득 채워놓고 잠드는 호사스러운 죽음까지, R은 해보지 않은 것이 없다. 복숭아씨에서 청산가리를 추출하는 법을 알려준 것도 R이다. 나는 섹스를 할 때보다 손목을 그을 때 더 강도 높은 오르가슴을 느껴요, 하고 말하는 R은 죽음에 중독되어 있는 여자이다. 때문에 R이 가장 아쉬워하는 것은 총기 소지를 금지하는 현행법이다. 너무 안타까워서 사냥용 총으로 해봤지만, 그다지 신통하지 않았다고 한다.

……나는 총으로 해봤어요.

여자가 많은 모임에서 몇 안 되는 남자 회원들 가운데 참여가 가장 활발한 C는 총으로 자살을 시도했던 까닭에 군복무를 다 마치지 못했다. 그의 자살 시도는 기록상으로는 훈련중 사고로 남아 있다. 부대의 명예를 훼손시키지 않기 위해 그렇게 했다고 한다. C는 그게 못내 아쉽다고 했다. 한때 자신이 죽음을 향해 겁 없이 뛰어들었다는 사실을 입증할 자료를 남기지 못한 때문이다. 왜 칼에 찔려 죽는 것보다는 총에 맞아 죽는 게 낫다고 하는 대사가 나오는 영화가 있잖아요. 그게 덜 고통스러우니까. 하지만 총도 한 번에 성공하지 못하면 고통이 이루 말할 수가 없어요. 총알이 몸 안에서 회전을 하거든요. 그래서 맞은 구멍은 못 찾아도 나온 구멍은 찾을 수 있다고 하죠. 총 이야기만 나오면 C는 흥분하기 시작한다. 그럴 수밖에 없다. C의 자살 경험은 그게 유일하다. 다른 건 시시해서요. C가 말하는 이유이지만, 허풍스러운 성격을 감안해볼 때, 그는 그 한 번의 경험에서 무척 강한 공포를 느꼈음에 틀림없다. 총에 맞으면 맞은 구멍과 나온 구멍이 다르다는 이야기가 부풀려진 것이라는 건 군대에서 사고를 당해본 사람이면 누구나 아는 이야기이다. 하지만 모임의 대부분을 차지하는 여자들은 그걸 알 리 없고, 사실을 아는 남자들도 C의 허세에 침묵해준다. 중요한 건, 한때 우리가 정말로 죽고 싶었다는 사실이다.

정말로 죽음에 성공하는 사람들이 있다. 신문 사회면에 실리는 사람들, 사업에 실패하거나, 연인이 떠나거나, 가정이 파탄나서, 대학에 떨어져서, 하며 분명하게 이유를 말하는 사람들. 그런 사람들은 우리와 비슷한 죽음의 계기를 갖고는 있지만, 우리와는 엄연히 다른 존재이다. 죽음에 성공했다는 사실도 그러하거니와, 우선 그들의 죽음은 우리 모임에 참가하는 이들이 꿈꾸는 죽음과 본질이 다르다. 그들의 죽음은 우리처럼 '한번 죽어볼까'에서 출발하는 것이 아니다. 그들은 죽음 자체를 생각하지도 못한다. 죽음에 대해 고민해보기도 전에 그들은 이미 죽어 있다. 가장 절박한 것들은 그 절박함의 실체조차 파악할 겨를을 남기지 않는 법이다. 생각이 많은 사람은 쉽게 죽지 못한다.

……외롭지 않게 죽었으면 좋겠어요.

나이가 가장 많은 L. 그는 한때 택시를 몰았다. 죽으려고 했던 장소는 한강 다리 위. 햇볕이 뜨겁게 퍼붓는 한여름이었다. 폭폭 두텁게 먼지 먹은 다리 난간 위에 L은 그네를 타듯 앉아 있었다고 한다. L의 말을 들으면서 우리는 한여름 한강 다리 위에 앉은 늙은 사내를 상상한다. 팔월의 뙤약볕이 사내의 목덜미를 벌겋게 익혀놓았을 것이다. 송글송글 땀방울이 이마를 타고 흘러내려도 훔칠 생각조차 못하는 사내.

　……어렸을 때 생각이 납니다. 동무들과 강물을 헤엄쳐서 건넌 적이 있었답니다. 전쟁이 나던 해였는데 하늘에서 폭탄이 떨어졌어요. 무섭다고 강을 건너지 않던 동무가 남아 있던 자리 같더라구요. 놀라서 돌아가보니 그 녀석이 물고기처럼 배를 허옇게 뒤집고 죽어 있더군요. 피도 흐르지 않았어요. 폭격과는 상관없이 심장마비로 죽었나봅니다. 강물에도 뛰어들지 못하던 허약한 놈이었으니까요. 무섭도록 고요한 죽음이었지요. 강물을 보고 있자니 죽은 놈이 생각나더군요. 세월만큼이나 참 더럽게 혼탁해진 강물이었습니다. 해는 뉘엿뉘엿 넘어가고, 한참을 그렇게 난간에 앉아 있었지요.

　L의 추억을 따라 우리도 고스란히 난간에 앉는다. 위태롭고 높은 난간이다. 나이가 많아 몸이 둔해진 그가 어떻게 그 위에 올라갈 수 있었을까. 어쩌면 그는 젊어서 그 자리에 올라갔다가 그대로 늙었던 사내는 아니었을까.

　그런데 왜 죽으려고 했던 겁니까.

　얼마 전부터 모임에 참가하기 시작한 또 다른 L이 묻는다. 그는 젊은 사내이다. 신입회원들이 으레 그렇듯이 이야기를 툭툭 끊고 질문도 많다. 어떤 이야기중이든, 어떤 상황에서든 궁금한 일이 생기면 반드시 알아내야 한다. 질문은 육하원칙에 따라 이루어지는 경우가 많다. 마치 젊은 형사 같다. 젊은 L 때문에 늙은 L의 회상이 동강 잘라진다. 몇 번을 들어도 늙은 L의 죽음은 서정적인 데가 있다. 잘린 서정이 안타까워 몇몇이 입맛을 다신다.

　글쎄, 왜 죽으려고 했더라.

　늙은 L 또한 추억이 끊겨버린 것이 마뜩치 않다는 투이다. 사실

젊은 L의 질문은 우스운 것이다. 왜 죽으려고 하다니, 사람이란 게 어차피 모두 죽음을 향해서 가고 있는데 새삼 죽음에 이유가 필요하다니. 저절로 던져버린 죽음에 이유 같은 건 없다. 있다면 핑계가 있을 뿐. 살아남아 있는 사람들을 위한, 이러저러하니 내 죽음에 대해 더이상 추억하거나 상관하지 말고 살아달라는, 오직 남은 사람들을 위한 핑계. 우리는 죽으려고 하는 것이 아니라 잊혀지고 싶은 거라는 걸, 나에게서 남에게서 잊혀지고 싶은 거라는 걸, 젊은 L은 아직 이해하지 못하고 있다.

그럼, 왜 살아 돌아왔나요?

눈치 없는 L이 다시 끼어든다.

외로워서 그랬수.

늙은 L의 퉁명스러운 대답.

외롭다니요?

여전한 L의 질문 공세. 잠시 뜸을 들이다가 늙은 L의 대답이 이어진다. 회상을 덧붙이려는지 처연하고 느릿한 말소리이다.

내가 거기에 한나절을 앉아 있었수. 아니 진종일을 거의 다 앉아 있었단 말이우. 헌데 말이우, 그렇게 앉아서 세월을 더듬고, 가족들을 생각하고 있는데, 갑자기 이상하다는 생각이 들지 않겠수?

이상하다니요?

또 L이다. 아랑곳하지 않고 느릿느릿 늙은 L이 말을 이어나간다.

……생각해보슈, 거기가 다른 데도 아니고, 한강 다리 위 아니우. 인적이 드문 시간도 아니고, 고즈넉하게 풍광을 즐길 만한 곳도 아니고, 내가 앉아 있는 동안 사람도 지나다니고, 차들도 생생 달려가고 있었는데, 누구 하나 나를 잡지 않더란 거지. 마치 내가 투명인간이라도 된 것처럼 그대로 다들 지나쳐가고 있다는 생각이 드

니, 이게 뭘까 싶은데, 허망한 것도 아니고, 두렵다고나 할까, 그래, 두려움이 맞겠수. 무서웁디다. 정말 겁나게 무서웁디다. 내내 편안히 앉아 있던 자리가 위태롭게 느껴지고, 죽기도 살기도 무섭단 생각이 드는데, 등에서는 식은땀이 주르르 흐르고, 일단 그곳을 벗어나야겠다는 생각밖에는 들지를 않는 거라. 허둥지둥 어떻게 내려왔는지 모르게 내려오고 보니, 허허, 하루 종일 아무렇지도 않던 요의가 느낌도 없이 복부를 강타하더니, 주춤할 새도 없이 바지를 주르르 지리지, 뭐유.

이번에는 아무도 늙은 L의 말에 토를 달지 않는다. 잠시 침묵이 흐른다. 저마다 죽음에 이르렀던 한때를 되돌아보는 것이다. 전력질주하듯 죽음의 문턱까지 달려갔다가 불현듯 제 허리띠 제가 잡고, 주춤 발걸음을 잡아채게 만들었던 그 외로움.

늙은 L의 이야기를 들을 때마다 P는 아버지가 떠오른다. 한강 위에서 몸을 내던진 아버지. 따뜻한 봄볕이 어슬어슬 저물 무렵, 술추렴이나 하러 마실 나가듯 슬며시 집을 나가서 차갑게 물에 불은 시체로 돌아온 아버지.

그날 오후 아버지가 들고 들어온 것은 낡은 장난감 피아노였다. 원래 무슨 물건이든 잘 버리지 못하고 고쳐 쓰기 좋아하던 아버지는 직장을 잃고 나서는, 아파트 단지를 돌며 남들이 버린 물건 가운데 쓸 만한 것들을 주워오는 버릇이 한 가지 더 생겼다. 집에서는 쓰지 않는 물건들도 아깝다 싶은 것들은 모두 가져왔다. 집 안을 폐품창고로 만들 작정이냐며 어머니가 난리를 치면 잠깐 그만두는 듯싶다가도 어느 틈엔가 또 물건을 가지고 왔다. 고장난 트랜지스터 라디오, 설치할 데가 없는 에어컨디셔너, 날개 부러진 선풍기……

이거 은석이 주면 좋겠지?

하나뿐인 손자의 생일이 바로 그 며칠 후였다. 전날 놀러왔던 누이는 아이가 요즘 들어 피아노 치는 데에 재미를 붙였다며 한참 자랑을 늘어놓았다.

은석이 장난감 오르간 있어요.

시부모와 함께 살고 있는 누이는 흠을 잡힐 것이 우선 두려웠다. 가난한 친정이라고 반대가 심했던 시댁에서 하나밖에 없는 손자 생일에 누군가 놀다버린 낡은 장난감을 선물이라고 준 것을 알면 얼마나 난리가 날 것인가. 우선 그것이 두려웠다.

그래도 장난감 피아노는 없잖니.

장난감 피아노가 없는 건 당연하다. 그 집에는 진짜 피아노가 있으니까. 때문에 은석이는 장난감 오르간도 쳐다보지 않는다. 그러나 그런 상황에 대해서는 전혀 아는 바 없다는 듯이 아버지는 헝겊에 세제를 묻혀 낡고 더러워진 피아노를 닦기 시작한다. P는 어머니를 바라보았다. 어머니라면 이 기가 막힌 상황을 막아줄 것이다. 어머니는 이런 구질구질한 상황을 용납하실 만한 분이 아니다. 그러나 정작 어머니는 전에 없는 따사로움으로 아버지를 바라본다. 게다가 한술 더 뜬다.

그러게 피아노 이쁘게 생겼네. 은석이가 좋아하겠네.

부드러운 수건으로 더러움을 닦아내는 아버지의 손길. 피아노의 때가 벗겨지기 시작한다. 얼룩이 벗겨질수록 바랜 피아노 색깔이 또 다른 얼룩이 되어버린다. 게다가 날카롭게 긁힌 건반의 흠집은 세제로 닦는다고 해도 지워지지 않는다. 닦을수록 도드라지는 흠. P는 그만 아버지의 손길을 잡고 만다.

그만 하세요. 이건 지워지지 않아요.

말하지 않아도 이미 아버지가 알아버렸을 사실이다. 어떡하나,

낭패가 섞인 눈빛으로 아버지가 P를 바라본다. 그 눈빛을 견딜 수가 없다. 외면하며, 겨우 대답한다.

문방구에 가면 예쁜 스티커 있어요. 내가 내일 나가서 그걸 사올게요. 흠집에다가 스티커를 붙이면 감쪽같아요. 정말 새 피아노 같을 거예요.

아버지의 고개가 푹 수그러든다. 아니다, 이런 걸 줘봐야 그 집에서 욕이나 먹지. 그냥 우리집에 놀러왔을 때나 치고 놀라고 그래야지. 반짝반짝 윤을 내던 손길이 툭 떨어지고, 한쪽 구석으로 장난감이 던져진다.

저녁 무렵 슬그머니 나간 아버지가 늦도록 돌아오지 않았을 때에도 식구들은 장난감 피아노가 사라진 사실을 알지 못했다. 한밤중 전화를 받고 뛰어나간 어머니가 그 장난감 피아노를 안고 울며 돌아왔을 때에야 비로소 빈자리를 알아챘다.

아버지는 신발을 벗어두는 대신 장난감 피아노를 남겨두었다. 어머니는 장난감 피아노를 안고 은석아, 은석아 하며 죽은 아버지 대신 조카의 이름을 부르며 울었다.

그 피아노는 지금 P의 책상 서랍 안에 감춰져 있다. 마땅히 버릴 데가 없었다. 혹시라도 잘못 버렸다가 어느 다른 가장의 손에 들려 선물로 둔갑하게 될까봐, 그걸 선물로 포장하려던 가장이 최선을 다해 살았던 삶이 자신에게 가져다준 것이 텅 빈 통장과 덜 큰 아이들과 버려진 장난감을 줍는 일이라는 것을 깨닫고 문득 비애를 느끼게 될까봐, 그래서 그 비애를 견디지 못하고, 차가운 한강으로 몸을 내던지게 될까봐 두려웠다.

아버지의 죽음은 P에게 충격이었다. 느닷없는 죽음이라서만은 아니었다. 사실 죽고 싶었던 건 아버지가 아니라 P였다. 밤마다 일기를 쓰듯 유서를 썼다. 그럴 만한 절망에 빠져 있던 건 아니었다. 희망이 없는데 절망이 찾아올 리 없었다. 문제는 바로 거기에 있었다.

P가 생각할 때 산다는 건 줄 하나에 매달려 가파른 등산을 하는 것과 별다르지 않았다. 그런데 그 절벽에는 끝이 없다. 오르고 오르다 결국은 떨어지고 마는 것이다. P는 그 사실을 알고 있다. 끝까지 힘을 내어 절벽을 올라도 다음 절벽이 또 기다리고 있다는 것. 누구든 어느 순간에는 힘이 다해 줄을 놓칠 수밖에 없는 법이다. 그것이 바로 죽음이다. 그 사실을 알지 못하는 사람들만 끝까지 버둥거리며 줄을 탄다. 먼저 줄을 놓아버리는 것이 삶에 대한 유일한 자기 의지라는 걸 그들은 이해하지 못할 것이다. 내 죽음이, 생에 대해 유일하게 던진 내 의지가 되리라는 걸 당신은 결코 이해하지 못할 것이다.

그러나 아버지는 달랐다. 아버지는 어떤 쪽인가 하면, 힘이 다하는 마지막 순간까지 줄을 놓지 않는, 기어이 한 절벽을 오르고야 마는, 그러고 난 후에 더한 절벽이 기다리고 있어도 절망하지 않고 더욱 힘을 내어 그 절벽을 오르는 사람이었다. 그렇다고 해서 남보다 높고 튼튼한 절벽 위에 올라서본 적도 없었다. 언제나 다른 사람보다 낮은 절벽, 보다 위태로운 절벽, 고작 그렇고 그런 형편없는 절벽. 그러므로 아버지의 죽음은 실족사였다.

당신이 누울 한 평의 공간도 마련하지 못해 뜨거운 불구덩이로 들어가는 아버지의 관을 보면서 P는 내내 마음이 횃횃했다. 아버지는 고작 낡은 장난감 피아노 한 대를 남겼고, 삶에 대한 P의 인식이 정당하다는 걸 확인시켜주었다. 그렇다면 이제 P에게 남은 건 애초의 계획대로 죽음을 향해 들어가는 일뿐이었다. 그런데 왜였을까. 왜 갑자기 다른 사람들이 궁금했을까. 죽고 싶다고 입버릇처럼 말하는 사람들을 만나고 싶었을까. 모르겠다. 모임 때마다 좌장 자리에 앉아서 사람들에게 죽음의 경험을 물어보고, 그들의 경우를 꼼꼼하게 메모하면서 P는 늘 자신에게 묻는다. 왜 이들 속에 앉아 있는 거지. 그냥 죽어버리면 되는 거 아닌가.

함께 죽으러 가는 건 어때요?

침묵을 깨뜨린 건 모임에 처음 나온 H였다.

그럼 덜 외롭지 않을까요?

일순 모두 침묵에 쌓인다. 언제나 모여서 죽음의 경험에 대해 서로 들려주고, 새로운 방법을 알려주기는 했지만 함께 죽는다는 건 아무도 생각해본 적 없는 일이었다. 동반자살이라…… 음…… 것도 새로운 방법이네. 아주 재미있는 방법을 발견한 것처럼 R이 다소 들뜬 목소리로 말을 했지만 침묵이 워낙 커서 다시 묻히고 말았다.

H는 기억할 수도 없는 어린 시절부터 할머니의 손에서 자랐다. 부모님은 어렸을 때 사고로 돌아가셨다고 했다. 그런가보다 했다. 왜인지 무엇 때문인지 묻지 않았다. 그리움을 느낄 만한 감정을 갖기 전에 이미 부재중이었던 부모였다. 사춘기에 접어들 무렵 조금 다른 이야기를 듣게 되었다. 사진에 취미를 붙인 H가 풍경 사진을 찍으러 갔다가 실족해서 겨우 목숨을 건지고 난 후였다. 물기 어린 바위에서 발이 미끄러져 일어난 사고였다. 그런데 사람들은 아직 어린놈이 뭐 때문에 죽을 작정을 했냐며 혀를 찼다. 단순한 사고였을 뿐이라고 몇 번을 설명해도 믿지 않았다. H는 그런 오해가 혼자서 산에 올랐던 때문이라고 생각했다. 산 같은 곳에 혼자 올랐다가 사고를 당하면 대개의 경우 자살로 인정된다는 이야기를 들은 기억이 있었다. 헌데 그게 아니었다. 누군가 H에게 즈이 부모를 닮아서, 라며 홀리듯 말했다. 생때같은 자식 두고 지 목숨 끊은 인간들이라

고 비난하는 소리를 듣고 H는 부모의 죽음이 자살이라는 걸 알았다. 그 순간 뭔가, 어떤 두려움이 그를 사로잡기 시작했다.

부모 없이 자란 아이들이 으레 그렇듯이 H도 말이 없고, 우울한 아이 가운데 하나였다. 처음에 H는 그런 자신의 성격에 대해 깊게 생각하지 않았다. 그저 하고 싶은 말이 없고, 유쾌한 일이 없을 뿐이었다. 그러나 부모의 비밀을 알아버린 H는 자신의 성격이 지나치게 폐쇄적인 까닭을 알 것 같았다. 자살은 유전적 질환이라는 걸 믿던 나이였다. 어쩌면 사람들 말처럼 나는 바위에서 떨어진 게 아니라 뛰어내린 게 아닐까. 미끄러지던 순간의 정황이 순간 모호해졌다. 그런 것도 같았다. 의심이 들자 모든 것이 물증이 되었다. 그때쯤 자신이 종종 죽음에 대해 생각하고 있다는 것도 문득 깨달았다. 사춘기적인 증후라고 생각했지만, 이상의 무언가 있는 건지도 몰랐다. 사진을 찍을 때 죽음을 앞둔 노인들이나 고사목, 시든 꽃, 황량한 숲에 주로 홀리는 것도 그런 이유 때문이 아닐까. 나도 모르는 무언가가 나로 하여금 죽음을 향해 치닫게 하고 있는지도 모른다. H는 두려웠다. 그런데 그 두려움이 또한 일종의 매혹으로 다가오기도 했다. 죽음을 찍는 게 자신의 천형을 감당하는 일인 것처럼 느껴졌던 것이다. 그렇다면 보다 본격적으로 죽음과 맞서자. 그때부터 H는 조등이 걸린 상가와 도살장과 납골당과 화장터를 떠돌았다. 죽음을 찍을 때마다 그만큼 자신의 죽음에서 멀어지고 있는 기분이었다. 그건 적지 않은 위로였다.

내가 괜찮은 장소를 알고 있어요. 오가는 사람들이 없는 외떨어진 장소예요.

채근하듯 H가 말한다. 물론 H는 함께 죽을 생각 같은 건 없다. H는 죽고 싶은 사람이 아니라 죽음을 보고 싶은 사람이다. 다른 죽음을 통해서만 H는 자신의 생존을 실감할 수 있다. 죽음을 꿈꾸는 사람들의 모임이 있다는 걸 알았을 때 H는 속으로 쾌재를 불렀다. H는 서둘러 모임에 참가 의사를 밝혔다. 죽음에 대한 많은 가능성이 존재하는 이 모임이야말로 H에게는 그 어떤 무엇보다 생의 활력으로 넘치는 공간이다.

혹시 말이에요. 함께 갔다가, 누군가, 누구 단 한 사람만 살아남으면 어떡하죠?

가장 어린 E가 물었다. 가출한 여학생이라는 것밖에 알려진 게 없는 사람이었다. 손목에 비스듬히 그어진 칼자국이 자살 경력을 짐작하게 해주지만, E는 자신의 경험에 대해서 말한 적이 없다. 게다가 그 흉터는 어떻게 보면 자해가 아닌 사고의 흔적 같기도 했다.

그럴 경우에는 돌아가.

늙은 L이 말했다.

돌아가라구요, 혼자서요?

삶이 중요해서가 아냐. 그때 한 번 더 죽음을 시도하는 건 더 외로울 거야. 죽음마저도 남들 뒤를 좇아가는 건 쓸쓸한 일이야.

L의 목소리는 낮았지만 단호했다. 늙은이의 현명함은 삶보다 죽음을 바라보는 태도에서 더 확연하게 드러나는 법이다.

아, 뭐 근사한 이유는 없을까요?

그러는 L의 태도가 따분하다는 듯, C가 하품을 하며 말한다.

근사한 이유라니?

대의명분 같은 거요. 혁명을 위해서라든가, 조국을 위해서라든가…… 예전에는 그런 이유로도 죽었잖아요.

개인의 실존보다 더 중요한 대의명분이 어디 있어. 혁명? 웃기지 말라고 해. 법보다 중요한 게 밥이야. 배고파 죽는 건 필연이지만,

근사한 레스토랑에 갈 수 없어 죽고 싶은 건 좌절이야.

젊은 L이 혀까지 차며 C를 비난한다. C도 그저 한번 해본 말이었다는 듯 크게 반박하지 않는다.

그래서 어쩔 거요? 갈 거요? 말 거요?

H가 다시 채근을 한다. 난 좋아요. 동반 자살이라니 근사해. 왜 여태 그걸 생각 못 했을까. 상상만 해도 즐겁다는 듯 R이 킬킬거리며 대답한다. 외롭지 않다면야, 뭐. 늙은 L도 느릿한 목소리로 동조를 한다. 하나 둘, H의 제안에 고개를 끄덕거리기 시작한다.

그럼 이렇게 합시다.

사람들의 동조에 힘을 얻은 H는 자신의 계획을 설명한다. 오래 전부터 그 일을 준비했던 사람처럼 H의 계획은 자세하다. 아예 1박 2일의 일정으로 계획합시다. 축제처럼 하루를 보내는 거죠. 그 하루 동안 생각이 바뀌는 분들은 먼저 돌아가도 좋아요. 남은 사람들끼리 일을 추진합시다. 어떤 방법이 좋을까요? H의 목소리는 흥분에 가득 차 있다. 독극물은 어때요? 그건 나한테 많은데. 복숭아 축제를 할까요? 내가 청산가리를 만들어줄게요. 경험 풍부한 R은 비로소 자신의 온갖 노하우를 전수할 수 있게 된 것이 기쁜지 이것저것 다양한 방법을 제시한다. 1박 2일의 일정, 죽음을 앞둔 하루의 축제라는 상황 때문인지 분위기는 일순 함께 즐거운 여행이라도 가는 것처럼 떠들썩해진다. 그러느라고 살그머니 일어나 빠져나가는 E를 아무도 보지 못한다.

혼자 남으면 돌아가라구? E는 그 말을 곱씹느라 다른 아무 말도 들어오지 않는다. 두번째로 가출했던 어느 겨울이 떠오른다. 친구들과 어울려 거리를 떠돌다 지쳐 돌아온 E를 기다리고 있던 건 까맣게 타버린 집이었다. 술만 취하면 죽자, 같이 죽자 울던 아버지가 기어이 불이라도 지른 걸까. 식구들은 모두 그 안에서 죽었다고 했다. 내가 집에 없었다는 걸 아버지는 잊고 있었던 걸까. 견딜 수 없어 도망쳐나간 집이었지만, 혼자서는 살 수도 없는 나이였다. 두려움 때문에 손목을 그었지만, 죽지 않았다. 그런데도 혼자 남으면 돌아가라고?

자, 그럼 출발 날짜 등 자세한 계획은 메일로 공지합시다. 절대 비밀을 지켜야 하는 거 알지요?

다짐하는 듯한 H의 목소리가 들리고, 우르르 사람들이 밖으로 나온다. 어딘가 잔뜩 상기된 얼굴이다. 이제야 외롭지 않게 죽게 되었다는 듯, 마치 그 순간만을 기다려온 것처럼 안도한 표정으로 사람들이 왔던 길로 돌아간다. E는 그러는 사람들을 터벅터벅 뒤따라간다. 느릿느릿한 E의 걸음 때문에 사람들이 점점 멀어진다. 사람들은 그러는 E를 알아채지 못하고 빠르게 빠르게 앞서간다.

그렇게 썰물처럼 한순간 사람들이 모두 사라진 후, 길 위에 남은 건 그림자를 휘청거리며 걷는 E와 밝은 오후 햇살이다. E는 느릿느릿 사람들 뒤를 따라 걷는다. 고즈넉한 숲길이다. 모임 장소는 늘 야유회를 정하듯 결정되었다. 날씨 맑은 날, 사람들이 많지 않은, 그러나 아름다운 풍경을 볼 수 있는 곳. 우울하고 칙칙한 건 이들의 죽음에 어울리지 않는다. 실제로 자살확률은 비가 오고 흐린 날보다 한없이 맑고 푸르고 따뜻한 날 더 높다고 한다. 당연하다. 햇빛 찬연한 날씨는 사람들을, 삶을 너무 노골적으로 드러낸다. 내 속사정일랑 아랑곳없이 청명하고 맑고 환한 시절을 보면 죽고 싶어진다. 뭐지? 이렇게 세상이 밝은데, 난 왜 여기 있는 거지 싶은.

한참을 타박타박 걷는데 순간 길 옆에서 무언가 풀썩 하고 날아와 떨어진다. 돌아보니 사마귀 한 쌍이다. 교미하는 중이었다. 교미하던 채로 날아온 건지 날아와 앉자마자 교미를 시작하는 건지는 알 수 없지만, 어쨌거나 풀썩 소리와 함께 뒤를 돌아 발견한 순간 이미 그것들은 교미중이었다. E는 그러고 있는 사마귀를 가만히 바라보았다. 그때까지 E는 교미하는 모습을 직접 본 적이 없었다. 그 흔하다는 개의 흘레붙는 모습조차 본 적이 없었다. 더구나 E가 발견한 것은 사마귀였다. 사마귀는 교미 후에 암컷이 수컷을 잡아먹는다고 했다. E는 순간 묘하게 마음이 일렁였다. 어쩌면 곤충도감에서나 볼 수 있는 광경을 직접 보게 될지도 몰랐다.

태양이 머리 꼭대기에서 뜨겁게 내리쬐는 시각이었다. 하늘은 더 없이 맑았고, 조금 전 죽음을 꿈꾸던 사람들이 걸어간 길이라고 생각하기에는 더없이 평온한 길에 차들조차 거의 없었다.

교미를 시작한 지 오 분쯤 지나자 바짝 위로 치켜들었던 아랫놈의 꼬리가 아래로 처지면서 윗놈의 꼬리도 고개를 숙이더니 아랫놈의 꼬리 속으로 묻혔다. 곤충들도 피스톤 운동을 할까. 얼핏 보기에 두 놈의 꼬리가 잠시 춤을 추는 듯했다. 좀더 자세히 보려고 방향을 바꾸니 윗놈의 꼬리는 아랫놈의 꼬리 속으로 파묻혀 들어간 것이 아니라 그 옆에 드리워진 채였다. 하기야 곤충이 피스톤 운동을 한다는 말은 들은 적이 없다. 그 모습으로 그것들은 몇 분쯤을 더 있었다. 그러다가 위에 달라붙어 있던 놈이 몸을 움찔거리면서 옆으로 비스듬히 내려붙었다. 이제야 성교 후의 살해가 시작되려나 긴장되었다. 하지만, 놈은 더이상 어쩌지는 않고 다리 하나를 들어 아랫놈의 목덜미를 어루만지듯 살살 쓰다듬었다. 글쎄, 어쩌면 이것들에게도 정이란 것이 있어서, 배를 맞추고 나면 저렇게 귀한 맘이 들어 어루만지는 것은 아닐까. 아니면 잡아먹지 않을 것처럼 위장하는 것일까. 아니면 저리도 귀하고 사랑스러워 마침내 먹어버리는 것이 아닐까. 흔히들 그렇지 않던가. 식욕과 성욕은 같은 거라고. 그렇다면 하늘 아래 제대로 사랑을 나누는 것은 저것들뿐은 아닐까 에까지 E의 비약은 자랐다.

교미는 한참을 두고 계속되었다. 조금 지루했다. 언젠가 그렇게 E를 어루만져주었던 몇몇 남자들이 생각났다. 그중에 적어도 한두 사람은 정말로 사랑했다. 그렇게 그들의 품에 안겨 죽었으면 좋겠다고 생각했던 적도 있었다. 하지만 E와 함께 죽고 싶어한 사람은, 그렇게까지 E를 사랑해준 사람은 없었다. 그들은 그저 E에게 하루의 잠자리와 한끼의 식사, 더러 며칠간의 잠자리와 몇 끼의 끼니를 해결해주고, 곧 E를 피했다. 그들을 기억하자 E는 잠시 잊었던 울적함이 되살아났다. 그때 멀리서 차가 오는 소리가 들렸다. E는 순간 망설였다. 놈들은 길 한가운데 있었다. 살짝 들어 자리를 옮겨줄까 하는 생각이 스쳤지만, 그렇게 하지는 않았다. 어차피 놈의 운명인 것이다. 놈들은 길 한가운데에 있으니 바퀴를 피할 수 있을지도 몰랐다. 차는 좁은 길을 빠르게 달려왔다. 차가 달려가는 순간에 E는 일어서서 누군가를 기다리는 표정을 지었지만 실상은 바퀴에 시선이 몰렸다. 놈들은 용케 바퀴를 피하는 것 같았다. 그러나 휙 하니 차가 지나간 후에 보니 윗놈은 이미 터져 있고, 아랫놈만 반은 죽고 반은 살아 있는 상태였다. 놈은 제가 교미붙던 짝이 죽은 것을 알고 있을까. 배는 터져 슈크림처럼 노란 똥이 흘러내려 있었다. 아랫놈은 생명 남은 한 쌍의 다리로 허우적거리고 있었다. 저와 함께 있던 생명이 죽었는지 살았는지도 모르고 허우적거리고 있었다. 마치 제 몸을 누르는 놈을 밀어내려는 것처럼, 떼내기 위해 애를 쓰는 것처럼 보였다. 함께 죽으면 외롭지 않을 거라고? 어느 한 순간 저렇게 절실히 안았던 상대를 끝까지 버리지 않고 갈 수 있을까. 꽃처럼 노랗던 진물이 빠르게 색을 잃고 있었다. 아랫놈의 움직임도 서서히 멈추었다. 제길, 복상사로군. 피식 웃는데·눈가로 눈물이 흘렀다. 안타까움? 아니다, 그건 아닐 것이다. 교미가 끝난 후 행해지는 살해를 못 보아 아쉬운 게지. E는 일어나서 사람들이 지나간 길을 따라간다. 눈물이 자꾸만 쏟아져 시야가 흐리다. 햇빛 밝은 오후이다.

메모리즈 아
메이드 오브 디스

한차현

1970년 서울 출생.
한국외국어대 동양어문학부 졸업.
1998년『월간문학』으로 등단.
장편소설『괴력들』,
소설집『사랑이라니, 여름 씨는 미친 게 아닐까』 출간.

913호에 남자가 멈춰선 것은 그날 오후 일곱시 이십분이 넘어서였다. 낮의 길이가 밤 시간보다 네 시간 이상 긴 유월 하순이었고 그래서 구층 복도에는 채 가시지 않은 대낮 기운이 희뿌옇게 서성거렸다. 남자는 깊은 밤을 쉬지 않고 걸어온 사람처럼 피곤했다. 피곤하고 배가 고팠고 살갗에 밴 땀 기운이 불쾌했으며 또 졸렸다. 집에 들어선 남자는 먼저 할랑할랑 옷을 벗으며 목욕탕으로 향할 작정이다. 오줌을 누고 샤워를 한 뒤 알몸으로 싱크대에 서서 이십 분가량 음식을 만든다. 식사를 마치고 이를 닦은 다음에는 베란다 창문 앞에 서서 느긋하게 담배 한 대를 피운다. 그리고 알몸 그대로 잠자리에 든다. 날이 저물기 전까지 계획된 일과들은 그렇게 따분하다. 남자의 얼굴을 보는 듯하다.

현관문 앞에 선 남자의 표정이 흐려진다. 바지와 상의에 붙은 주머니 다섯 군데를 차례로 더듬은 뒤 들고 있던 손가방의 지퍼를 열어 내용물을 뒤적이다 말고 길게 한숨을 뱉어낸다. 913이라 적힌 명패를 망연히 지켜보다가, 그 언저리에 세차게 정수리를 처박는다. 쿵. 점심시간 내내 허벅지를 불편하게 만들었던 열쇠 꾸러미를 바지 주머니에서 꺼내어 책상 서랍에 집어넣었다. 그 기억이 남자를 아프게 한다. 집 앞에서 맞이할 수 있는 최악의 상황에 갇혀 잠시 머뭇거리던 남자는 그래서 굳게 닫힌 현관문으로부터 몸을 돌렸다. 마을버스와 지하철을 갈아타고 회사로 돌아갈 생각은 아니었지만 어쨌거나 굳게 잠긴 문과 마주 서서 종일 시간을 보낼 수는 없는 일이다.

110동과 관리사무소 사잇길을 지나면 단지 정문으로 향하는 내리막길이 왼편으로 굽어 있다. 남자는 핏빛 보도 블록이 엇갈리며 그어놓은 마름모꼴 선을 밟아 내려갔다. 저녁 시간을 맞은 임대아파트 단지는 새벽 하늘처럼 고요하다. 길모퉁이. 나이 많은 굴참나무와 그 가지와 그 잎들이 그늘을 이뤄놓은 쉼터. 울타리 너머로 단지 밖 큰길에 잇닿은 그 어름을 지나갈 때이다. 나무 의자 쪽으로부터 어떠한 움직임이 시작되었다. 그 기척이 남자의 왼쪽 관자놀이를 건드린다. 편의상 움직임이라고 했지만 그것은 소리나 빛이 아니었다. 소리나 빛이 아니었으므로, 설령 눈이나 귀를 사용할 여유가 있었더라도, 관자놀이를 통해 한 순간 접한 이상의 구체적인 느낌을 얻을 수는 없었을 것이다. 남자는 걸음을 멈추었다. 소리나 빛이 아닌 그 움직임은 예컨대 약한 바람결에 흔들리는 나뭇가지나 그 위를 타오르는 흑갈색 청설모의 꼬리와는 다른 종류였다. 짧은 순간. 눈썹 한 차례 깜빡이는 시간을 칠만팔천칠백오십으로 나눈 순간이 그때 아찔하게 흘러갔을 것이다. 남자는 고개를 돌렸다. 거기 환절기가 있었다. 나무 의자에서 막 일어선다. 하늘색 니트 밖으로 드러난 팔뚝은 다듬어놓은 파 줄기처럼 희고 싱싱하다. 저벅 저벅 저벅 정확히 여섯 걸음 반 만에 남자 앞에 멈추어선다.

"어디 가는 거야?"

두려움 없는 목소리. 그래서 남자는 꼼짝없이 외칠 뻔했다. 리자 버틀렛을 너는 닮았구나.

"열쇠가게."

"열쇠가게? 열쇠 사려구?"

"현관 열쇠를 회사에 놓고 왔거든."

"그렇구나."

"잠긴 문을 열어야지. 아니면 어디 가서 밥이라도 먹어야겠어. 배가 고파."

"바쁘구나. 그런데."

남자를 빤히 바라보던 여자가 미간을 찌푸렸다.

"어디 아픈 거야? 안색이 안 좋아."

"으응."

늘 조금씩 남자는 아팠다. 위가 좋지 않아 역겨운 맛이 나는 알마게이트 성분의 제산제(制酸劑)를 늘 가지고 다녔고 그럼에도 속이 자주 쓰리고 배가 고팠으며 그때마다 노랗게 바랜 얼굴이 되어 주위 사람들로부터 어디 아프냐는 소리를 들었다.

"괜찮아. 가끔 이래."

그때 기적이 일어났다. 앞이마에 달라붙은 머리칼을 쓸어올리며 여자가 환히 웃는다. 그 웃음으로부터 열쇠의 불편한 부재감 따위는 훨훨 달아나고 있었다.

"저기, 나도 같이 가면 안 될까? 열쇠가게건 식당이건."

열아홉 스물여섯. 처음 만났을 때 그들은 그랬다. 여자는 고등학교를 졸업한 지 채 육 개월이 지나지 않았으며 남자는 대학을 졸업하고도 삼 년이라는 길고 지리한 시간들을 보내야 했다. 그리하여 비오는 날과 비가 오지 않는 날 그들은 만나고 만났다. 사십대 유부남과 나이 어린 여성 바텐더의 불륜 이야기가 나오는 텔레비전 드라마가 주말 저녁마다 방송을 탔다. 배경 음악으로 쓰인 딘 마틴의 50년대 팝송 〈Memories are Made of This〉는 발 빠르게 이동전화 시에프에 쓰이기도 했다. 아름답고 유능한 패션 디자이너를 아내로 둔 성민은 그날 스물두 살 세영과 강원도로 여행을 떠났다. 불쌍한 새끼, 저러다가 나중에 열라 깨질걸. 분식집에 앉아 깻잎 치즈 김밥을 씹으며 여자는 중얼거렸다. 안 그래, 완?

"완, 이라고?"

"그래 완. 지금 막 생각났어. 이제 그렇게 부를 거야."

"왜?"

"그러고 싶으니까. 그래도 되지?"

"알아서 해."

남자의 이름 마지막 글자는 완이 아니라 환(煥)이었다. 여지껏 남자가 알았던 어느 여자도 남자를 완이라고 부른 적이 없었고 남자 또한 완이 아니었지만 그렇게 남자는 완이 되었다.

"멋지군!"

"뭐가."

김밥 끄트머리를 젓가락으로 집어들며 어깨를 들썩였다.

"모르겠어? 완이 완이고 내가 완을 완이라고 부르는 거, 그게 우리 의미라구. 왜 진작 생각하지 못했을까."

회현동에서 승객을 실은 밤 버스가 명동 쪽으로 출발했다. 환절기는 언제나 창가 자리에 남자를 앉게 했다. 그리고 남자가 이유를 물었을 때 여자는 말했다. 난 바깥 자리가 더 좋거든.

"바보 같은 소리. 창쪽보다 바깥 자리를 더 좋아하는 사람은 없어. 버스가 아니라 기차나 비행기라 해도 마찬가지라고."

"따지지 마."

동대문 네거리를 지난 버스가 신당동 방향의 초록색 신호를 받았다. 여자는 앞좌석 등받이에 붙은 비닐 광고판을 바라보았다. 여고생 교복을 입은 여자가 700 전화벨 서비스를 이용하며 활짝 웃는다.

"실은 불안해서 그래."

"불안하다니."

"창가에 앉았다가 깜빡 잠이 들면 어떻게 해. 그래서 내릴 정류장이 됐는데, 완이 나 깨우는 걸 잊어먹고 혼자 내리면 어떻게 해. 한참만에 눈을 떠보니 버스 안엔 아무도 없으면, 시커먼 시골길 같은 데를 덜컹덜컹 달리고 있으면."

"그만해."

주말 밤거리에는 여관이 있고 술집이 있고 편의점이 있고 노점상이 있다. 여자는 남자의 왼손을 끊임없이 만지작거렸다. 왜소한 달빛이 고압 나트륨등 뒤로 노랗게 몸을 사렸다. 행인들에게 분홍색 꽃을 팔던 노파가 도로턱 배수구에 탁, 침을 뱉었다. 술 취한 청년들이 욕지거리를 주고받으며 지나쳐갔다.

"완은 취미가 뭐야?"

"취미?"

"좋아하는 거 말야. 선인장을 가꾼다거나 플라스틱 전투기를 모은다거나. 아마추어 무선 통신이나 스텐실을 한다든지."

그때 길 건너 이층 찻집을 바라보는 중이었다. 길게 머리를 기른 여자가 창가 자리에 기대어 담배를 피우고 있다. 맞은편 남자로부터 무슨 소리를 들었는지 손뼉을 치며 웃기 시작한다.

"글쎄. 좋아하는 게 있긴 한데."

"뭔데?"

"난 여자 생각을 자주 해. 섹스는 아니고, 뭐랄까, 꿈을 꾼다고 해야 하나."

끊임없이 만지작거리던 남자의 왼손을, 여자가 높이 쳐들었다.

"뜯어먹고 싶어."

이십오 분 동안 밤거리를 돌아다닌 후 병맥주를 파는 지하 술집에 들어갔다. 얼음 넣은 우유를 남자는 마셨다. 발이 땅에 닿지 않을 정도로 키가 큰 의자는 불편했고 음악 소리가 너무 시끄러웠다. 여자는 말없이 고개를 건들거리며 두 병의 국산 맥주를 비우고 새우깡을 씹었다.

막차가 끊길 시간이었다. 찻길에 내려선 사람들이 소리쳐 택시를 잡고 있다. 집까지 바래다줄까. 환절기는 고개를 저었다. 혼자 갈 수 있어. 그런 일로 실랑이하는 것을 남자는 좋아하지 않았다. 그럼 그렇게 해. 보석가게 구석 담벼락에 작은 키의 남자가 고개를 꺾고 있다. 소리없이 구토를 쏟아내는 어깨가 고통스럽게 흔들렸다. 정류장에 멈춰선 여자가 말했다. 그 대신 여기서 나 타는 거 보고 가. 심야 할증버스를 기다리는 시간은 길고 아득하다. 사거리의 신호가 바뀌었다. 행인들이 몰려들고 택시 몇 대가 어둔 길 위에 엉겼다.

"누구야."

"응?"

"완이 꿈꾸는 여자."

남자는 목을 빼고 찻길 저편을 바라보았다. 147번. 여자가 타고 갈 번호는 보이지 않았다.

"리자 버틀렛."

남자는 출판사에서 편집일을 했다. 저자가 발행 부수 전량을 사들이는 혹은 형식적으로 대형서점 서너 군데에 몇 부씩 깔아놓았다가 몇 달 후 고스란히 반품이 되어 돌아오는 자비 시집이나 수필집 따위를 찍어내는 소규모 출판사였다. 월급 본봉 팔십오만원은 혼자 사는 스물여섯 살 남자에게 우울하고 따분한 액수였다. 아파트 관리비를 내고 전화 요금을 내고 도시가스 사용료를 내고 신문 구독료를 내고 민간 자선단체와 환경운동단체에서 매달 날아드는 삼천원짜리 지로용지를 처리하고. 그리고 남는 돈을 남자는 혼자 썼다. 혼자 영화를 보고 술을 마시고 차비를 내고 저녁을 사먹었다.

"오늘은 뭐 했어?"

913호에 들어선 여자는 묵직한 비닐봉투 두 개를 식탁 위에 꿍, 올려놓았다. 아파트 단지 근처의 할인마트 로고가 봉투 옆구리에 프린트되어 있다.

"일했지. 종일 빨강 볼펜을 쥐고서."

"무슨 책인데?"

"티베트의 장례 풍습."

"티베트의 뭐?"

"구역질 나는 글이지. 풍장 말야. 독수리들이 시신의 살점을 뜯어먹으면 남은 뼈를 곱게 부셔. 그걸 밀가루와 함께 반죽을 만들어서 다시 독수리에게 먹인대."

"왜?"

"죽은 사람을 공기의 원소로 돌리는 거라나."

"하루 종일 그것만 했어?"

"교정지 들여다보다가, 점심 먹고 또 일하다가, 화장실 가서 오바이트를 조금 하고."

"그렇게 구역질나는 글이었어?"

"나, 위가 좀 안 좋잖아."

싱크대 앞에 선 여자는 장 봐온 것들을 꺼내 다듬기 시작했다.

"텔레비전 보고 있어. 절대로 잊지 못할 요리를 만들어줄게."

"뭘 만들 건데?"

낯설게 생긴 초록색 야채를 찬물에 씻던 여자가 고개를 저었다.

"완, 천만에. 재료도 다듬기 전에 그걸 말해줄 것 같아?"

〈신비한 동물의 세계〉가 끝나갈 무렵 여자가 식탁으로 남자를 불렀다. 튀긴 동태살을 칠리 땅콩 소스에 버무린 거야. 이거부터 먹어. 굵은 멸치에 올리브와 버섯, 사과랑 감자를 넣고 끓인 수프야. 어때? 여자가 만든 음식은 대체로 남자의 입에 맞지 않았다. 된장찌개 같은데. 여자가 웃었다. 풀 냄새가 나는 건 카시오 카발로 치즈를 넣어서 그래. 그거 사려고 이태원을 얼마나 뒤졌다고. 된장찌개 맛이 난다니까. 으응, 된장으로 간을 했거든. 식사를 마치고 설거지를 할 동안 남자는 양치질을 했다. 베란다에 서서 담배를 피울 동안 여자는 남자의 칫솔로 이를 닦았다. 그리고 소파에 나란히 앉아 아홉시 뉴스를 보았고 사이사이에 키스를 나누었다. 오는 30일부터 지방자치단체가 인정하는 일반 공무원도 불법주정차 단속을 할 수 있게 됩니다. 정세진 기자가 전해드립니다. 침 묻은 입가를 손등으로 쓱 문지른 여자가 고백했다.

"완은 내 첫사랑이야."

남자의 얼굴을 양손으로 감싼다.

"그리고 나, 오래 전부터 완을 알아왔어. 처음 완을 봤을 때 그걸 느꼈다구. 아주 오래 전부터."

리모컨을 집어든 남자는 유선 영화방송으로 채널을 돌렸다. 너는, 리자 버틀렛을 닮았어. 남자의 허벅지에 기대어 누워 있던 여자가 나쁜 꿈을 꾸는 사람처럼 몸을 뒤챈다.

"또 그 소리."

"리자 버틀렛 안 좋아해?"

"별로야. 포르노 배우처럼 생겼어. 그 여자가 소피아 로렌이나 오드리 헵번은 아니잖아."

"이런."

남자가 여자의 뺨을 토닥거렸다.

"넌 리자 버틀렛을 닮았어. 처음 널 봤을 때 그래서 숨이 막히는 줄 알았지."

리자 버틀렛을 닮은 여자와 그렇지 않은 여자. 세상에 그런 식의 이분법은 짜증이 날 정도로 흔했다. 기상 이변을 유도하는 분자 변이 시스템으로 세계를 지배하려는 악한과 그들의 음모를 저지하는 제삼세계 첩보원들의 대결을 다룬 B급 SF영화로 아일랜드 출신 여배우 리자 버틀렛이 골든 레즈베리 영화제로부터 그해 최악의 여배우로 선정될 즈음 남자는 리자 버틀렛을 끔찍하게 닮은 여자를 만났다. 삼 년 전 4월이었다. 삼 년 전 4월. 그리고는 고작 일 년여의 시간이 빠르게 흘러갔을 뿐이다. 삼 년 전 4월, 을 일상으로부터 지운 이후 남자는 세 명의 여자를 사귀었고 다섯 명의 여자와 섹스를 했다. 함께 영화를 보고 야간 경기가 있는 야구장을 가고 주말의 동물원에 가고 마주 앉아 술을 마시며 손을 잡았던 여자는 그보다 두 배 정도 많았다. 리자 버틀렛을 닮은 여자들은 그들 중에 한 명도 없었다.

종일 비가 내리는 날이었다.

퇴근을 준비하는 남자에게 생각지도 않던 일이 떨어졌다. 급한 거야. 토요일까지 필름 넘겨야 한다구. 나중에 밤새기 싫으면 오늘까지 반이라도 끝내봐요. 북아프리카에 나간 선교사의 산문 원고를 받아든 남자는 여자에게 전화를 걸어야 한다고 생각했다. 난데. 완. 완이구나. 저기, 오늘 약속 취소하면 안 될까. 갑자기 일이 생겨서. 여자는 말이 없다. 전화기 너머 침묵을 접하며 남자는 여자의 굳은 얼굴을 떠올렸다. 많이…… 늦어? 오늘 꼭 보고 싶은데. 두 시간 뒤 약속 장소에서 보기로 하고 전화를 끊었다. 그 시간을 맞출 수 있을지 자신은 없었지만 다른 방법이 없었다. 어둑한 창 밖을 바라보며 담배 한 대를 피운 남자는 중국집에서 저녁을 시켰다. 식사를 마치고 사층 화장실에 올라가 이를 닦고 찬물로 세수를 했다. 그리고 책상으로 돌아와 교정지를 노려보기 시작했다. 오자를 수정하고 뒤엉킨 띄어쓰기를 정리하고 문장을 다듬고 각 장(章)의 소제목을 뽑으며 진하게 탄 인스턴트커피를 한 잔 마시고 빗소리를 들으며 세 대의 담배를 피웠다. 원고 속 '깊숙이'가 자꾸 '깊숙히'와 혼란을 일으켜 두 번씩이나 사전을 뒤적이며 스스로에게 짜증을 냈다. 교정지에서 눈을 들어 세번째로 시계를 볼 즈음 작업을 지시했던 편집부장이 자리를 비운 것을 확인했다. 여덟시 사십팔분. 약속시간까지 고작 십 분이 남아 있었다. 책상을 정리하기 시작했다. 비는 그치지 않았다. 우산을 펼쳐든 남자는 머릿속 지도를 꺼내들고 약속 장소까지 가장 빨리 다다를 수 있는 길을 그려보았다. 현관문을 밀고 바삐 걸음을 옮기려는 순간, 남자는 제자리에 우뚝 멈춰서고 말았다. 움직임. 극히 짧은 순간 왼쪽 관자놀이에 아찔하게 와닿는. 어둔 골목 귀퉁이에 환절기가 서 있었다.

"왔어 완? 아, 추워."

비에 함빡 젖은 우산. 비에 함빡 젖은 우산 속 젖은 머리칼과 콧등과 청바지. 남자는 할말을 잃었다.

"세상에."

"미안. 놀랐지?"

"어떻게 된 거야."

"사실 아까 완이 전화했을 때, 나 여기에 있었어. 여기 서서 완의 사무실을 올려다보고 있었다구. 완이 나오면 등뒤에서 깜짝 놀라게 하려고 말이야."

파래진 입술로 여자는 웃었다.

"두 시간도 넘게?"

"그럴 줄은 몰랐지. 안 그래? 처음부터 약속 장소가 아니라 여기 숨어 완의 등을 칠 생각이었거든. 그런데 완이 갑자기 전화를 했잖아. 그렇게 된 거잖아. 그래서 어떻게 할까 하다가, 어차피 완은 사무실 안에 있으니까, 그냥 여기 서서 기다리기로 한 거야. 달리 할 것도 없고."

"나 참."

"난 괜찮아. 비야 하루 종일 내리는 거고. 사실 완이 더 늦으면 어떡하나 걱정했거든. 그래도 제시간에 완은 나온 거잖아. 그러니 참고 전화 안 하길 얼마나 다행이야."

"다행이라고?"

"완이 놀랐잖아. 완이 이렇게 깜짝 놀랐잖아."

이따금 세찬 바람이 불어와 팔등에 뺨에 차가운 빗방울을 뿌렸다. 축축해진 여자의 어깨를 안고 남자는 걸음을 빨리 했다. 빈 택시는 좀처럼 눈에 띄지 않았다. 선교사 때문이야. 말리에 나가 있던 사람이 다음주에 온다지 뭐야. 그때까지 책을 만들어줘야 하는 거지. 갑자기 그런 일이 생겨서. 사무실 부근 어디쯤에 여관 골목이 있는지 남자는 알지 못했다. 그랬구나 완. 고마워. 자세히 설명을 해줘서. 완은 잘못한 게 없어. 이렇게 함께 있으니 된 거야. 바람이 펄럭, 스치며 우산을 잡아당겼다. 그런데 지금 어디 가는 거야. 남자는 우산 손잡이 쥔 손에 힘을 주었다. 큰길까지 나서자 증권사 건물 틈으로, 은하모텔, 초록 불을 밝힌 글자가 보였다. 여관 가자. 젖은 몸을 말려야 해. 이대로는 아무데도 갈 수가 없잖아. 여자의 차가운 팔목이 남자의 품 속으로 파고들었다. 잘 생각했어, 완.

축축하게 젖은 여자의 옷을 벗기기는 쉽지 않았다. 물 먹은 청바지 후크는 손톱 끝이 아플 정도로 뻑뻑했다. 남자는 몹시 취한 기분이었다. 정신을 잃을 정도로 술이 되어, 함께 있던 이들을 어디론가 놓치고 휘척휘척 밤거리를 헤매다가 홀로 여관방에 찾아들, 귀가 먹먹하도록 몰려드는 취기에 새벽 내 몸을 뒤채다가 낯선 화장실 바닥에 속엣것을 울컥 게워내기 일쑤이던, 그런 아뜩함. 나 추워. 젖은 옷이 잘 벗겨질 수 있도록 여자는 아랫도리를 비틀었다.

"곰돌이 빤쓰구나."

남자는 쿡쿡 웃었다. 치모가 푸르게 어리비치는 하얀 면 팬티 위에 넓은 챙 모자를 쓴 곰돌이 인형이 둥실 나타났다. 점 세 개로 단순화된 두 눈과 코. 동화적으로 구부려진 시옷자 입.

"왜 웃어."

"곰돌이가 나를 보고 웃잖아."

"……"

"애들 잠옷 같다."

"뭐야?"

"여자 빤쓰를 보고 웃긴 처음이야."

뻑뻑하게 젖은 청바지 뭉치를 발목에 걸친 여자가 발딱 일어섰다. 말없이 남자를 쏘아보다가, 힘차게 가슴팍을 떠민다.

"내가 제일 좋아하는 속옷이라구! 완이 보게 되어서 다행이라고 생각했는데."

남자가 벌러덩 나자빠졌다. 침대 모서리에 세차게 뒤통수를 찧었다. 눈앞이 뿌옇게 흐려진다.

"애들 잠옷이라니. 내 속옷 따위로는 흥분도 되지 않는다 이거지?"

씨근덕씨근덕 어깨로 화를 내며 여자는 남자를 타고 앉았다. 거칠게 허리띠를 풀기 시작한다. 봐봐. 완은 뭘 입고 있는지. 도대체 뭘 입었길래. 딱딱한 침대 모서리에 뒷덜미가 눌려 남자는 아무 말도 할 수가 없다. 몹시 취한 기분이다. 깊숙이. 깊숙히. 깊숙이. 뭐야 이거, 검은 줄무늬라니. 흥. 완은 그럼 얼룩말이야? 여자가 코웃음을 쳤다. 검은 줄 흰 줄이 사선으로 반복되는 남자의 팬티를 잡아내리고 차돌처럼 딱딱해진 남자를 입 속 깊이 삼킨다.

"왕, 왕으 저아 와우옹커러 이어어(완, 완은 정말 완두콩처럼 귀여워)."

만 이틀 쉬지 않고 내리던 비는 삼 일째가 되어서 멈추었다. 아스팔트 바닥에 스며든 물기로 거리는 습하고 후텁지근했다. 여자는 하루도 빠짐없이 남자에게 전화를 걸었다. 그리고 귀가 뜨거워지도록 길고 오랜 통화를 나누었다. 핸드폰 문자창에는 여자가 보내오는 문자 메시지가 일상에 빠진 남자를 잠깨웠다. 이메일 수신함에도 새로운 내용과 제목의 편지들이 매일같이 날아들었다. 남자의 시간은 만남과 그 관성의 흔적으로 가득 채워지고 있었다. 때로 남자는 자신의 순간과 순간이 먼 세월을 향해 쉬지 않고 흘러간다는 사실을 문득 실감했다. 그리고 때로는 수천 년의 무거운 바위 속에 갇힌 채, 과거도 미래도 없이, 오래도록 그 자리에 머물러 있는 갑갑함에 숨이 막히곤 했다. 파편화된 착란들은 매번 남자를 따분하고 지치게 만들었다. 짧은 만남으로부터 시작된 변화의 조짐. 그것은 미처 예견하지 못한 일이었다. 운명에 갇히는 섬뜩함이란. 토요일. 옷가게 골목이 늘어선 여자대학 거리에서 만나 차를 마시고 새우살이 들어간 크림 소스 스파게티를 먹고 나서 남자는 우울한 얼굴로 말했다.

"비디오방 가자."

"비디오방?"

"리자 버틀렛 영화가 보고 싶어."

"꼭 그래야…… 해?"

"응."

얼굴이 하얘진 여자의 손을 끌고 남자는 거리로 나섰다. 길 건너 건물에 비디오방 간판이 보였다. 삼층이었다. 여자가 인상을 찡그렸다. 천천히 좀 가. 숨 차단 말야. 〈포이즌 아이비〉요? 코 옆에 점이 있는 카운터의 사내는 고개를 갸웃거렸다. 모르겠는데, 싸우는 건가요? 사 년 전에 나온 겁니다. 리자 버틀렛이 출연한 영화죠. 그러자 사내가 웃었다. 여기가 골동품 가겝니까. 하루에 쏟아지는 신프로만 몇 갠데. 여자는 낙담한 얼굴의 남자를 힐끔 쳐다보았다. 저, 죄송하지만 이 근처에 다른 비디오방 있나요. 사내는 동전을 던지듯 대꾸했다. 사거리 너머 중학교 근처에 한 군데 있지요. 하지만 가나마나일 겁니다. 〈포이즌 아이비〉라니. 삼층 계단을 다 내려와 사거리에 다다르고 횡단보도를 넘을 무렵이다. 여자가 세차게 손을 뿌리쳤다.

"내가 개야? 손목 아파 죽겠네 정말."

"미안해. 네 걸음이 답답해서."

"완. 언제부터 그렇게 걸음이 빨랐어?"

어서 오세요. 피시방을 겸하는 비디오방에 들어서자 졸고 있던 청년이 엉거주춤 일어섰다. 어둡고 조용한 실내에 네트워크 게임 배경음이 무표정히 흐르고 있다.

"리자 버틀렛 영화 있습니까?"

손바닥으로 얼굴을 문지른 청년이 타닥 탁탁 키보드를 두드렸다.

"두 개 있네요."

"뭐죠?"

"어어, 〈어벤저〉, 〈웨딩 스트립〉."

"제기랄!"

"뭐라구요?"

"……아니, 알겠습니다."

〈어벤저〉. 리자 버틀렛이 골든 레즈베리 최악의 여우주연상을 받아야 했던 것은 스테판 소더버그라는 삼류 감독 때문이었다. 그리고 〈웨딩 스트립〉이라니. 리자의 재능까지 빛을 잃게 만들었던 상대 배우 리차드 브라이트만의 멍청한 연기에 남자는 얼마나 속을 끓여야 했던가. 〈포이즌 아이비〉는 다르다. 데뷔 후 두번째로 출연한 그 영화를 통해 리자 버틀렛은 아카데미 여우조연상 후보에 오르며 전 세계 영화계에 그 이름을 알렸다. 아름다운 벙어리 교사 역을 훌륭히 소화했던 그녀의 청순함을 남자는 잊지 못한다. 그녀가 나오는 부분과 나오지 않는 부분들의 배경과 대사 모두를 기억할 수 있다. 〈어벤저〉나 〈웨딩 스트립〉도 마찬가지긴 하지만. 그래서 남자의 책장 안쪽 자리에는 스무 번도 더 보았을 그 영화가 정품 비디오테이프에 담긴 채 보관되어 있다. 거리는 화창했고 남자는 현

기증을 느꼈다. 나 어지러워. 여기 잠깐 앉을게. 도로턱에 주저앉아
감은 눈을 뜨지 않고 천천히 담배를 피웠다. 밝은 표정을 한 주말의
행인들이 남자를 향해 호기심 어린 시선을 던지고 지나갔다. 웅크
린 남자의 뒷모습을 멀찌감치 지켜보던 여자가 다가왔다. 어깨에
손을 얹는다.

"괜찮아?"

"응."

"왜 이러는 거야. 눈이 얼굴 속으로 십 센티미터나 들어갔어."

"미안해."

"완. 나 지금 울 거 같아. 아무 일도 아니라고 빨리 말해."

맥주 박스를 가득 실은 트럭 한 대가 퉁명스럽게 그들 앞을 지나
갔다. 뿌옇게 먼지바람을 일으킨다. 여자는 남자를 일으켜세웠다.
손목을 잡힌 채 반 발짝 뒤처져 걷던 남자가 아랫입술을 잘근잘근
깨물었다. 여관 가자. 앞서 걷던 여자가 냉큼 뒤를 돌아보았다. 뭐
라구? 못 들었어. ……비디오방 포기할게. 그 대신 여관 가. 하고
싶어. 만오천원짜리 여관방은 한낮임에도 어둑했다. 두터운 커튼이
쳐진 때문이다. 커튼을 젖히자 더러운 창 밖으로 옆 건물의 먼지 낀
에어컨 실외기가 보였다. 방 안에는 분홍 이불이 깔려 있고 노란 장
판에서는 아득한 곰팡이 냄새가 났다. 남자는 말없이 서서 옷을 벗
기 시작했다.

"어쩌면……"

탈의실에 온 사람처럼 그렇게 옷을 벗을 수 있지? 여자는 그렇게
말하려다 말았다. 알몸이 된 남자가 이불 위로 쓰러졌다. 캐시미론
이불깃은 부르튼 입술처럼 거칠다. 뒤로. 우리 뒤로 해. 여자는 눈
을 감았다. 순순히 등을 돌린다. 두번째 섹스는, 아프다. 사정은 되

지 않았다. 다듬어놓은 파 줄기처럼 희고 싱싱한 여자의 팔에 얼굴을 묻고 남자는 눈물을 흘렸다. 남자는 아팠다. 여자를 만날 때도 만나지 않을 때에도, 머리카락 한 줌을 잡아뽑히듯 아팠고 문지방에 손가락이 세차게 낀 것처럼 아팠다. 유리조각에 발바닥이 벤 것처럼 아팠으며 딱딱한 잇몸에 주사바늘을 꽂을 때처럼 아팠다. 그 모든 통증을 합친 것만큼 아팠고 그 이상 아팠다. 그래서 남자는 환절기의 하얀 팔뚝에 얼굴을 파묻고 소리없이 울었다. 두번째 섹스는 조금도 위로가 되어주지 못했다.

"〈포이즌 아이비〉 때문이야?"

여자는 남자의 머리를 쓰다듬었다.

"넌 몰라. 내가 얼마나 아픈지."

여자의 얼굴이 오후 일곱시 이십분처럼 흐리다. 분홍 이불 틈에서 헝클어진 팬티를 집어든다. 발목에 팬티를 집어넣는 등이 슬프게 굽어 있다. 손가락 끝에서 벗어난 팬티 고무줄이 아랫배 살갗에 붙으며 탁, 소리를 낸다.

"완은 나쁜 꿈을 꾸고 있어. 어서 깨어나. 그렇지 않으면 날 죽이는 거야."

이틀이 지났다. 사흘이 지났다. 여자에게서는 한 통의 전화도 오지 않았다. 닷새가 지났다. 오후 내내 비가 내렸으며 그로 인해 거리는 다시 눅눅해졌다. 한 줄의 문자 메시지도 이메일도 오지 않았다. 피서 시즌이 끝나가고 있었다. 주말 연속극 〈메모리즈〉는 후반부로 치달아갔다. 아내 승현이 교통사고를 당해 혼수상태에 빠져 있을 즈음 성민은 세영의 오피스텔로 찾아간다. 신산하게 뒤틀린 일상을 묵묵히 고백하는 그는 예전의 그가 아니다. 그러나 성민은, 여대생이 된 세영이 자신의 아이를 가졌다는 사실을 미처 모르고 있었다. 남자의 인터넷 편지함에는 그간 여자가 보내온 이메일 수십 통이 고스란히 쌓여 있었다. 그로써 남자는 여자의 부재를 가까이 실감했다. 안경알을 닦다가 사무실에서 생수를 뽑아 마시다가 두루마리 휴지를 뜯어 코를 풀다가 담배를 사고 거스름돈을 받다가 남자는 문득 여자를 생각했다. 참을 수 없을 정도는 아니었다. 일주일이 지났다. 여자를 알게 된 이후 그토록 멀리 여자를 떠난 적은 없었다. 그리고 전화를 걸었다.

만나.

여자는 말이 없다. 남자는 끈기 있게 침묵의 끝을 기다렸다.

그래야 한다고 생각해?

몰라.

수화기 저편은 조용했다. 여자는 어디 있을까. 어디서 전화를 받고 있는 것일까. 어디 있는지 어디서 전화를 받는지 알 수 없는 여자가 완, 하고 자신을 부르지 않는 사실이 남자는 낯설다.

이제야 전화를 하다니.

여자는 성숙한 꼬마아이처럼 한숨을 쉬었다.

그러는 너는?

하여간 만나. 그 대신 명심해.

뭘.

이건 완이 완과 나를 위해 선택한 일이야. 잊으면 안 돼.

어디서 볼래?

서해 바다.

처음 환절기를 만났을 때 남자는 늘 조금씩 아팠으며 피곤하고 배가 고팠다. 고작 일 년여를 알았던 여자와 헤어진 지 이 년째 되던 무렵이었다. 길고 지리했던 이 년 동안 남자는 세 명의 여자를 사귀었고 다섯 명의 여자와 섹스를 했으며 그 두 배 정도의 여자들과 함께 영화를 보고 야간 경기가 있는 야구장을 가고 주말의 동물원에 가고 마주 앉아 술을 마시며 손을 잡았다. 리자 버틀렛을 닮은 여자는 한 명도 없었다. 리자 버틀렛을 끔찍하게 닮은 여자를 알게 된 이후 남자는 세상의 여자들을 리자 버틀렛을 닮은 여자와 그렇지 않은 여자로 나누었다. 리자 버틀렛을 닮지 않은 여자들 속에서도 남자는 가끔 리자 버틀렛의 그림자를 발견하곤 했다. 아무리 리자 버틀렛을 닮지 않은 여자도 화가 났을 때의 옆얼굴이나 뜨거운 차를 마시는 입술 모양이나 블라우스 앞단추를 여는 손가락 움직임 등 한 군데는 닮은 점이 있기 마련이었다. 리자 버틀렛을 끔찍하게 닮은 여자는 남자를 리자 버틀렛으로부터 자유롭게 만들어주는 유일한 여자였다. 110동에서 아파트 단지 정문으로 굽는 언덕길. 쉼터 그늘에서 여자를 처음 만났을 때 남자는 잠긴 현관문이 철컥 쇳소리를 내며 열리는 환상에 빠졌다. 자이프렉사. 자. 이. 프. 렉. 사. 그날도 남자는 지루하고 따분한 저녁 일과를 해치우고 어서 빨리 자리에 눕고 싶다는 생각뿐이었다.

우체국 후문의 이층 찻집. 야윈 얼굴의 여자는 하얀 옷을 입고 있었다.

"오랜만이구나."

"응."

놀랍게도, 남자는 거울을 보는 기분에 빠졌다.

"어디 아팠어?"

동사무소 쪽에서 날아든 비둘기 몇 마리가 흐린 하늘가를 종이비행기처럼 맴돌았다.

"일 주일 동안 세 번을 죽다가 깨어났어."

"……"

"완은 어땠어?"

"나, 할말 있어."

실례합니다. 노란 앞치마를 두른 남자가 다가와 고개를 조아린다. 뜨거운 찻잔을 놓고 물러서다가, 남자와 여자의 무기력한 얼굴을 힐끔 쳐다본다.

"무슨 말인지 기대가 되네. 아냐. 사실은 두려워. 그러니까 우리, 아무 말 하지 말고 차 한 잔 마시면 안 될까?"

여자는 리자 버틀렛이었다. 리자 버틀렛이자 리자 버틀렛을 끔찍하게 닮은 여자였다. 그리하여 여자를 만난 뒤로 남자는 스무 번도 더 보았던 〈포이즌 아이비〉나 〈웨딩 스트립〉을 잠시 잊을 수 있었다. 4월. 삼 년 전 4월. 예상 못 한 일은 늘 빠른 걸음으로 다가온다. 낡은 습관처럼 리자 버틀렛을 생각할 때, 어느 날 백화점 건물에 걸린 대형 광고판 속 모델이나 텔레비전 가요 순위 프로그램의 여성 진행자로부터 그 모습을 떠올렸을 때, 참으로 낡고 오랜 습관처럼 그로부터 리자 버틀렛을 끔찍하게 닮은 여자를 찾을 때, 남자는 전혀 예상 못 한 사건에 어깨를 떨었다. 그것은 환절기의 얼굴이었다. 그래서 남자는 고백하지 않을 수 없었다. 들어봐. 내년이면 나, 스물일곱이 돼. 얼마 안 있어 스물아홉 살이 될 거고 그리곤 삼십대 중반 아저씨가 되겠지. 이제 난 지쳤어. 따분해 죽을 것 같아.

"사월, 이라고?"

찻잔을 들어올리던 여자가 움직임을 멈추었다. 이 초. 삼 초. 사 초. 오 초. 딱딱하게 경직된 순간들이 조금씩 멀어졌다.

"지금…… 그렇게 말한 거야?"

남자는 아무 대꾸도 하지 않았다. 여자가 일어섰다. 뒤돌아서서 찻집을 빠져나가는 뒷모습이 보이지 않게 흔들렸다.

기차역에 도착할 무렵 차고 눅눅한 바람이 불어왔다. 장항선 기차표 두 장을 끊었다. 출발 시각까지 이십오 분이 남아 있었다. 밥이나 먹자. 매표소 건너편에 일본식 우동 전문점이 보였다. 여자는 유부국수를 반도 먹지 않았다. 시무룩히 플라스틱 젓가락을 만지작거리는 여자의 얼굴 위에 남자의 시선이 잠시 머물렀다. 날이 저물어갔다. 어두워진 선로 위로 주황색 무궁화호 열차가 길게 멈추어 섰다.

"안으로 들어가. 잠들면 깨워줄 테니까."

여자가 피식 웃었다. 차창 밖 어둔 플랫폼이 조금씩 멀어졌다. 남자는 등받이에 머리를 기대었다. 고무장갑처럼 힘없는 여자의 손을 잡았다가, 가만히 놓았다.

자이프렉사. 집 떠난 기차가 첫번째 역을 지나쳤다. 안개 숲 속 같은 잠 기운이 남자의 어깨를 무겁게 감쌌다. 리자 버틀렛을 끔찍하게 닮은 여자는 하루치 허용량 7.5밀리그램짜리 작고 하얗고 동그란 알약을 매일 한 알씩 먹어야 했다. 비전형적 광범위 정신분열 치료제. 우울증 치료를 돕는다는 그 약은 오히려 여자의 정신과 육체를 우울하게 만들곤 했다. 바보가 되는 기분이야. 목을 졸린 것처럼 잠이 쏟아지고, 깨고 나선 먹을 거 생각밖에 안 나. 도축용 돼지에게 필요한 것을 내가 왜 먹어야 하지? 어쩌다 약을 거르는 날이면 여자는 아무도 믿어주지 않는 고통에 밤새 숨을 헐떡였다. 팔뚝에 내려앉은 머리카락이 살갗 속으로 파고든다거나 어둔 방 안을 맴돌던 모기 한 마리가 귓속으로 쏙 들어온다거나. 혼자 있는 시간은 믿을 게 못 돼. 하지만 너까지 날 못 믿는 건 아니지? 아무도 믿지 못할 시간이 찾아오면 바늘 끝으로 팔뚝 깊은 살을 후벼파거나 귓속에 석유 냄새 나는 방충제를 뿌렸다. 여자가 웃을 때는 남자로부터 리자 버틀렛에 대한 농담을 듣는 짧은 순간뿐이었다.

어떠한 기억으로도 남아 있지 않은 시간 속을 달려 여자의 아파트 앞에 이르렀을 때 여자는 없었다. 앰뷸런스와 경찰차 사이렌 소리 사이에 사람들은 불길한 목소리로 웅성거렸다. 천일홍이 어지러이 피어난 화단 옆 보도블록. 이십층 높이의 베란다로부터 시작된, 초록 풀잎을 짓이겨놓은 듯 조그맣게 흐트러진 흔적에 남자는 눈이 시렸다.

기차역을 나선 그들은 택시를 타고 해수욕장으로 향했다. 별 한 점 없이 흐린 밤하늘에 바다가 잠겨 있다. 모래사장 쪽으로부터 소금기 머금은 파도 소리가 는개처럼 밀려들었다. 너무 늦게 왔구나, 하고 남자가 중얼거렸다. 어스름 속에 여자가 한 걸음 물러섰다. 그렇게 생각해? 먼바다에서 어선 몇 채가 작은 불빛으로 일렁였다.

해변을 벗어난 첫번째 골목으로 들어서자 숙박업소와 불 밝힌 술집들이 모여선 골목이 나타났다. 대천 회 식당. 깨끗지 못한 수조 바닥에 여러 종의 바다 생물들이 고단한 기색으로 가라앉아 있다. 주인 여자가 방문을 열고 나와 반기거나 귀찮은 기색 없이 메뉴판을 내민다. 식탁 위는 끈적끈적하고 플라스틱 통에 담긴 물에서는 비릿한 바다 냄새가 났다. 여자는 갈 길 바쁜 여행자처럼 술잔을 비웠다. 남자가 술을 채우자 쉬지 않고 잔을 입에 가져간다. 매운탕 냄비가 가스버너 위에 올라앉았다. 공장 폐수 같은 거품을 내며 끓기 시작하는 매운탕 국물을 수저로 뒤적이고 있을 때 여자가 다시 잔을 들었다. 소주병은 빠르게 반이 비워졌다. 천천히 좀 마셔. 여자의 얼굴은 추위에 곱은 손바닥처럼 창백하다.

"……너무 멀어."

"뭐라고?"

"하긴 그래. 더러운 기억을 가까운 곳에 만들 필요는 없으니까."

여자가 들고 있는 잔을 남자는 빼앗고 싶다.

"안주 좀 먹어."

차가운 손바닥 같은 얼굴의 여자가 남자를 노려봤다.

"끝까지 날 허깨비 취급하다니. 나쁜 자식."

옆 건물 층계참의 좁고 지저분한 변소에 다녀왔을 때이다. 여자의 자리가 비어 있다. 홀로 바글바글 끓고 있는 찌개 냄비를 남자는 망연히 내려다보았다. 어디 갔을까. 밖에는 어둔 바다와 파도 소리뿐인데. 드르륵 방문이 열리고 주인 여자가 얼굴을 내밀었다.

"도망갔어 그 아가씨."

"어디로 갔나요."

"내가 어떻게 알아. 아이구, 그러니까 사이좋게 좀 지내지 왜들 싸워."

"......"

"뭐 해. 얼른 찾아나서지 않고."

철 지난 해수욕장의 밤 시간. 희게 부서지는 파도 근처에 사람들 몇 명이 모여 서 있다. 남자는 걸음을 멈추었다. 모래사장으로 내려서는 계단 가에 여자가 보인다. 시멘트 난간에 등을 보인 채 앉아 있다. 횟집과 가게에서 밝힌 불빛이 여자의 옆얼굴을 창백하게 비추었다.

"완이구나."

쓰러질 듯 삐딱한 자세로 앉아 식당에서 가져온 소주병을 입에 물고 거침없이 고개를 젖힌다. 사람들이 모여 있는 모래사장에서 폭죽이 터졌다. 쉬익. 그 소리가 젖은 공기를 길게 가르며 한점 불빛으로 치솟았다. 어둔 하늘에 여러 갈래의 불꽃이 되어 크고 작은 폭발을 일으킨다. 사람들이 함성을 지르고 박수를 쳤다. 밤바다의 시간이 느리게 흘렀다.

"크으, 하나만 물어보자."

"말해."

"완, 완은 내가 누군지 알아?"

여자의 목소리에서 달큼한 술 냄새가 났다.

"말해봐 완. 내가 누구지?"

"너는……"

대답을 찾지 못한 남자가 잠시 머뭇거렸을 것이다. 여자가 한쪽 손을 높이 치켜들었다. 허공에 잠시 멈추어 섰던 술병이 난간 모서리에 세차게 부딪친다. 퍽! 경쾌하지 못한 파열음과 함께 작은 유리조각이 남자의 얼굴에 튀었다. 피. 피. 남자는 다급하게 속삭였다. 여자의 손이 피에 젖어 번들거린다. 초록색. 풀잎을 짓이겨놓은 듯한.

"알겠어? 이제 나를 알겠어?"

이를 악물고 여자가 울먹였다. 남자의 귓속으로 위이잉, 모기 한 마리가 들어왔다.

"이런 피를, 본 적이 있는데."

"난 전생에 풀이었어. 완은 나쁜 새끼야."

쉬이익. 두번째 폭죽이 젖은 밤하늘을 갈랐다.

"이제 끝났어. 완에게 내 피를 보이는 것은 그 때문이야."

"아."

"리자 버틀렛 따위는 문제가 아니었어. 하지만 내 앞에서 사월 이야기를 꺼냈을 때, 더이상 완에게 내 피를 속여야 할 이유가 없어졌어."

와락 달려든다. 중심을 잃은 남자가 여자를 부둥켜안으며 난간 아래로 휘청 넘어갔다. 젖은 모래밭에 거세게 뒤통수를 부딪쳤다. 여자가 요동쳤다. 남자는 여자에게 두른 팔을 풀지 않았다. 피 냄새가 아찔했다.

　"놔. 이거 놔."

　"이러지 마, 제발."

　"소용없어. 완이 짐 지고 있는 그늘에서 빠져나올 생각이 없다면, 나라도 그렇게 해야겠어."

　파도 소리가, 쏴아아, 뜻밖에도 매우 가까운 거리에서 부서지고 있었다. 여자는 깊은 숨을 몰아쉬었다.

　"용서할 거야. 그렇지 않으면 날 모욕하는 거니까. 그렇다면 내 시간 속에서 완은 죽을 테니까."

　세번째 폭죽이 하늘을 가르고 사람들은 함성을 질렀다. 상처 입은 손등으로부터 남자의 뺨 위로 질척한 액체가 흘러내렸다. 피가 끈적끈적하구나. 수분이 부족해서 그래. 이 피가 널 죽게 할지도 몰라. 남자는 여자의 손을 끌어당겼다. 길게 파인 상처를 조심스레 빨기 시작한다. 이거 놔. 여자는 반항했다. 싫어, 이거 놓으라구. 푸득푸드득 몸을 뒤챈다. 남자는 멈추지 않았다. 어둔 모래사장 구석에서 남자와 여자는 숨 가쁜 성행위를 하는 것 같다. 찜찔하고 향기로운 풀 냄새가 남자의 목구멍을 타넘었다. 아, 아파. 온몸을 잔뜩 웅크리고 있던 여자가 스르르 힘을 풀었다. 젖은 모래밭 위에 길게 몸을 누인다. 쏴아아. 파도 소리가 어둠 너머로 길게 빠져나간다.

　"시험기간이었어."

　어둔 하늘. 여자가 웅얼거렸다.

　"늦잠을 잤을 거야. 아니면 공부한답시고 밤을 새다가 책상에 엎어져 잠이 들었던지. 씻지도 못하고 부랴부랴 가방 챙겨서 집을 나서다가 언니를 봤어. 거실 소파에 앉아, 언니는 아침 햇살이 뽀얗게 쏟아지는 창 밖을 내다보고 있었어."

"시험기간. 시험기간."

남자가 부들부들 입술을 떨었다.

"그 눈. 언니의 눈 속에 완이 있었어. 언니의 눈 속에서 완은 무척 슬퍼 보였어. 내가 뭘 어떻게 할 수 있었을까. 모르겠어. 그때 난 고 등학교 이학년이었고 그날은 생물과 국사 시험이 있는 날이었어. 언니는 아무 말도 하지 않았어. 그렇게 내게 눈을 맞추고 가만히 웃어줬어. 그래서 난 생각했어. 언니가 자살을 할지도 모른다고 말야. 하지만, 난 등을 돌릴 수밖에 없었어."

바람이 불어왔다. 모래사장에 모여 있던 사람들이 기척 없이 길을 떠났다. 젖은 모래밭 위의 시간들이 저편 어둠 속으로 조금씩 멀어져가는 착란에 남자는 빠져든다. 혹은 앞으로도 아주 오랜 시간, 자신과 자신을 둘러싼 것들이 오래도록 그 자리에 고인 채 풍장을 당하게 될지도 모르는 일이다. 참을 수 없는 지루함이 남자를 숨 가쁘게 만들었다. 여자의 목덜미는 차고 끈끈했다.

"널, 죽이고 싶어."

"나를? 완이 나를?"

여자가 낮게 신음했다. 나를, 왜?

"날 속였으니까."

남자는 손아귀에 힘을 주었다. 여자는 죽음을 앞둔 도미처럼 힘없이 파닥거렸다.

"이러지 마. 아무도…… 완을 속이지 않아. 완을 속인 건 완이었어."

"어, 어어."

"이 손 놔. 숨막혀."

　하루가 지나고 일 주일이 지났다. 계절이 바뀌었을 때 남자는 한 여자를 보내고 한 여자를 보냈다. 더운 날씨에 차례로 곪기 시작하는 날계란처럼. 열쇠가 없는 오후 일곱시 이십분. 때로 남자는 굳게 잠긴 현관문 저편을 생각했다. 하루 전이나 일 주일 전, 또는 서해 바다의 마지막 저녁이 거기 있었다. 크고 작은 기억의 무게들은 매번 남자를 따분하게 했다.

　라면이나 생수를 사기 위해 관리사무소에서 단지 정문 쪽으로 굽는 내리막길을 걷다가 문득 걸음을 멈춘 남자는 바보 같은 표정을 하고 길 주변을 살피곤 했다. 그러나 어떠한 소리나 빛의 움직임도 발견할 수 없었다. 남자는 늘 조금씩 아프고 피곤하고 배가 고팠으며 혼자 영화를 보고 술을 마시고 차비를 내고 집 근처 식당에서 저녁을 사먹었다. 이제 남자는 스물일곱이 되고 스물아홉이 되고 머지 않아 그보다 훨씬 많은 나이를 먹게 될 것이다. 리자 버틀렛이나 그런 이름을 가진 영화배우나 그녀가 출연했던 영화를 이제 사람들은 기억하지 못했다. 메모리즈 아 메이드 오브 디스.

해설

거짓말, 현실과 마주한
환상의 서사

손정수
문학평론가

소설이 놓여 있는 허구와 진실의 불투명한 경계는
여전히 존재할 수밖에 없다.
허구를 통한 진실의 이야기, 그를 통해 공적인 언어로
말해질 수 없는 차원의 담론을 언어로 표현하는 양식,
바로 이 모순적인 결합이 소설을 근대의 대표적인
예술 장르로 만들었던 동력이기 때문이다.
'거짓말'이 소설 자체의 성립과 본질을 탐구할 수 있는
테마인 것 또한 이 때문이다.
여기 현실과 마주하는 환상의 이야기가 담긴
열한 개의 거짓말이 있다.

1. 소설의 기원으로서의 거짓말

잘 알려진 영국 소설 『로빈슨 크루소』의 원제는 '요크 시(市)의 선원 로빈슨 크루소의 이상하고도 놀라운 모험과 인생 : 배 난파에 의해 그 외의 나머지 모두는 죽고 홀로 해안가에 버려져 28년간 오리노코 강 입구 근처, 아메리카 해안가의 무인도에서 홀로 산 사람의 이야기. 마침내 해적에 의해 이상하게 구조된 이야기도 담고 있음. 그 자신에 의해 씌어짐' 이다. 1719년 4월에 출간된 이 책의 저자는 잘 알려진 대로 다니엘 디포(Daniel Defoe)이며 이 책은 그가 일생 동안 쓴 총 548권의 저작 중 412권째에 해당된다.

원제목에서 눈에 띄는 것은 우선 터무니없이 길다는 점인데, 이것은 당시의 관행이었다고 한다. 지금 보면 오히려 인공적인 느낌을 주는 이러한 유의 낯선 제목들이 당시에는 실제로 일어났던 일이라는 인상을 사람들에게 심어주며 널리 통용되었던 모양이다.

또하나 주목되는 것은 '그 자신에 의해 쓰어졌다(Written by Himself)'는 대목이다. 말하자면 작가인 다니엘 디포가 쓴 것이 아니라 로빈슨 크루소 자신이 썼다는 것인데, 이 또한 당시의 관행이어서 작품의 실재성을 보증하기 위해 작가는 가공의 인물인 편집자를 등장시켜 소설의 등장인물로부터 직접 원고 출간을 의뢰받았음을 기술하고 있다. "편집자는 이 일들이 사실의 역사이며 어떤 허구도 없음을 믿는다(The editor believes the thing to be a just history of fact : neither is there any appearance of fiction in it)"는 서문의 한 대목이 이러한 사정을 잘 말해준다. 허구로서의 소설이 정착되기 이전 단계였기에 이러한 일들이 일어날 수 있었겠지만, 그럼에도 불구하고 당시의 사람들은 이런 새빨간 거짓말을 의심 없이 믿었던 것일까.

그런데 『로빈슨 크루소』가 출간되자 이전에는 없었던 일이 일어났다. 찰스 길든(Charles Gildon)이라는 인물이 『로빈슨 크루소』가 우화에 지나지 않는다고 주장하면서, 작품의 내용이 실제로 있었던 일임을 공공연하게 내세우는 당시의 관행에 전면적으로 도전해온 것이다. 디포의 입장에서 보면, 로빈슨 크루소의 모델이 될 만한 사례로 후앙 페르난데스(Juan Fernandez) 섬에 난파된 알렉산더 셀커크(Alexander Selkirk)라는 인물이 있기는 했지만, 그렇다 해도 떠돌아다니는 이야기를 근거로 하여 소설의 실재성을 주장하기는 어려운 상황이었다.

디포는 다음해에 출간된 『로빈슨 크루소의 이상하고도 놀라운 모험과 인생 동안의 진지한 성찰』에서 작중인물 로빈슨 크루소로 하여금 자신이 겪은 일이 사실임을 직접 고백하도록 한다. 그러나 허구 속의 인물이 주장하는 사건의 사실성은 과연 사실일까 허구일까. 심지어 어느 대목에서는 로빈슨 크루소가 자신의 무인도 체험이 현실 속의 어떤 상황(디포 자신의 감옥 체험)에 대한 알레고리라고 이야기하기도 한다. 이 지점에 이르면 텍스트를 둘러싼 실재와 허구의 복잡한 관계는 헝클어진 실타래처럼 좀처럼 풀 수 없는 아포리아 속에 놓이게 된다. 이제 거짓말은 더욱 정교하고 세련되게 가공되고 변형되지 않으면 안 된다.

어쨌든 작가, 서술자, 작중인물 등이 텍스트의 안과 밖을 넘나들고 실재와 허구가 착종되어 있는 이러한 상황 속에서 근대소설은 탄생하게 된다. 지금이라면 현실에 근거한 가공의 이야기이며 허구의 형식에 담긴 진실된 이야기라고, 그것이 소설이라고 당연한 듯 말할 수 있겠지만, 소설이 발생하던 당시에는 사정이 그렇지 못했다. 그러나 사정이 많이 달라진 오늘날에도 소설이 놓여 있는 허구와 진실의 불투명한 경계는 여전히 존재할 수밖에 없다. 허구를 통한 진실의 이야기, 그를 통해 공적인 언어로 말해질 수 없는 차원의 담론을 언어로 표현하는 양식, 바로 이 모순적인 결합이 소설을 근대의 대표적인 예술 장르로 만들었던 동력이기 때문이다. '거짓말'이 소설 자체의 성립과 본질을 탐구할 수 있는 테마인 것 또한 이 때문이다. 여기 현실과 마주하는 환상의 이야기가 담긴 열한 개의 거짓말이 있다.

2. 현실에 대한 알레고리로서의 서사

프랑코 모레티는 『근대의 서사시(*Modern Epic*)』(1996)에서 라틴

아메리카에서 일어난 한 가지 일화를 소개하고 있다. 3세기 전 이단 심문관들이 라틴아메리카에서 유럽소설 판매를 금지한 결과, 소설이 휩쓸어버렸을 다른 서사 형식들이 보존될 수 있었던 일화가 그것이다. 빼기를 했는데 더하기를 한 결과가 나타났던 것이다. 유럽 중심의 소설사관을 비판하고 있는 모레티의 입장에서 보면 소설 (novel)과 배치되는 것처럼 보이는 그러한 서사 형식들의 의미가 더욱 강조될 수밖에 없었을 터이다. 하지만 소설이 다른 서사 형식들과 항상 대립적인 것은 아니다. 소설 장르는 그 주위의 온갖 장르들을 서사화하는 힘을 그 자체 내에 지니고 있기 때문이다. 전근대적 양식처럼 보이는 설화의 영역 또한 소설적 의식에 포착될 수 없는 것은 아니며, 오히려 소설 장르 바깥에 있는 요소들의 소설 내부로의 도입은 소설을 보다 풍부하게 만드는 힘이라고 할 수 있을 것이다.

구경미의 「광대버섯을 먹어라」에는 마야의 한 부족인 촐 족의 설화가 소설 속에 등장한다. 촐 족의 광대버섯 의식은 부족의 구성원들이 환각 성분이 있는 광대버섯을 먹고, 태어나면서부터 귀가 닳도록 들은 부족의 신화와 전설을 환각 상태에서 직접 눈으로 확인하는 의식이다. 그럼으로써 의식의 참여자들은 부족의 일원으로 일체감과 책임감을 가지게 된다. 그러나 어느 부족이든 하나씩은 회의하는 인간이 있게 마련인 법, 칸이라는 청년이 바로 그다. 더구나 그가 사랑하는 여인 파아칠란이 부족으로부터 추방당할 위기에 처하게 되자 칸은 부족이냐 여자냐의 선택을 강요받게 된다. 이 장면에서 칸은 광대버섯을 먹고는 환각에서 영원히 깨어나지 않는 방법을 선택한다. 곧 추방도 사랑도 비루함도 모두 잊고 망각의 세계에 영원히 머무는 방법이다. 이 설화는 정신병을 앓고 있는 이 소설의 화자 '나'가 만들어낸 거짓말이다. 하지만 그 거짓말은 세계로부터 차단된 채 혼자만의 의식 속에서 살기를 선택한 '나'의 상황을 알레고리적으로 표현하고 있기에 진실성을 내포하고 있다. 자신의 이름조차도 모르는 척하는 의뭉스러운 화자는 실상 매우 영악한 이야기꾼이었던 것이다. 이렇게 보면 설화와 소설의 차이는 그 속에 담긴 이야기의 형태가 아니라 서사를 구성하는 시선의 성격에 놓여 있다고 할 수 있다. 이 작품의 경우, 설화 속의 청년 칸의 이야기가 설화 바깥의 화자 '나'의 의식의 구성물이라는 점에서 그 뚜렷한 소설성을 발견할 수 있다.

　김숨의 「골목」에는 유리눈물을 흘리는 아랍의 소녀 이야기가 소개되어 있다. 슬픈 표정을 한 그녀의 크고 파란 눈동자가 흔들리는 순간, 유리눈물이 흘러내린다. 유리눈물에 마법의 힘이 있다고 믿는 사람들은 낙타와 양탄자를 가져와 소녀의 유리눈물과 바꾸어 간다. 아랍 소녀의 유리눈물 이야기를 텔레비전 화면을 통해 지켜보고 있는 여자아이가 있다. 아이의 엄마는 집을 나갔고 아버지는 집나간 엄마를 찾아 나섰다. 쌍둥이 여동생들은 고아원에 맡겨져 있고 네 살배기 어린 동생은 칭얼거린다. 게다가 그녀가 살고 있는 미로같이 좁고 어두운 골목은 두려움의 공간이다. 그렇다면 유리눈물은 여자아이의 슬픔과 그것을 초월하고자 하는 욕망이 만들어낸 환각의 일종이 아니겠는가. 그리하여 슬픈 표정을 짓고 있던 아랍의 소녀가 여자애에게 말한다. 네가 바라는 대로 엄마가 돌아오고 아빠의 아픈 허리가 낫고 동생들이 노래하고 네게 새 화첩이 생긴다면 너는 더이상 유리눈물을 흘릴 수 없을 거라고. 슬픔이 떠나가기 때문이라고. 그러면 네 가족들은 다시 뿔뿔이 흩어질 거라고. 환각의 위험을 스스로 예고하는 장면이라고나 할까. 하지만 여자애는 환각이라고 해도 그곳에 머무르고만 싶다. 이 환각에서 깨어나자 공포의 현실이 다시 여자아이를 휩싼다. 이처럼 「골목」은 욕망의 환상과 공포의 현실 사이의 긴장이 사실과 허구 사이에 놓인 유리 눈물로 실감 있게 형상화된 작품이다.

「광대버섯을 먹어라」와 「골목」이 현실과 대비되는 욕망의 세계를 소설 속의 설화의 형식을 빌려 말하고 있다면, 오현종의 「미호(美虎)」는 소설 전체가 설화 혹은 판타지 형식을 띠고 있다. 그리하여 이 소설의 배경은 현실성이 탈각된 무시간성의 공간으로 설정되어 있다. 미호는 국경 길목 여관 주인 여인의 이름이다. 어느 날 낯선 사내가 미호의 여관을 찾는다. 미호는 사내로 인해 두 가지 금기를 모두 어긴다. 살인을 사주하고 몸을 허락한다. 하지만 사내는 자신이 사랑하는 여자를 얻기 위해 미호를 이용했던 것이고 결국 미호는 사내의 손에 죽임을 당하고 만다. 하지만 미호 또한 이러한 자신의 운명을 예감이라도 한 듯, 여관의 붉은 머리 소녀에게 이미 편지를 남겨두었다. 미호는 흐려져가는 의식으로 붉은 머리 소녀가 편지에 씌어 있는 대로 외눈박이 검객을 찾아가 보석과 함께 남자의 목을 베어달라는 부탁을 전할 것을, 그리고 붉은 머리 소녀가 남자의 저민 살로 정성껏 만두를 빚어 꼭꼭 씹어삼킬 것을, 그리하여 남자의 몸이 낡은 여관 안에 영원히 머물 것을 생각하며 죽음을 맞이한다. 이처럼 「미호(美虎)」에는 한 여인의 비극적 운명이 영상 문법에 바탕을 둔 속도감 있는 문장들 속에 펼쳐져 있는바, 이 소설이 지닌 흥미의 원천을 바로 이 점에서 찾을 수 있다.

「광대버섯을 먹어라」 「골목」 「미호(美虎)」 등이 설화적 형태의 이야기를 소설 속에 도입하고 있음에 반해, 김문숙의 「냉동인간의 최후」의 상상력은 단연 미래적이다. 여주인공 수는 트랜스섹슈얼이며

310

1925년생인 남주인공 연은 냉동인간으로 얼어 있다가 조국으로 돌아온 인물이다. 연은, 비유가 아니라, 진짜로 피눈물을 흘린다. 이들 수와 연은 소수자의 상징이라고 할 수 있는데, 이들 삶의 사연은 좀처럼 사람들이 믿고자 하지 않는 성격의 것들이기 때문이다. 특히 연의 믿기 어려운 삶은 의도적으로 선택된 거짓말이라고 할 수 있다. 그것을 통해 작가는 소수자의 상황을 극단화하고 있다. 이들의 욕망을 잠시 충족시켜줄 진통제는 있지만, 그것을 실현시키기에는 세상은 너무 폭압적이다. 그리하여 소설 속에서 수가 털어놓는 다음과 같은 탄식, 곧 "왜 꼭 여자 아니면 남자여야 돼죠? 중성이든 양성이든 제삼의 성은 무가치하거나 불가능한 건가요? 남자든 여자든 한쪽에 편입돼야 한다는 강요만 없었어도 그렇게 어려운 수술은 안 받았을 거예요. 그냥 본성대로 살았을 거예요"라는 메시지는 날카로운 현실 비판적 의미를 띤다. 그러한 메시지는 끊임없이 욕망을 부추기되 채워주지는 않는 현실, 진통제만 가득하고 진정한 욕망의 실현을 향한 출구는 막혀 있는 어두운 현실에 대한 태도를 표현하고 있기 때문이다.

3. 의식과의 대결로서의 환상

진실에 반대되는 거짓말이라는 개념의 의미 가운데 하나는 비현실에 대한 지칭에서 찾을 수 있다. 이를 문학적으로 개념화한다면 아마 환상이 될 것이다. 토도로프(T.Todorov)는 『환상문학 서설(*Introduction á la Littérature Fantastique*)』(1970)에서 환상을, 본래는 접근도 불가능한 어떤 한계를 초월하게끔 하는 수단으로 인식하고 있다. 이 한계는 사회적 심리적 터부의 형태로 나타난다. 곧 환상은 이 두 종류의 검열에 대한 싸움의 방식인 것이다.

실상 문학은 언어 내부에 있으면서도 언어의 성채를 넘어서려는 운동이다. 그리하여 문학은 항상 언어가 말할 수 있는 것 이상을 말하고자 하는 시도이다. 토도로프가 말하고 있듯, 문학적 담론의 특성은 언어의 피안으로 나아가는 것에 있다. 그러한 맥락에서 그는 문학을 언어가 자살하기 위한 흉기와도 같은 것이라고 부르고 있다. 이렇게 본다면, 비현실이란 문학을 이루고 있는 언어적 대립의 한 축이라고 말할 수 있을 것이다. 이러한 맥락에서 토도로프는 "현실과 비현실 사이의 경계의 의문화라고 하는 문학 고유의 행위를 자기의 명시적 중심으로 삼고 있는 한, 환상문학은 문학의 정화인 것이다"라고 말하고 있다.

물론 이러한 형식의 환상문학은 19세기적 양식이다. 곧 실재라는 것이 굳건하게 자리잡고 있는 상황 속에서의 이야기인 것이다. 정신분석학의 등장 이후 굳이 환상을 통해 터부와 대면할 필요성은 사라지게 된다. 이제 환상은 의식 혹은 무의식의 문제로 대체되기에 이른다.

태기수의 「마로니에 공원에 이구아나가 산다」는 이 책에 실린 소설 가운데 환상의 텍스트 내 도입이 가장 두드러진 작품이다. 임시직으로 일하는 '나'는 회사 동료 마지나의 만남을 매개로 다른 세계에 접한다. 이 다른 세계를 표상하는 기호가 곧 이구아나이다. '나'는 현실적 세계와 이구아나의 세계의 점이 지대에 놓여 있는바, 이 두 세계를 가르는 한편 이어주는 매개는 직접적으로는 마지나이며, 궁극적으로는 회사(이사와 사장)이다. 회사는 그녀의 욕망의 실현을 담보로 음험한 계약을 꾸미는 세력 집단이다. 그러하기에 이 소설은 구체적 현실에 대한 모사의 차원이 아니라, 추상화된 현실에 대한 알레고리의 차원으로 읽힌다. 그렇다면 이렇게 하여 발견된 새로운 세계의 의미는 과연 무엇인가.

인간과 이구아나의 대립은 대학로와 화산재로 뒤덮인 황량한 벌판에 대응된다. 이 두 세계는 시간적으로 인류의 발생적 시점과 현재의 거리만큼 멀리 떨어져 있지만, 그럼에도 불구하고 현재의 인간 속에도 수억 년 전의 인류학적 지층이 내재되어 있다. 사회 속의 한 구성원으로서의 '나'와 진화로 형성된 생물적 존재로서의 '나'의 거리를 동시에 바라보는 시선 속에 이구아나/인간으로서의 '나'에 대한 감각이 놓여 있다. 인간에 대한 두 겹의 시선에 비친 사회, 그것은 가치 중립적인 집합이면서 동시에 세속적으로 체계화된 조직이기도 하다. 이 동시발생적 분열의 시선에 의해 파악된 세계, 그것의 감각적 표현이 곧 이구아나라고 할 것이다.

「마로니에 공원에 이구아나가 산다」가 의식의 문제를 환상의 차원에서 표현하고 있다면, 의식 속에서 펼쳐지는 흐름들을 언어로 기술한 형태의 소설로 한차현의 「메모리즈 아 메이드 오브 디스」와 김도연의 「아침못의 미궁」을 들 수 있다.

한차현의 「메모리즈 아 메이드 오브 디스」에는 소규모 출판사에서 편집일을 하는 남자 주인공이 등장한다. 그에게는 삼 년 전 헤어진 여인이 있다. 분열증을 앓고 있던 여인은 삼 년 전 4월 자살하여 서해에 뿌려졌다. 그리하여 그 여인은 4월이라 명명된다. 그에게 새로운 여인이 나타난다. 4월과 새로운 여인을 이어주는 것은 〈포이즌 아이비〉와 〈어벤저〉, 그리고 〈웨딩 스트립〉 등의 영화에 출연했던 리자 버틀렛이라는 여배우의 이미지이다. 그가 새로운 여인에게 이끌린 것은 그녀가 리자 버틀렛을 닮았기 때문이다. 그는 4월로부터 여전히 헤어나지 못하고 있었던 것이다. 결국 새로운 여인이 4월의 여동생임이 밝혀지고 계절이 바뀌었을 때 남자는 여자를 떠나보낸다. 그리하여 그녀는 환절기라 명명된다.

주인공에게 기억은 무엇으로 만들어지는가. 과거의 사건인가 아니면 리자 버틀렛이라는 시뮬라크르인가. 그것도 아니면 새로운 여인과의 만남을 통한 재생의 효과인가. 혹은 남자의 의식이 만들어낸 환상(허구)일 뿐인가. 주인공의 분열된 기억은 곧 그의 분열된 정체성을 표상한다. 4월과 환절기, 두 여인 사이에서 그는 환과 완으로 분열되어 있다. 서사의 불투명성과 의식의 모호함, 그리고 인물들 간의 관계의 복잡성이 서로 대응되어 밀도 있는 퍼즐게임을 구성하고 있는 작품이다.

김도연의 「아침못의 미궁」의 주인공은 의상(義湘)이라는 이름의 인물이다. 동해를 바라보는 의상대 홍련암이 소설의 배경이니, 주인공의 이름이 어떤 역사적 맥락을 이끌고 있으며 이러한 측면이 소설의 주제와 모종의 관련을 가지고 있으리라는 추측의 근거 또한 내포되어 있다. 주인공 의상이 "의식이 힘을 풀어버릴 때마다 기억의 좁은 암문으로 들어와 의상의 마음을 유린시켜 벼랑으로 몰았다가, 그 꿈과 현실의 경계선에서 돌연 정체를 숨기는 존재"를 끊임없이 찾아헤매는 구도자의 자리에 놓여 있는 것처럼 보이는 사정 또한 이 때문인 듯하다. 새벽에 아침못으로 들어간 여자, 숭어가 뛰었던 방파제에서 낡은 흑백사진의 웃음을 흘리며 술을 파는 여자, 서적 속에서 침묵하는 여자, 그리고 관음굴 거울 속에 나타났던 재인의 형상 등은 그 추상적 존재의 현실적 현현이다. 의상의 뒤를 좇는 두 사내들에게서 의상은 오래 전의 자신의 얼굴을 바라본다. 말하자면 자아를 곁에 세워두고 그것을 끊임없이 의식하면서 혹은 그것들의 감시 아래에서 감행하는 의식의 모험 속에 '나'는 놓여 있는 것이다. (이 의식의 모험 속에서 숭어는 타자로서의 현실을 표상한다.) 따라서 발길 닿는 곳마다 갈림길이며 지나온 길의 흔적은 사라져버린다. 이 관념적 모험이 미궁의 서사로 표현되어 있다.

4. 전도된 욕망으로서의 현실

이처럼 소설은 진실과 거짓이라는 두 대립항의 이율배반과 모순적 결합을 한 몸에 받아들이는 형식이라고 할 수 있다. 소설 속에서 진실과 허구의 관계가 언제나 불투명하게 얽혀 있는 것 또한 이 때문이다. 소설에서 진실과 거짓이 얽혀 있는 '애매함(équivoque)'이 옹호되어야 하는 이유 또한 여기에서 발견할 수 있다.

신승철의 「연세고시원 전말기」의 화자이자 주인공인 실업작가 '나'는 소설의 첫머리에서 "나는 지금 글을 쓰고 있는 것이 아니라 생각하고 있다"고 선언한다. 심지어는 "글을 쓰고 있는 것도 아니고 진술을 하고 있는 것도 아닌 지금의 상태에서, 그저 생각만 하고 있는 지금"이라고 못까지 박고 있다. '나'의 생각 속에서 구성된 서사는 실업작가인 '나'가 연세고시원에서 소설쓰기에 전념하던 중 의미없는 죽임을 당하기까지의 이야기로 되어 있다. 생각이란 무엇인가. 그것은 실제로 일어났던 일을 자기화한 결과이기에 일종의 허구이며, 동시에 언어로 표현되기 이전의 단계이기에 확정성을 갖지 못하는 비실재다. 그것은 진실과 거짓말 사이에 놓인 어떤 것(허구)의 존재방식을 표상한다. 어찌 소설만 그러한가. 우리가 듣는 모든 이야기들이 그러하지 않은가. 사실 이외에 부풀리거나 상상력으로 채워진 부분이 덧붙여져야 그럴듯한 이야기가 되기 때문이다. 따라서 "나의 생각은 지금까지, 여기까지, 오는 동안 글로 옮겨졌을 경우 현재 시점을 묘사하지 못하고 과거의 생각만 옮겨놓은 내용이 었을 것이다"라는 결말부의 진술은 실재로 간주되지만 그 자체도 근본적으로는 허구일 수밖에 없는 생각과 그러한 허구에 기반하여 또 다른 허구를 생산해내는 소설 그 자체의 존재방식에 대한 암시를 담고 있다고 할 것이다. 이 순간 생각과 글의 선후관계 혹은 실재성을 기준으로 한 우열관계는 폐기되어 새로운 차원 위에 놓이게 된다.

양선미의 「어드벤처 그린반점」은 권태로운 일상 속에서 일어난 한 가지 소동을 그리고 있다. 네 동의 아파트를 끼고 있는 중국음식점 그린반점이 그 배경으로, 반점의 남자와 여자는 권태 속에 놓인 인물들이다. 권태를 잊기 위해 남자는 매일 곱슬머리 점방 남자와 점 백원짜리 화투를 치고 여자는 남의 쓰레기봉투에 재활용품을 버린다. 그러던 중 은행에서 버린 쓰레기봉투에 담긴, 일련번호와는 전혀 상관없이 잡다하게 묶인 수표 뭉치를 발견하게 된다. 이 순간 여자는 그린란드로의 여행을 꿈꾸고 남자는 가난 때문에 제풀에 물러섰던 첫사랑을 떠올린다. 하지만 이들의 꿈은 한 번의 순간적인 쾌감 뒤엔 여지없이 일상으로 되돌아와야 하는 놀이기구와도 같은 '어드벤처'로 끝나고 만다. 주인공들의 거짓말 같은 사건에 대한 기대와 비현실적인 꿈은 그들이 처해 있는 비루한 일상과 대비되어 있는 듯하지만 실은 그 자체가 비루한 일상의 한 부분일 따름이다. 그러하기에 이 소설의 결말은 극적인 반전이라기보다, 예감된 종말의 실현이라고 할 수 있을 것이다. 바로 이 지점에 현실을 바라보는 작가의 냉정한 시선이 자리하고 있다.

한지혜의 「햇빛 밝은」은 자살동호회에 모인 여덟 사람의 삶의 이

력과 그들 사이의 대화가 서사를 이루고 있다. 이 작품에서 특이한 것은 죽음의 기억과 죽음의 욕망으로 가득 차 있는 이 소설의 분위기가 어둡지 않다는 점이다. 아니, 오히려 햇빛처럼 밝기조차 하다.

가령 작품 속의 인물 N의 경우 아홉 살 때 첫번째 자살시도가 있었다. 일곱 명의 식구가 단칸방에서 살고 있었기에 몸이 가장 작은 그녀는 식구들의 발치에 누워 자야 했다. 자다가 깨면 식구들의 벗은 발이 달처럼 떠 있었다. 하루는 자다 깨어 오줌을 누고 들어오니 그녀가 누워 있던 자리가 없어졌다. 늘상 있던 일이지만 그날따라 자신의 자리가 없다는 사실이 큰 충격으로 다가왔다. 그녀는 자신이 덮고 자던 손바닥만한 이불을 들고 얼어붙은 마당으로 나온다. 동사 직전 여자는 발견되어 식구들 한가운데로 잠자리를 옮기게 된다. 식구들은 그녀를 몽유병이라 생각한다. 가슴 아픈 사연이 아닐 수 없다. 그런데 이 고백을 듣고 있던 사람들은 모처럼 새로운 방법의 죽음이 나왔다는 사실에 흥분을 감추지 못하고 고개를 처박고는 수첩에 그 방법을 받아적는다.

슬픔을 내비쳤다가 한번 주었던 장난감을 뺏듯 회수하고는 대신 엉뚱한 웃음을 던지는 이 능청스러움, 시종일관 이 소설의 분위기를 햇빛처럼 밝게 만드는 장치가 바로 이것이다. 죽음에 대한 많은 가능성이 존재하는 이 모임이 사람들에게 죽음을 향한 생의 활력을 불러일으킨다는 이 역설, 소설 속 인물들의 죽음에 대한 욕망을 허구가 아닌 소설적 진실로 만드는 것이 바로 이것이다.

김도언의 「쉰한 개의 시퀀스를 가진 한 편의 농담」에는 '회전'이라는 부제가 붙어 있다. 성별과 주민등록번호 앞의 여섯 자리의 조합으로 지칭된 인물들이 쉰한 개의 장면 속에 담겨져 있다. 각각의 장면들은 서로 맞물려 '회전'하면서 하나의 큰 서사를 구성하고 있다. 우리는 이 작품에서 발단에서 위기, 절정을 거쳐 결말에 이르는 전통적 구성법과는 대조적인 이른바 파노라마적 구성법이 유려하게 적용된 사례를 접하게 된다.

여자761225는 군대에 간 남자691124와 떨어져 죽음을 앞둔 아버지 남자350416과 함께 살고 있다. 여자761225에게는 남동생인 남자790822가 가끔 찾아온다. 이 집에 실업자인 남자710121이 자취를 하고 있다. 남자710121이 새로 취직한 곳은 작은 출판사이다. 이 출판사에는 욕쟁이 사장 남자521011과 골초 노총각 편집국장 남자640808, 커피중독자인 제작실장 남자660519, 그리고 비만한 몸집의 경리 여자700523과 오퍼레이터이자 남자790822의 정부인 여자750628 등이 근무한다. 여자761225의 결혼반지는 남자790822에 의해 도난되어 여자750628에게 선물로 건네지고, 여자750628이 분실한 반지를 남자710121이 줍는다. 남자710121이 평소 선망하던 여자761225를 자신의 방으로 끌어들여 입을 맞추는 순간 바지 호주머니에서 반지가 미끄러져나와 타원의 궤적을 그리다 방바닥에 살며시 주저앉는다.

반지의 '회전'은 서사의 '회전'이다. 전체적으로 본다면 인과적으로 연관된 이 회전의 흔적은 그러나 각각의 인물들의 삶에서 바라보면 자신의 의지와는 무관하게 일어난 우연적이고도 낯선 돌발적인 사건들이다. 이를 두고 사건의 내용이 아니라 형식과 구성 자체가 발생시키는 의미라고 부를 수 있을 듯하다.

5. 진실과 거짓말 사이에 놓인 허구로서의 소설

　소설에서 거짓말은 진리와 실재라는 고전주의적 관념에 대비되는 미적 가상(Schein)에 대한 수사적 표현이라고 할 수 있을 것이다. 소설 속에서 그것은 현실에 대한 알레고리를 담고 있는 비현실적 서사로, 혹은 의식과 맞서 대결하는 환상으로, 혹은 전도된 욕망의 현실을 표현하는 소설의 존재방식 그 자체에 대한 은유로 등장하고 있다. 이들 다양한 형식이 소설의 영토를 풍부하게 만들고 있음은 위에서 살펴본 바대로이다. 여기 열한 편의 거짓말들이 소설이라는 이름으로 실제로 존재하고 있다. 실재하는 거짓말, 이것이야말로 소설의 패러독스가 아닐 것인가.

문학동네 소설집
거짓말

ⓒ 구경미 외 2002

초판인쇄	2002년 3월 20일
초판발행	2002년 3월 27일

지은이	구경미 외 10인
책임편집	김현정 조연주 장한맘 손미선
펴낸이	강병선
펴낸곳	(주)문학동네
출판등록	1993년 10월 22일 제22-188호

주소	136-034 서울시 성북구 동소문동 4가 260번지 동소문빌딩 6층
전자우편	editor@munhak.com
전화번호	927-6790~5, 927-6751~2
팩스	927-6753

ISBN 89-8281-488-4 03810

www.munhak.com